LE CLAN DE LA LOUVE

Livre II : Le désert de glace

L'auteur

Maite Carranza est née en 1958 à Barcelone. Avant de se consacrer à l'écriture de romans, elle a étudié l'anthropologie, et enseigné en collège. Elle est l'auteur aujourd'hui de nombreux scénarios pour la télévision et de plus de quarante romans, traduits dans de nombreuses langues et récompensés par des prix prestigieux. Mais c'est avec la série *Le clan de la louve* que Maite Carranza acquiert une dimension internationale et un succès populaire incontestable. Maite Carranza est membre de l'association des écrivains en langue catalane.

Déjà paru :

Livre I : Le clan de la louve

À paraître :

Livre III : La malédiction d'Odi
(décembre 2012)

Maite Carranza

LE CLAN DE LA LOUVE

Livre II : Le désert de glace

Traduit de l'espagnol par Nathalie Nédélec Courtès

POCKET JEUNESSE

Titre original :
El Desierto de Hielo
Publié pour la première fois en 2006 par Edebé, Espagne

Loi n° 49 956 du 16 juillet 1949 sur les publications destinées à la jeunesse : décembre 2011.

ISBN : 978-2-266-17336-0

LA PROPHÉTIE D'OM

Elle verra le jour dans l'enfer glacé
où mers et cieux toujours s'embrassent,
et grandira tout en haut de la terre,
là où les cimes frôlent les astres.

Elle se nourrira de la force de l'ourse,
et la phoque l'abritera de sa chaude toison ;
la sagesse de la louve sera sienne
tout comme la ruse de la renarde.

L'élue, fille de la terre, surgira de ses entrailles,
elle en sera aimée et accueillie en son sein.
Captive de ses caresses, aveugle et sourde elle restera,
bercée dans l'obscurité par de doux mensonges.

CHAPITRE I

La nuit d'Imbolc

Anaïd dormait paisiblement malgré le jour qui filtrait à travers les persiennes.

La plus grande pagaille régnait dans sa chambre : des piles de vêtements et de chaussures, des livres éparpillés, tout attendait d'être rangé dans l'énorme valise posée au pied du lit.

Sélené, les cheveux en bataille et une tasse de café fumant à la main, entra sans bruit en compagnie d'une mystérieuse silhouette. Elle se pencha sur Anaïd et lui souffla malicieusement dans l'oreille :

— Bonjour, ma chérie.

Anaïd remua dans son sommeil. Sélené sourit et la contempla avec fierté. Sa fille avait grandi trop vite. Ces jambes interminables et ces courbes nouvelles étaient déjà celles d'une femme.

Sélené murmura :

— Réveille-toi, Belle au bois dormant.

— Non, laisse-moi dormir, protesta Anaïd en se plaquant l'oreiller sur la tête.

Mais sa mère ne l'entendait pas ainsi.

— J'ai une surprise pour toi.

Elle se tourna vers la silhouette immobile près d'elle et lui fit signe d'avancer.

— Claudia ! s'exclama joyeusement Anaïd en ouvrant les yeux.

En effet, la visiteuse n'était autre que son amie sicilienne, la sympathique, sexy et populaire Claudia, comme elle âgée de quinze ans et, comme elle, une sorcière Omar. Une jeune du clan de la dauphine qui lui devait la vie, avec qui elle avait partagé de terribles épreuves à Taormine, sur les pentes de l'Etna, lorsqu'elles étaient tombées dans les griffes de la sorcière Odish, Salma.

Séléné les laissa dans les bras l'une de l'autre, heureuses de se retrouver. Elles feraient les valises plus tard.

— Séléné m'avait dit que tu ne pouvais pas venir.

— Tu crois que j'aurais raté ta première fête d'anniversaire ? Tu rigoles !

— Elle m'a dit que tu ne pouvais pas manquer l'école, dit Anaïd tout en montrant ses vêtements neufs à Claudia.

— Tu parles ! J'ai juste loupé le contrôle de maths. J'avais envie de te voir et puis j'adore cette jupe ! Je vais l'essayer.

Elle ôta son jean en moins de temps qu'il ne faut pour le dire et enfila la minijupe.

— Alors, si je comprends bien, tu es venue jusqu'ici uniquement pour rater ton exam de maths et me piquer mes fringues ?

— Gagné ! Tu croyais qu'il y avait une autre raison ?

— Alors, qui égorgera le lapin pour lire dans ses viscères ?

— Moi, bien sûr, mais après.

— Après quoi ?

— Après avoir essayé toutes tes fringues et t'avoir donné un cours de maquillage. Comment comptes-tu draguer avec cette tête-là ?

— Je te signale que je sors du lit.

— C'est exactement ce que je dis : si tu as cette tête-là maintenant, qu'est-ce que ce sera à minuit !

— On ne peut pas discuter avec toi !

Anaïd ouvrit la fenêtre en grand et l'air frais des Pyrénées pénétra dans la chambre.

— C'est du terrorisme ! Comment veux-tu qu'une Méditerranéenne pure souche supporte une température pareille !

— Tais-toi et admire.

Anaïd lui désigna la chaîne pyrénéenne et ses cimes coiffées de blanc. Seul leur parvenait le bruissement des branches qui se balançaient doucement dans le vent. Mais Claudia ne pouvait rester silencieuse plus d'une seconde.

— On dirait une carte postale. Une carte postale congelée.

— Chut.

— Ce blanc, c'est de la neige ?

— Évidemment.

— Quelle horreur !

— C'est si beau.

Claudia ferma la fenêtre en grelottant et lança :

— Maintenant, je comprends pourquoi ta mère a l'air si bien conservée. À cette température…

Les deux amies se jetèrent sur le lit, essayant mutuellement de s'arracher un tee-shirt.

Encore tout ébouriffée, Séléné se dirigea vers la cuisine, mit une nouvelle cafetière en route et ajouta des tasses sur la table où étaient réunies Valeria, Karen et Héléna.

Elles venaient de se présenter toutes les trois par surprise, et ce petit déjeuner, d'une certaine façon, était l'occasion de célébrer leurs retrouvailles et leurs prochains adieux.

Karen, le médecin de campagne qui connaissait par cœur les étroites routes pyrénéennes, était allée chercher Valeria et Claudia à la gare de Jaca. Les deux sorcières siciliennes seraient donc de la fête ce soir.

— Tiens, goûte mon gâteau, il sort du four, s'écria Héléna, la bibliothécaire, qui avec ses huit enfants et ses nombreux kilos de trop était la meilleure cliente de la pâtisserie du village.

Valeria, affamée après le long voyage de Sicile, ne se fit pas prier.

— Si tu m'avais dit qu'il y avait de telles délices par ici, on serait venues plus tôt.

Séléné sourit, picora deux ou trois miettes du bout des lèvres, tout en buvant son café à petites gorgées. Elle s'assit près de Karen, sa meilleure amie, qui d'un seul coup d'œil établit son diagnostic.

— Tu as peur.

Séléné acquiesça et son amie lui serra la main avec force.

— Tu peux compter sur nous, tu sais.

— Je sais, soupira Séléné. Mais personne ne saura où on se trouve. Même pas vous.

— Quand partez-vous ?

— Demain matin.

— Tu l'as dit à Anaïd ?

— Je ne lui dis que le strict minimum. Elle est trop jeune pour comprendre. Elle pourrait le prendre comme un jeu et en parler à ses amies.

— Anaïd est très mûre pour son âge, observa Héléna.

— À quinze ans, on ne mesure pas le danger, répliqua Séléné.

— Tu veux dire qu'elle n'est pas encore prête pour utiliser le sceptre du pouvoir ? suggéra Karen.

— Bien sûr que non. Son initiation ne remonte qu'à quelques semaines. Elle a appris qu'elle était une sorcière il y a quelques mois à peine...

Il s'était passé tant de choses en si peu de temps. La mort de Déméter, la matriarche et mère de Séléné, assassinée un an auparavant par des sorcières Odish, puis la disparition de Séléné, la transformation d'Anaïd en sorcière, son initiation et surtout la grande révélation : Anaïd – et non sa mère Séléné – était l'élue de la prophétie, la sorcière à la chevelure de feu et aux pouvoirs incommensurables que les sorcières Odish et Omar avaient attendue durant des millénaires, celle qui devait faire pencher la balance et mettre un terme définitif à la lutte sans merci.

La grande conjonction astrale annonçant le règne de l'élue s'était produite peu auparavant. Anaïd, armée de son sceptre du pouvoir surgi des entrailles de la terre, devait fuir, se cacher et prendre des forces jusqu'à ce qu'elle soit capable de le brandir avec discernement. Ensuite, elle entreprendrait la difficile tâche prophétisée par les livres anciens : restaurer la paix en exterminant les sorcières Odish immortelles et sanguinaires, ennemies ancestrales des Omar qui égorgeaient leurs filles pour perpétuer leur jeunesse et leur beauté.

— Mais Anaïd a appris en un temps record tout ce qu'une sorcière doit savoir, reprit Karen, admirative. Laquelle d'entre nous a jamais réussi un sortilège de vol du premier coup ? Qui d'autre s'est transformée en dauphin pour sillonner la mer, a plongé dans un lac glacé en se métamorphosant en truite, a survolé les Apennins et les Alpes dans la peau d'un aigle ?

— Elle a chevauché le soleil, ajouta Valeria. Elle est revenue du monde opaque avec toi après avoir anéanti Salma. Anaïd est très puissante.

— C'est vrai, admit Séléné. Ses pouvoirs sont immenses. Elle est l'élue de la prophétie.

— Peut-être est-elle prête, murmura Karen.

— Pas suffisamment, s'entêta Séléné.

— Que veux-tu de plus ?

— Son esprit, son corps et ses pouvoirs doivent être en harmonie. Anaïd n'a pas fini sa croissance, elle ne se connaît pas elle-même et ne s'aime pas assez. Elle a grandi trop vite. Quand je suis partie, elle n'était que le vilain petit canard ; maintenant elle est un cygne qui sait voler, mais elle ignore encore comment s'orienter en pleine tempête et… elle ignore le Chemin d'Om.

La seule mention de ce nom les fit toutes frissonner.

— Et toi, Séléné, tu le connais ? Tu l'as déjà parcouru ? coupa sèchement Karen. Aucune sorcière Omar n'a jamais trouvé le Chemin d'Om qui communique avec le royaume des morts. Seules nous sont parvenues des légendes.

Les yeux verts de Séléné s'assombrirent brusquement.

— Ça n'a rien d'une légende. Je l'ai trouvé. Et Anaïd devra le trouver, elle aussi. Ce sera sa plus terrible épreuve.

Ses amies ne pipaient mot, abasourdies par cette révélation.

— J'ai parcouru le Chemin d'Om il y a longtemps. J'étais à peine plus âgée que ma fille et je n'avais personne pour me guider.

Qui aurait jamais pu se douter que la provocante Séléné avait pénétré dans le royaume des morts ? De vilaines rumeurs couraient sur son compte, sur la période pendant laquelle elle avait échappé au contrôle des Omar. Dans sa jeunesse, Séléné la rebelle avait complètement disparu durant quelques années. Personne à part sa défunte mère, Déméter, ne savait ce qui s'était réellement passé à cette époque. Il était question de trahison, d'un pacte avec les Odish et de pouvoirs occultes. Et Séléné venait de leur dévoiler l'un de ses secrets, son périple sur le Chemin d'Om qui conduit à la mort.

— Comment as-tu pu en revenir vivante ? s'exclama Valeria, estomaquée.

— J'avais une bonne raison. Et peut-être suis-je revenue pour guider ma fille à son tour, pour que s'accomplisse la prophétie et qu'elle puisse saisir le sceptre d'une main ferme.

— Mais doit-elle vraiment parcourir le Chemin d'Om ?

— Jusqu'à présent, la mort a toujours été le territoire des Odish. Nous, les Omar, ne nous en sommes jamais préoccupées, mais l'élue ne pourra vaincre les Odish si elle n'a pas auparavant parcouru le chemin que fit Om quand elle disparut dans la grotte avec sa fille Oma pour la protéger d'Od. De plus…

— Oui ?

— Il y a un autre motif de poids, que je dois garder secret.

Il y eut un bref silence, rompu par Héléna :

— L'œuvre de Dolz et Glabutz en dit long sur le sujet.

— Je sais. Déméter et moi avions préparé le voyage, mais je n'aurais jamais pensé que Déméter ne serait plus là. Je devrai seule accompagner Anaïd.

— Quand ?

— Le plus tôt possible. Le temps presse. Elles sont à l'affût.

— Anaïd a l'air calme et confiante. Elle a distribué les invitations à sa fête, a loué elle-même la salle de bal et a préparé les CD avec Roc. Ils ont de quoi danser pendant un an.

— C'est vrai, poursuivit Séléné. Cette fête lui fait tellement plaisir. Devant elle, je fais comme si tout allait bien, mais, cette nuit, elle aura quinze ans et nous aurions dû partir depuis longtemps. Elles sont proches, je le sens. Chaque soir, je formule le sort de protection de Dido, le plus puissant, et je le renforce avec un pentacle de malachite ; et malgré tout, je sens une présence maléfique.

Valeria étendit les bras et ferma les yeux, agitée de légers tremblements. Elle sortit rapidement de sa transe, remua son café avec sa petite cuillère, le but d'un trait, puis contempla le dépôt dans le fond de la tasse.

— Séléné a raison.

Le fait que l'oracle étrusque confirme l'éventuelle présence d'une Odish n'était pas un bon présage.

Heureusement, Héléna était là pour détendre l'atmosphère. Elle s'écria, tout en engloutissant un autre morceau de gâteau :

— Vous avez décidé de me gâcher mon petit déjeuner ? Eh bien, vous perdez votre temps ! Ni mes huit garçons ni mon mari n'y arrivent, alors sûrement pas la comtesse ou la dame noire et tous leurs sortilèges.

Séléné s'esclaffa.

— Même la comtesse ne parviendrait pas à te couper l'appétit !

— Encore heureux... Sinon, mon pauvre Rosito n'aurait plus de bon lait à téter.

Le prénom du bébé les fit toutes se tordre de rire.

— Tu es complètement folle ! Tu ne peux pas l'appeler comme ça. Tu avais dit que ce serait Ross !

Héléna avait atteint son objectif : regonfler le moral de ses amies. Elle reprit, une lueur malicieuse dans les yeux :

— J'ai une excellente nouvelle. J'ai retrouvé le sortilège du caméléon, celui qui était soi-disant perdu depuis l'incendie de la bibliothèque d'Alexandrie. Je me suis entraînée et il fonctionne à merveille.

De son énorme sac, elle sortit un volume épais à la couverture de cuir, tout vermoulu et jauni. Elle feuilleta rapidement les pages jusqu'au passage qui l'intéressait et le montra à la ronde d'un geste triomphal.

— On peut le formuler à distance, peu importe où se trouve la sorcière en danger.

Séléné sourit.

— Tu veux dire que tu pourrais m'aider où que je sois ?

— Tout à fait. Il suffit que tu appelles et on agit immédiatement.

Séléné voulut embrasser son amie, mais trébucha sur son sac en se levant. Elle renversa sa tasse et le café se répandit sur la table. Toutes se tournèrent vers Valeria qui contemplait la tache d'un air sombre.

— Ce n'est rien, ça n'a aucune importance ! s'exclama celle-ci en voyant leurs regards inquiets.

— Si, ça en a, souffla Séléné les yeux fixés sur la nappe souillée. Que vois-tu ?

— Rien de particulier, insista Valeria, très nerveuse. Ce n'est que du café. Rien de plus, je t'assure.

Aucune d'elles ne la crut.

Anaïd était euphorique. Tous ses camarades de classe avaient accepté son invitation. Elle avait loué un local génial avec des spots, des boissons à gogo, et sa mère et ses amies lui donneraient un coup de main pour préparer des toasts.

Surexcitée par les préparatifs de la fête et son départ imminent, elle riait sans arrêt, attendant le soir avec impatience. Mais le plus cool avait été l'arrivée surprise de Claudia.

Elles pourraient se coucher à n'importe quelle heure, danser, faire la fête jusqu'au lever du soleil si elles le voulaient. Pour Anaïd, ce serait la nuit la plus géniale de sa vie. Claudia avait aussi quelques idées bien arrêtées pour la soirée.

— Ce soir, tu sors avec Roc.

Anaïd rougit.

— Ben… comment ? Je ne sais pas draguer. Je ne l'ai jamais fait.

— Tu es une sorcière, oui ou non ? Alors, suis ton instinct. Mon petit doigt me souffle que Roc est dingue de toi.

— Tu dis n'importe quoi.

— Pas du tout. Et je ne rentrerai pas en Sicile si tu n'es pas casée avec lui.

Roc était le fils aîné d'Héléna, un beau brun aux yeux noirs, avec un piercing dans l'oreille et une moto. Ils avaient joué ensemble autrefois, puis le temps les avait séparés. Roc était devenu le petit copain de Marion, la plus jolie fille de la classe, ignorant Anaïd. Mais depuis son retour, ils étaient redevenus amis, ne se quittaient pas d'une semelle et s'appelaient constamment. Roc avait commencé par lui demander de l'aide en maths, car Anaïd était nettement meilleure que lui lorsqu'il s'agissait de résoudre des équations. Et ils s'étaient rapidement habitués à passer des heures assis l'un près de l'autre.

La moindre blague de Roc, une bourrade affectueuse de sa part, un coup de téléphone faisaient battre le cœur d'Anaïd à cent à l'heure.

Ces derniers jours, son cœur s'emballait sans cesse, car ils se voyaient à tout moment pour les derniers préparatifs de la fête. Ils nettoyèrent le local ensemble, y apportèrent des enceintes, des chaises et des tables. Anaïd tressaillait chaque fois que leurs mains se frôlaient, une bouffée de chaleur lui envahissait les joues et elle manquait de souffle

Cependant, elle ne se faisait guère d'illusions. Roc la considérait comme une amie. Elle n'imaginait pas qu'il puisse éprouver autre chose que de l'amitié pour elle. Le plus triste était qu'elle devait partir ; et le plus absurde, que la prophétie la désignait comme l'élue. Claudia non plus n'arrivait pas à digérer ce dernier point.

— Quand ma mère m'a dit que c'était toi, l'élue, je me suis sentie vraiment bizarre. J'ai repensé à tout ce que je t'avais raconté ; j'ai été ridicule.

— Ne sois pas idiote, je ne m'en souviens plus.

— C'est comme si un jour, en allumant la télé, tu découvrais que ta voisine de classe est une actrice célèbre. Tu te sens franchement mal.

Anaïd lui prit les mains.

— Regarde-moi. Je suis toujours la même personne. Sauf que j'ai peur.

— Tu as peur, toi ?

Pourquoi Claudia avait-elle une si haute opinion d'elle ? s'étonna Anaïd.

— C'est lourd à porter.

— Le sceptre ?

— La responsabilité, imbécile !

— Où as-tu caché le sceptre du pouvoir ?

— Quelque part…

— Tu me le montres ?

Anaïd hésita.

— Ben, je ne sais pas si je peux. Est-ce que ça risquerait de compromettre le futur des Omar ? J'ai les idées complètement embrouillées et je ne me sens pas à la hauteur pour faire ce qu'annoncent les prophéties.

— Ce serait la même chose pour moi, mais en pire, mille fois pire.

Malgré tout, Anaïd se leva, ouvrit son armoire et en sortit une boîte à chaussures. À l'intérieur, dissimulé parmi de vieux papiers froissés, resplendissait le sceptre mythique d'or ciselé. Selon la légende, la mère O elle-même l'avait jeté dans les profondeurs de la terre pour éviter que sa fille Od ne l'accapare. Claudia était impressionnée.

— C'est quand tu as provoqué l'éruption de l'Etna que la terre l'a recraché ?

— Oui. Et Salma se l'est approprié. Puis ma mère le lui a repris. Maintenant, il est à moi.

Claudia s'approcha pour s'en saisir ; Anaïd l'en empêcha.

— Non, ne le touche pas !

— Pourquoi ?

— Sa puissance est sans limites et il peut te soumettre à sa volonté.

Sans quitter le sceptre des yeux, Claudia s'exclama :

— La prophétie de Trébora.

Anaïd récita :

— *Ciselé d'or noble et de sages paroles, voué à des mains qui ne sont pas encore nées, et tristement banni par la puissante mère O.*

Claudia poursuivit :

— *Ainsi l'a-t-elle voulu. Ainsi en sera-t-il. Tu resteras enfoui dans les profondeurs de la terre, jusqu'au jour où s'embraseront les cieux, où les astres montreront la voie. Des entrailles de la terre alors tu surgiras, à sa main blanche, docile, tu accourras, et de rouge éclatant l'habilleras.*

Anaïd enchaîna, frissonnant malgré elle :

— *Le feu et le sang qu'on ne peut dissocier régneront par le sceptre de la grande mère O. Le feu et le sang jailliront pour l'élue qui possédera le sceptre. Le sang et le feu toujours pour celle qui par lui sera possédée.*

— *Car le sceptre d'O lui-même gouvernera ses descendantes*, conclut Claudia.

Puis elle éclata de rire.

— Allez, déride-toi ! On te donnerait cent ans avec cet air sérieux.

Or Anaïd n'avait pas envie de rire.

— Jusqu'à présent, tout s'est accompli tel quel. Au moment où s'est produite la conjonction, j'ai saisi le sceptre et j'ai détruit Salma, me couvrant les mains de sang.

— N'y pense plus et amuse-toi. Cette nuit va être trop cool...

Anaïd rangea la boîte à chaussures dans l'armoire et la ferma soigneusement à clef.

Anaïd coupait du pain de mie en compagnie de sa mère, l'esprit accaparé par la fête. Allait-elle passer la soirée à faire tapisserie ? Ou à servir des boissons et des toasts ? Ou à discuter de choses et d'autres avec Roc comme deux bons amis ?

— Tu me trouves belle ? demanda-t-elle soudain.

— Tu es différente.

— Je me suis maquillée. Ou plutôt, Claudia m'a maquillée, mais je me sens bizarre avec le khôl et le fard à paupières.

— Enlève-le alors.

— Tu n'aimes pas ?

— Je n'ai pas à te dire si j'aime ou pas. C'est toi qui dois te plaire à toi-même. Les autres comprendront que tu es belle même si tu n'es pas maquillée.

— Ce n'est pas facile.

— Je sais.

Anaïd était agacée de voir à quel point sa mère traitait ses problèmes à la légère. Elle ne se sentait pas prise au sérieux.

— Enfin, maman, tu ne comprends pas.

— Quoi donc ?

— Ce que je ressens. À quel point je suis nerveuse.

— À cause du sceptre ?

— Oui.

— Si. Je comprends. Ta responsabilité est immense, mais je ne te laisserai pas seule.

— Où allons-nous ?

— Je ne peux pas te le dire, ni combien de temps le voyage durera.

— Je voudrais rester ici, avec mes amis. Il faut vraiment qu'on s'en aille ? Est-ce qu'on ne pourrait pas juste invoquer un sort de protection autour de la vallée ?

Séléné se tut. Les propos d'Anaïd la replongeaient dans un souvenir douloureux.

— Je te comprends mieux que tu ne crois. Je sais combien il est difficile à ton âge de sacrifier ses intérêts pour le bien de la communauté.

Anaïd acquiesça d'un signe de tête. Sa mère avait parfaitement résumé ce qu'elle ressentait.

— Mais il n'y a pas que ça. Cette nuit aussi est très importante, et j'ai tellement peur que ça ne se passe pas bien.

— N'importe quoi, fit Séléné.

— N'importe quoi ? s'emporta Anaïd. Tu ne comprends vraiment rien !

— Parce que tu crois que j'ai toujours eu trente-trois ans ?

— Non. Je veux dire que j'ai toujours été une fille bizarre, pas comme les autres.

— Moi aussi.

Anaïd n'en revenait pas. Sa mère semblait si sûre d'elle-même. Elles n'avaient rien en commun.

— Toi ? C'est impossible.

— Bien sûr que non. Toutes les sorcières Omar ont une enfance sous étroite surveillance, une adolescence très éprouvante et une jeunesse difficile. Nous ne sommes pas libres comme les simples mortelles. Cela toutefois ne veut pas dire que j'ignore ce que c'est que de tomber amoureuse, détester sa mère, craindre les responsabilités, souhaiter ne pas être une sorcière ou vouloir mourir de chagrin. J'ai toujours souhaité être une simple mortelle.

Anaïd sentit soudain une grande curiosité pour cette Séléné dont elle n'avait jamais soupçonné l'existence.

— Tu voulais être une mortelle libre ?

— Oui. Ç'a été ma faute… ou ma chance.

— Et ta première fête, c'était quand ?

— Il y a si longtemps ; mais je m'en souviens comme si c'était hier.

— Elle était importante pour toi aussi ?

— C'est là que tout a débuté. C'est là que le cours de ma vie a changé.

— Tu avais quel âge ?

— Dix-sept ans, et je commençais tout juste à vivre seule pour mes études. Je voulais être journaliste.

— Tu ne m'en avais jamais parlé.

— J'avais l'intention de le faire.

— Quand ?

— Pendant le voyage. Nous aurons tout le temps de discuter.

— Commence maintenant, s'il te plaît.

— Maintenant ?

— S'il te plaît. Claudia dort et Roc donne un coup de main à son père.

Séléné hésita quelques instants. Puis, après un coup d'œil à sa montre, se décida.

— Par où veux-tu que je commence ?

— Parle-moi de ta fête.

— Tu veux vraiment connaître notre histoire à toutes les deux ?

— Oui.

— Tu risques d'être surprise ou d'avoir de la peine ou même de regretter ce que je vais te dire. Car je te préviens, je ne t'épargnerai aucun détail. Je te raconte tout ou rien. C'est à prendre ou à laisser.

— Tu ne me cacheras rien, vraiment ?

— Rien.

— Tu me diras qui est mon père ?

— Oui.

Anaïd sentit le souffle lui manquer. Elle n'avait jamais osé poser la question à Séléné, et maintenant celle-ci était prête à lui révéler son passé et ses propres origines.

*
* *

TOUT a commencé un après-midi de février. Je m'en souviens parfaitement parce qu'il faisait un froid de canard et que nous n'avions pas le chauffage. On avait loué un appartement à Barcelone ; ça sentait la friture et les portes étaient vermoulues, mais à dix-sept ans, ça me paraissait un palais.

On était quatre dans l'appart : Carla, Meritxell, Lola et moi.

Carla étudiait la biochimie. Elle était bien en chair, pleine d'entrain et du genre autoritaire. Elle passait plus de temps à préparer des plats chinois et à danser la salsa qu'à étudier. Meritxell venait d'Andorre. C'était une belle blonde aux yeux noisette qui était aux Beaux-Arts et consacrait ses journées à décorer les plafonds et les murs. Lola était une petite boule de poils gâtée qui partageait la chambre de Meritxell, sa maîtresse, sans jamais s'éloigner de plus de dix mètres de sa cage. On adorait ce hamster. C'était notre mascotte.

Moi, je voulais être journaliste et je m'arrangeais toujours pour qu'on passe une soirée sympa. Les autres étaient fascinées par mon style excentrique et l'ambiance que je savais créer à grand renfort de bougies et de boissons exotiques. J'avoue qu'à cette époque j'étais plutôt prétentieuse et je tirais parti de mon look. Je m'habillais de manière très voyante, ce qui plaisait beaucoup aux garçons, mais faisait fuir les autres filles, qui ne voulaient pas être mes amies, sauf Carla et Meritxell, deux mortelles formidables.

Le matin, à la fac, je n'arrivais jamais à me concentrer et trouvais souvent une bonne excuse pour sécher les cours. Je préférais aller au bar où je retrouvais plein de copains. On y lisait la presse avec avidité, on inventait des reportages impossibles, on refaisait le monde. Les reportages irréalisables et l'organisation des fêtes étaient mes spécialités.

C'est moi, je m'en souviens très bien, qui ai poussé Carla et Meritxell à s'inscrire au concours de déguisements organisé pour le carnaval. Au début, elles ne voulaient pas, mais j'ai réussi à les persuader.

Un après-midi de février, Carla, Meritxell et moi, les doigts engourdis par le froid, on s'est décidées à prendre du fil et une aiguille et à coudre nos costumes pour qu'ils soient prêts avant la semaine des examens. Nous n'avions pas assez d'argent pour en acheter. Je dois dire qu'on s'est bien amusées. On riait de tout et de rien, comme on le fait à dix-sept ans.

Puis elles ont remarqué mon costume. D'ailleurs, pourquoi l'avais-je choisi ? Aujourd'hui encore, je n'ai pas trouvé la réponse. Je sais juste qu'il a été à la source de tous mes malheurs.

Mes amies étaient intriguées. Aucune ne devinait de quoi il s'agissait.

— Allez, donne-nous une piste !

Je n'avais pas l'intention de leur révéler de qui je m'étais inspirée. Pour moi, le nom de la déesse était imprononçable sous toutes ses formes. Ma mère m'avait interdit de le dire car c'était une manière d'invoquer la déesse. De nombreux noms la désignaient. En adoptant son costume, je voulais me persuader que je ne craignais pas les superstitions que le clan de la louve, mon clan, m'avait imposées depuis toujours.

— Elle est toute-puissante.

— Comment ça, toute-puissante ?

— Comme le fer.

— Margaret Thatcher !

Carla en avait toujours de bonnes. Comment avait-elle pu s'imaginer que j'allais me déguiser en ex-Premier ministre anglais ? J'étais excentrique, mais pas à ce point-là !

— Une femme sanguinaire, ai-je ajouté.

La déesse l'était, en effet, et c'est un euphémisme. Elle exigeait des sacrifices humains et buvait le sang de ses victimes. Mais je ne devais pas prononcer son nom. J'ai endossé la tunique brodée d'un serpent et la coiffe de plumes, et je les ai laissées manipuler mon poignard à double tranchant – mon atamé – que je n'aurais jamais dû leur montrer et que j'avais inclus à mon déguisement par pure rébellion.

— Je suis une déesse.

Carla et Meritxell étaient curieuses et s'étaient habituées à mes excentricités. J'avais un côté mystérieux alimenté par mes dons de sorcière qui plaisait à mes amies. Et ce jour-là, elles en ont rajouté. Elles se sont prosternées devant moi.

— Montre-nous ton pouvoir, ô déesse !

— Ô Séléné, nous t'invoquons.

— Nous sommes à tes pieds et nous mourons de froid. Empêche-nous de nous transformer en glaçons.

— Oh oui, grande Séléné, installe-nous le chauffage !

— Qu'il en soit ainsi !

J'ignore ce qui m'a pris. Sans réfléchir, j'ai agité ma baguette d'où a surgi une étincelle. Les murs décorés par Meritxell ont pris feu et les gouttes de pluie qu'elle y avait peintes se sont transformées en minuscules gouttes de feu. Un splendide sortilège. La pièce glacée s'est réchauffée rapidement.

Meritxell, fascinée par la beauté du phénomène, s'est mise à danser à la lueur tremblante des gouttes de feu. Mais Carla a eu peur, peut-être parce qu'elle était biochimiste et rationnelle. Je me souviens qu'elle a crié ; c'est ainsi que je me suis rendu compte de ce que j'avais fait.

J'ai brisé immédiatement le sortilège et j'ai fait comme si rien ne s'était passé, mais c'était trop tard. Entre Carla et moi, cela n'a plus jamais été comme avant. À partir de là, elle ne m'a plus regardée de la même manière et m'a ôté sa confiance. Elle a insisté pour connaître le « truc », et j'ai été incapable de trouver une excuse cohérente. J'ai compris que j'avais joué avec le feu, dans tous les sens du terme.

Ce même soir, Déméter a sonné à notre porte.

Mes amies ne la connaissaient pas. Elle m'avait promis de ne jamais venir chez moi et on s'arrangeait toujours pour se retrouver en dehors de l'appart. Elle n'avait aucune raison d'intervenir si je ne mettais pas la communauté en danger… jusqu'à ce jour-là.

Carla et Meritxell n'en revenaient pas. Si elles m'avaient trouvée bizarre au début, que dire de Déméter ? Si tu avais vu ta grand-mère à l'époque ! Elle en imposait vraiment. Elle était grande, mais ce n'était pas cela le plus important ; c'était son regard, des yeux gris magnétiques, et aussi sa longue tresse blonde qui lui tombait jusqu'à la ceinture, le mouvement de ses mains, le ton ferme et autoritaire de sa voix. J'ai fini par la dépasser de quelques centimètres, et pourtant, je me suis toujours sentie petite à côté d'elle. C'était un sentiment d'impuissance et de faiblesse. Déméter était très forte.

Elle a débarqué sans crier gare et j'ai aussitôt compris qu'elle était venue me chercher. J'ignorais comment elle avait appris mon imprudence, mais elle n'était pas sorcière pour rien.

Et j'ai compris aussi que, cette fois, je ne me laisserais pas faire.

Ma mère a reniflé l'air de la pièce en véritable louve, pour détecter la trace d'une sorcière Odish. Finalement, elle s'est assise face à moi.

— Tu n'aurais pas dû faire ça, Séléné.

— Je sais, je sais. C'était mal. Je regrette.

— Les regrets ne suffisent pas. Le mal est fait.

— Les Odish ne peuvent pas me localiser juste parce que j'ai réchauffé la pièce pendant quelques secondes. Tante Chriselda cuit ses gâteaux sans four ; tu le sais ?

— Mais toi, tu n'es pas tante Chriselda. Tu le sais ?

C'était bien ça, le problème. Lorsque j'étais enfant, la pythonisse m'avait désignée comme une personne à risque, et une sorcière Odish m'avait attaquée quand j'avais sept ans. Après ça, j'avais toujours été protégée et surveillée par toutes les Omar. J'en avais assez de me sentir prisonnière. Je voulais être libre et anonyme, une mortelle et rien de plus.

— Je ne recommencerai pas, je te le jure.

— Ce n'est plus possible, Séléné. Tu as tout gâché.

— Maman, s'il te plaît…, l'ai-je suppliée.

Déméter a été inflexible. Je lui avais promis de ne jamais utiliser la magie sans la supervision d'une autre Omar. Je vivais volontairement à l'écart du clan de la fourmi dont les membres se réunissaient en ville. J'avais refusé d'assister à leurs réunions et convaincu Déméter de rester seule. Je voulais être une fille comme les autres, faire les études qui me plaisaient et vivre avec d'autres filles « normales ». Déméter avait consenti non sans réticence. Et maintenant, pour une sottise, tout était terminé. Ma liberté n'avait duré que quelques mois. Déméter avait changé d'avis et voulait que je redevienne une sorcière de la communauté, dédiée corps et âme au clan, participant aux sabbaths et aux esbaths, aux querelles entre les matriarches et aux persécutions des Odish.

— Tu viendras avec moi la nuit d'Imbolc. On se réunit à Cadaqués.

Le monde s'écroulait autour de moi. Déméter me demandait de renoncer à la seule chose qui me faisait plaisir.

— Je ne peux pas. C'est la fête du carnaval.

— Il est temps que tu participes à un sabbath de fraternité.

Je connaissais les récits merveilleux du sabbath de fraternité des lupercales célébrées sur les côtes escarpées du cap de Creus. C'est là, sur un promontoire battu par le vent froid du nord et l'écume des vagues, que volaient des sorcières des clans de la louve, de l'aigle, de la fourmi, de la salamandre et de la carpe. Déméter qui, hormis le fait qu'elle soit ma mère, était aussi la grande matriarche de la Péninsule, était en conflit avec la matriarche française du clan de l'aigle, et peut-être serait-elle démise de sa fonction de leader. Peu m'importait. J'avais supporté leurs querelles toute ma vie et j'en avais assez de leurs histoires. Qu'elles se débrouillent sans moi !

— Je n'irai pas. J'ai déjà préparé mon costume, ai-je dit d'un air de défi.

— Quel costume ?

— Mon costume...

Il est possible que ma voix ait tremblé. En tout cas, j'ai prononcé les mots avec crainte, car je me suis soudain souvenue du sacrilège que j'avais commis et l'idée m'est venue que j'avais peut-être lancé le sort sous l'influence maligne de la déesse. J'ai prié pour que Déméter ne se rende compte de rien, mais en vain. Déméter était une sorcière et pas n'importe laquelle. Elle lisait en moi comme dans un livre ouvert.

Elle a découvert le costume en un rien de temps. Curieusement, en le saisissant, elle n'a pas paru contrariée. Cependant, j'ai eu l'impression de lire de la peur dans ses yeux et le tremblement de ses mains.

— Comment est-ce arrivé, Séléné ?

— Quoi donc ?

— Comment as-tu pu avoir l'idée de t'habiller comme Baâlat ?

J'ai compris alors que ma mère ne craignait pas la déesse, car elle n'hésitait pas à prononcer son nom. Elle redoutait que je ne sois tombée en son pouvoir.

— Elle n'existe pas. C'est pour ça que je l'ai fait.

— Mais tu connais son histoire, a répliqué Déméter, atterrée. Tu sais que Baâlat, la puissante Odish de Byblos, régnait chez les Phéniciens dans l'Antiquité et exigeait des sacrifices humains.

— Oui.

— Et qu'elle était en réalité le doublet de Baâl, le dieu sanguinaire qu'elle a supplanté.

— Je sais.

— Et qu'elle était connue comme la Grande Ensorceleuse, car sa beauté était comparable à celle de Vénus.

Je le savais, bien sûr que je le savais ! J'avais entendu cette histoire mille et une fois depuis mon enfance.

— Je connais cette légende : la déesse rendait les hommes fous et les éloignait de leurs épouses. Elle provoquait la faim, desséchait les plantes et semait la mort partout sur son passage. Elle invoquait les morts et était le fléau des sorcières Omar. C'est elle qui aurait égorgé le plus de jeunes Omar avant la comtesse Erzebeth, dévoré le plus de bébés Omar et détruit les clans de la biche et de la girafe.

— Ce n'est pas une légende. Tu la provoques en agissant ainsi.

— Je ne la crains pas. Je ne crois pas en Astarté.

Déméter, perdant son sang froid, m'a assené une gifle sonore.

— Comment oses-tu prononcer l'un de ses noms ?

Ma joue brûlait, mais je n'ai pas pleuré. Je ne voulais pas que Déméter me voie pleurer. J'ai levé la tête et je l'ai défiée pour la deuxième fois.

— Je n'irai pas avec toi célébrer la nuit d'Imbolc.

— Donne-moi ta baguette, a exigé ma mère pour toute réponse.

J'ai obéi, et ce faisant, j'ai perdu une partie de moi-même. Enlever sa baguette à une sorcière est un grand châtiment... et un danger. Tu ignores peut-être que, sans notre baguette, nous sommes vulnérables, à la merci des sorcières Odish. C'est pourquoi la réaction de Déméter m'a prise au dépourvu. C'était ma mère ; comment pouvait-elle m'abandonner à mon sort ?

— Tu veux que les Odish en finissent avec moi ?

Sa réponse m'a glacé le sang.

— Les Odish ? Pour toi, les Odish n'existent pas. La dame de Byblos n'a jamais existé.

Déméter me mettait à l'épreuve. C'est pourquoi je lui ai tendu docilement ma baguette. Je croyais qu'avant de me quitter elle formulerait un sort pour me protéger. Eh bien, je me trompais. J'ai senti soudain se relâcher la pression du bouclier protecteur que je portais depuis ma tendre enfance, jusqu'à ce qu'il ait complètement disparu. J'ai eu l'impression d'un vide énorme, une sensation de vertige.

— Qu'est-ce que tu fais ? me suis-je exclamée, effrayée.

— Je t'enlève tes chaînes. Tu es libre. Libre de prononcer le nom de la déesse si ça te plaît.

Et elle s'en est allée, me laissant seule et sans défense.

La panique m'a envahie. Elle voulait me donner une leçon. Elle était convaincue que je mourrais de peur et que j'allais immédiatement me précipiter vers elle pour la supplier de me protéger et faire ce qu'elle voulait. Mais elle savait pertinemment que c'était risqué et qu'elle défiait le destin.

Ce soir-là, dès qu'elle est sortie, un courant d'air glacé a pénétré dans l'appartement et un frisson m'a parcouru tout le corps. Je me sentais faible, au plus mal.

Est-ce ainsi que se sentent les mortels ?

Au moment où j'avais prononcé le nom de la déesse, le souffle du mal s'était glissé dans ma vie. C'est là que commence mon histoire. Ou plutôt, notre histoire. Il restait encore une semaine avant le carnaval et c'était la période des examens. Il faisait froid et on en avait assez de réviser.

La première fissure entre Déméter et moi venait de s'ouvrir et je n'avais aucune intention de la colmater. À cette époque-là, j'ignorais que si on ne les répare pas tout de suite, les fissures deviennent rapidement des gouffres. Déméter avait toujours été dure et m'avait éduquée durement. Et j'étais bien la digne fille de ma mère.

Dans ces circonstances, j'étais incapable de réussir un examen. Il m'arrivait une chose étrange : je me sentais si vulnérable que je tremblais comme une feuille et ne pouvais faire deux pas dans la rue sans m'arrêter et me retourner, angoissée. Le regard des autres ne m'incommodait pas, il me brûlait jusqu'à en devenir douloureux. Certains regards m'atteignaient comme des flèches empoisonnées. Depuis ma naissance, j'avais été protégée contre ces regards cuisants, et désormais, ma mère me laissait à la merci de tous les dangers. Je ne comprenais pas comment Carla et Meritxell pouvaient être aussi insouciantes près de moi. J'ai fini par avoir l'air d'une folle. Le jour où j'ai dû m'asseoir au premier rang pour l'examen d'histoire contemporaine, j'ai rendu une feuille blanche. C'était pourtant une matière que j'avais étudiée et dans laquelle j'aurais pu avoir une bonne note. Je connaissais toutes les réponses, mais mon cerveau refusait de fonctionner.

J'ai cru que c'était une vengeance de Déméter par suite de mon refus d'étudier la médecine. Ma mère aurait aimé me voir suivre la tradition familiale et que je me consacre à l'obstétrique. Après sage-femme, médecin. L'arbre généalogique des Tsinoulis était truffé de sages-femmes et j'avais passé ma vie entourée de nouveau-nés. Alors, ma voie était toute tracée aux yeux des femmes de mon clan : Séléné aiderait à mettre des bébés au monde.

En sortant de l'examen, j'ai couru m'enfermer chez moi. J'ai eu la chance d'y trouver Meritxell qui s'est rendu compte de mon état et m'a tenu compagnie. Elle a tenté de m'apprendre à dessiner et a fait de son mieux pour me distraire.

J'avais toujours pensé que Meritxell était une fille sympa, mais cette semaine-là j'ai découvert qu'elle était bien plus que ça. Le matin, elle m'apportait mon petit déjeuner au lit et s'asseyait près de moi avec son carton à dessins. Sa conversation, son rire et ses dessins m'ont fait beaucoup de bien. Elle respirait la joie de vivre. Elle avait eu de bonnes notes aux examens et son père lui avait offert une superbe Nissan Patrol de cent vingt chevaux. Une espèce de tank pour escalader les cimes, traverser les ruisseaux et partir à l'aventure. Meritxell était ravie et montrait la photo de sa voiture à tout le monde, comme s'il s'agissait d'un nouveau membre de sa famille. Ses yeux brillaient et son sourire ne la quittait plus. Sa belle humeur était contagieuse, mais n'avait rien à voir avec la Nissan, comme je m'en suis bientôt aperçue. Un matin, un peu gênée, elle m'a annoncé :

— J'ai un copain.

J'en suis restée bouche bée. Meritxell était amoureuse, et bien sûr il était génial.

— Raconte, alors.

— C'est un secret !

— Pourquoi ?

— Chaque fois que j'ai parlé de mes copains, ça a raté ; mais cette fois, c'est sérieux.

Je n'en revenais pas. Elle avait vraiment l'air accro.

— Tu veux l'épouser ?

— Ça ne va pas, non ? s'est-elle récriée.

— Ben... pourquoi dis-tu que c'est sérieux ?

Meritxell m'a lancé un clin d'œil malicieux.

— Eh bien... tu sais... on a couché ensemble.

J'en ai été comme deux ronds de flan. La douce Meritxell avait rencontré un garçon et était tombée folle amoureuse de lui en un rien de temps. Et moi, je n'avais jamais rencontré de garçon qui me plaise plus de dix secondes. Avec mon instinct de sorcière experte à deviner les replis de l'âme, je détectais la moindre imperfection au premier regard ; et les garçons cessaient de m'intéresser. Parviendrais-je un jour à tomber amoureuse ?

Elle a interprété mon silence à sa manière.

— J'aurais dû te l'avouer avant. Je sais bien que, toi, tu n'as pas de secrets pour moi.

Comme elle était loin de la réalité !

— C'est génial. Quand est-ce que tu me le présentes ?

— À la fête du carnaval.

— Je ne suis pas sûre de pouvoir y aller.

— Mais si, tu iras. D'ici là, tu te sentiras beaucoup mieux.

Il me semblait que je n'arriverais jamais à surmonter mon angoisse de vivre sans bouclier et sans baguette. Mais il était hors de question de céder à Déméter ; mieux valait rester au lit.

— C'est à cause de ta mère ?

J'ai tressailli. Meritxell soupçonnait-elle quelque chose ?

— Je vous ai entendues vous quereller l'autre soir. C'est à cause de votre dispute que tu es malade, non ? Pourquoi tu ne l'appelles pas ?

— Ma mère est plutôt têtue.

Meritxell ne pouvait imaginer ce qu'était la vie de tous les jours en compagnie de Déméter.

C'est alors que mon amie m'a avoué un deuxième secret.

— Moi, je n'ai pas de mère. Tu ne sais pas la chance que tu as d'en avoir une.

Parfois, dans la vie, les mots sont inutiles. Je me suis contentée de lui prendre les mains et de les serrer très fort.

C'est probablement pour cette raison que Meritxell a fait quelque chose que personne n'avait jamais osé faire auparavant : elle a appelé ma mère pour intercéder en ma faveur.

Déméter est donc de nouveau venue me rendre visite et, sans dire un mot, m'a obligée à me dévêtir et a examiné chaque parcelle de mon corps. Elle se sentait coupable de m'avoir laissée sans défense, à la merci de n'importe quelle Odish.

— Tu as des difficultés à respirer ?

— Non.

— Tu sens comme des piqûres, des douleurs ?

— Non.

— Tu fais des rêves étranges ?

— Non.

— Tu as des frissons ?

— Ça m'arrive.

— Une chaleur subite dans le dos ?

— Ça, oui. Chaque fois que quelqu'un me regarde. Je ne le supporte pas.

Déméter m'a passé la main sur le front, m'a pris le pouls et… m'a serrée dans ses bras.

— Ma pauvre chérie !

Je me sentais soulagée. Meritxell avait raison. Ma mère m'aimait et j'avais de la chance de l'avoir. Elle a sorti ma baguette de son sac et me l'a rendue.

— Maintenant, tu sais ce que signifie s'éloigner du clan. Celles qui l'ont souhaité ont été contraintes de vivre pour toujours avec cette angoisse.

— Alors certaines d'entre nous ont quitté la tribu ?

— Certaines.

— Et elles ont survécu ?

— Certaines.

Déméter n'était pas très bavarde et je ne voulais pas l'interroger sur les motifs qui avaient poussé ces femmes à renoncer à leur condition de sorcière, ni sur ce qui était arrivé à celles qui n'avaient pas survécu.

— Tu fais partie du clan, ne l'oublie jamais.

Et elle m'a restitué mon bouclier protecteur. À l'instant même où elle a formulé le sortilège, je me suis sentie renaître.

Elle a disposé cinq bougies aromatiques dans les recoins propices de la pièce pour former un pentagone parfait, les a allumées, m'a préparé une potion réconfortante et m'a offert une pierre de malachite. Je l'ai serrée fort contre mon cœur et j'ai senti le rythme de ma respiration s'accélérer et le sang couler librement dans mes veines. Mes craintes s'évaporaient grâce au bouclier, à la pierre, à la lueur protectrice émanant du pentagone et à la force bienfaitrice de ma mère.

— Tu dois être prête pour vendredi. Je passerai te prendre pour aller à la fête d'Imbolc.

— Je n'ai pas l'intention de m'y rendre.

Je n'en avais effectivement pas l'intention, et pourtant, j'étais encore si faible que Déméter aurait aisément pu me convaincre de rentrer au bercail. Mais elle a tout gâché bêtement.

— Séléné, c'est vraiment important pour moi que tu viennes au sabbath.

— Ah oui, et pourquoi ?

J'espérais qu'elle parlerait de sa fierté maternelle de me présenter aux autres, du plaisir de partager ces moments avec moi ; mais elle ne comprenait apparemment pas ce qu'éprouvait une fille de dix-sept ans.

— Il y aura un vote pour élire la chef de tribu. Ton vote compte, et Claudine et moi avons pratiquement le même nombre de voix.

Ç'a été pire qu'une gifle. Voilà tout ce que je représentais pour elle, une voix de plus, le moyen d'accéder à ses ambitions personnelles !

— Je n'irai pas. Je ne veux pas participer à vos petites querelles stupides.

— Elles ne sont pas stupides, Séléné. La politique est fondamentale.

— Je n'aime pas la politique. Vos histoires sont à vomir.

— Si tu n'apprécies pas notre politique, alors implique-toi pour la changer.

— Sûrement pas.

— C'est à nous, sorcières Omar, de dicter nos lois.

— Je ne veux pas être une sorcière Omar.
— Tu en es une, tu ne peux rien y changer.
— Tu m'as demandé mon avis quand je suis née ? Tu m'as laissée choisir ?
— Qui t'a dit que tu avais le choix ?
— Tiens, ai-je rétorqué en lui tendant ma baguette.
— Tu es folle ?

Je n'étais pas folle, j'essayais simplement de voir jusqu'où je pouvais aller.

— Je préfère rester au lit ou prendre des risques.
— Quand tu auras des problèmes, ne viens pas me demander de l'aide.
— Toi non plus. C'est hors de question que je t'aide pour le vote ou que je prenne part à vos querelles idiotes.

Pour toute réponse, Déméter a désintégré mon costume de Baâlat d'un coup de baguette.

— Je m'en fiche ! J'en ferai un autre, ai-je crié, hors de moi.

Déméter est partie.

Meritxell n'a pas tardé à me rejoindre, la mine consternée.

— Vous vous êtes encore disputées ?

Après quelques instants, je me suis levée et j'ai contemplé la rue à travers les carreaux. Dans les pays méditerranéens, les jours froids et secs sont lumineux. Lorsque le vent balaye les nuages, le ciel dégagé évoque l'été. C'est trompeur. On a tendance à croire que le soleil est chaud et la température agréable. En réalité, sous cette apparente douceur, le froid mord la chair. Les apparences… Je pensais à Déméter, à son aspect maternel et protecteur. Elle était, en fait, une sorcière froide, une sorcière qui, avant d'essayer de comprendre sa fille, s'intéressait au destin d'autres femmes. Ma mère avait choisi la politique et, en ce moment précis, je ressentais une haine viscérale envers ma tribu.

— J'ai des tas de choses à faire avant le carnaval, ai-je lancé à Meritxell.

— Ben, tu viens, finalement ?

— Oui, mais il y a un problème. Je n'ai plus de costume. Ma mère l'a emporté.

— Ne t'inquiète pas. Je t'aiderai à en faire un autre. J'adore ce serpent.

Je l'ai regardée, stupéfaite. La déesse du sang, l'horrible ensorceleuse, avait séduit la douce Meritxell.

Et mon amie, sans le savoir, scella à cet instant son destin et le mien.

CHAPITRE II

Odin, dieu des Vikings

J'ai confectionné un autre costume de Baâlat, délibérément, cette fois. Je piquais et repiquais l'aiguille en priant de toutes mes forces pour que Déméter apprenne mon sacrilège et que les autres Omar le lui jettent à la figure. C'est cela, la provocation : rechercher le scandale, la polémique et, surtout, se placer sous les feux des projecteurs. J'y étais sans aucun doute parvenue !

La discrétion n'a jamais été mon fort, et à dix-sept ans, encore moins. J'adorais attirer l'attention. J'avais les cheveux très longs et bouclés et, cet hiver-là, je sortais en minijupe, bottes, cape et décolleté vertigineux.

Le soir de la fête, Carla a refusé de s'y rendre en ma compagnie.

— Si j'y vais avec toi, personne ne me remarquera. C'est pas marrant d'avoir une amie aussi canon que toi.

Qu'elle ait raison ou pas, elle m'a laissée tomber, et j'ai bien été obligée d'aller seule à la fête.

Enfin, « seule » est une façon de parler. Dès que je

suis arrivée à l'école d'ingénieurs où se déroulait la soirée, j'ai dû repousser des dragueurs costumés qui m'invitaient à boire un verre – un hobbit, un Romain, un Spiderman et un Dark Vador –, mais j'ai réussi à m'échapper en dansant.

J'ai rapidement repéré mes copains de promo et on est restés ensemble jusqu'à l'heure du défilé. Ils m'ont encouragée à monter sur la scène, mais ce n'a même pas été nécessaire. J'étais persuadée que mon costume était génial, comme si une force inconnue m'incitait à m'exhiber. Et ce fut un triomphe. On m'a applaudie à tout rompre, on m'a sifflée, et moi, consciente d'être le point de mire de centaines d'yeux, j'ai compris que les acclamations d'une foule en délire étaient une drogue.

Puis tout a dérapé.

Lorsque je suis descendue de la scène, j'ai été littéralement assaillie par une armée de pots de colle dont je n'arrivais plus à me débarrasser. Un fantôme, en particulier. Il était soûl et voulait m'emmener faire un tour avec lui en voiture. J'ai refusé, mais il a insisté et m'a tirée par la main. Je ne voyais pas son visage, à cause du drap qui le recouvrait. Je l'ai frappé et je crois même que je lui ai mordu la main. Il mesurait presque deux mètres et devait peser dans les cent kilos. En désespoir de cause, je me suis mise à hurler à pleins poumons.

Personne n'a volé à ma rescousse, alors qu'il me traînait littéralement vers la sortie ; personne, sauf le Viking.

— Lâche-la. Elle ne veut pas aller avec toi.

J'ai été fascinée sur-le-champ. Il avait le port d'un

prince et la majesté d'un dieu. Grand, le teint mat, portant bouclier et épée et, sur ses cheveux blonds, un casque de Viking.

Il a écarté le fantôme de la main et, comme celui-ci lui résistait, il lui a flanqué un coup de poing. Puis il m'a offert sa main. Mes jambes flageolaient. Ça ne m'était jamais arrivé auparavant. Le guerrier viking m'avait hypnotisée.

Au moment précis où j'ai pris sa main, j'ai éprouvé une douleur fulgurante à la tempe, comme si j'avais été foudroyée. Le temps a paru ralentir, la lumière et la musique se sont estompées et mes jambes ont cédé.

Ç'a été un instant douloureux et magique. Les accents d'une musique celte résonnaient autour de nous, et enveloppée par les violons, je me sentais isolée du brouhaha et des visages de la fête.

Excepté celui du Viking.

Soudain, je me suis mise à flotter dans les airs, soulevée par les bras du Viking qui avançait sous les lumières scintillantes. Étaient-ce les étoiles ? M'enlevait-il ?

Il m'a semblé qu'il disait quelque chose. Je l'entendais murmurer. Je ne comprenais pas, car sa voix se confondait avec les mesures de l'orchestre et les voix des centaines de personnes autour de nous. J'ai entrouvert les lèvres pour lui dire mon nom et alors… alors je crois bien qu'il m'a embrassée. À cet instant, le monde s'est évanoui. Quand j'ai rouvert les yeux, persuadée d'avoir eu une hallucination, la première chose que j'ai vue, ce sont ses yeux bleus et pénétrants fixés sur moi. Mon Viking m'emportait comme un fétu de paille, s'ouvrant un passage parmi la foule. Je m'étais évanouie comme une idiote et il tentait de me sortir de cet enfer.

Je lui ai souri. Il m'a souri en retour.

— Ça va mieux ? s'est-il enquis d'une voix grave, teintée d'un léger accent étranger.

J'ai frissonné de plaisir. Je me sentais mieux et j'aurais certainement pu marcher, mais je préférais profiter encore quelques secondes de la sensation merveilleuse du contact de ses bras.

— On ne peut mieux.

— Ce sont mes bras qui font cet effet-là à la déesse Ishtar ?

— Tu m'as reconnue ?

Personne, jusqu'à ce moment, n'avait fait le rapprochement entre mon costume provocant et la déesse phénicienne, malgré mes mains teintes en rouge, mon atamé accroché à ma ceinture et le serpent brodé sur ma tunique.

Le Viking m'a fait un clin d'œil.

— Par contre, toi, tu ne m'as pas reconnu.

— Tu es un guerrier viking ?

— Un berserker ?

Il a remué négativement la tête.

— Mais tu as des armes, un bouclier, un casque !

— Sais-tu comment luttaient les berserkers ?

— Comment ?

— Nus et en transe. Ils ingéraient des champignons hallucinogènes et se lançaient dans la bataille en s'offrant à l'épée ennemie.

— Alors quel est ton costume ?

— Le dieu des dieux. Odin pour les Vikings, Wotan

pour les Germains, Woden pour les Anglais. Son nom signifie « furie » dans les trois langues.

— Un dieu en furie.

— Impétueux, corrigea-t-il. J'inspire les scaldes – les anciens poètes –, les vitkis – les maîtres des runes – et je donne la force aux berserkers – les guerriers.

J'ai désigné son œil bandé.

— Un dieu pirate, alors ?

Mon Viking a gloussé.

— Odin a sacrifié l'un de ses yeux à la source de Mimir pour accéder à la connaissance. Mais ses corbeaux, Hugin et Munin, ne le quittaient jamais et lui rapportaient tout ce que les humains dissimulaient à la vue de leur dieu.

Les merveilleuses histoires que Déméter me contait lorsque j'étais enfant me sont revenues en mémoire.

— Il avait aussi des loups.

— En effet, a-t-il dit, étonné que je connaisse l'histoire. Ses fidèles Geri et Freki, loyaux et vaillants. Et son cheval à huit jambes, Sleipnir, sur lequel il chevauchait lors de ses longs voyages entre les neuf mondes.

Sa voix était une caresse. Il a entrepris de me relater les prouesses d'Odin, pour mon plus grand plaisir.

— Odin, monté sur Sleipnir, dirigeait la partie de chasse chaque année durant la fête de Jolblot. La nuit du solstice d'hiver, il menait une horde d'esprits humains, de chiens et de chevaux qui chassaient les âmes des morts. Malheureux étaient les vivants témoins de ce spectacle. Ils perdaient la raison et parfois même la vie.

— Mais pourquoi Odin pourchassait-il les âmes ?

— Pour renouveler les forces spirituelles de la terre qui auraient pu être affectées par les esprits errants.

— Un rituel de fertilité, ai-je précisé.

Il m'a regardée, surpris par mon savoir. Nous avions réussi à sortir de la salle. Une brise légère nous enveloppait. Mon Viking m'a déposée sur le gazon du campus, sous les branches d'un châtaignier. Il m'a palpé le crâne et je n'ai pu retenir un cri de douleur.

— Tu as le crâne dur, mais il a cogné fort.

— Qui ?

— Le fantôme. Il t'a donné un coup de chaîne. Tu ne t'en souviens pas ?

J'ai fait alors le lien entre la douleur subite et mon évanouissement, et j'ai été déçue. C'était beaucoup plus romantique de croire que j'avais perdu connaissance en le voyant. Ce qui est sûr, c'est que j'étais tombée amoureuse au premier regard.

— À toi maintenant. Parle-moi de ta déesse phénicienne.

Comment pouvais-je comparer son Odin héroïque avec l'odieuse dame de Byblos ?

— Les Phéniciens ne prononçaient jamais son nom. Ils la craignaient terriblement.

— Sa beauté était telle qu'elle éblouissait tous ceux qui la contemplaient, a-t-il poursuivi.

Il la confondait avec la déesse Tanit. J'en ai été soulagée.

— Dangereuse pour les hommes. Mieux valait ne pas poser les yeux sur elle.

— Et ce rouge sur tes mains ?

J'ai inventé rapidement une raison. La cruauté de la déesse me faisait honte maintenant.

— La fatalité.

— Sans aucun doute, la fatalité accompagne toujours la beauté.

Était-il en train de me dire qu'il me trouvait belle ? Je me suis sentie à nouveau défaillir.

— Comment t'appelles-tu ? ai-je demandé.

— Gunnar.

— Et ça veut dire quoi exactement ?

— « Guerrier ».

— D'où viens-tu, Gunnar ? D'où es-tu venu pour m'enlever en pleine nuit ?

— De très loin, d'une terre de glace, l'Islande.

Un Islandais. Gunnar, mon dieu viking, était fils de la glace et de la brume. J'ai frissonné. Je devais rêver.

— Moi, c'est Séléné, ai-je murmuré. Mon nom signifie « lune » en grec. Ma famille vient du Péloponnèse.

Gunnar m'a caressée des yeux.

— La lune changeante et capricieuse. Tu sors la nuit pour ensorceler les dieux ?

Nous nous sommes regardés avec intensité. Et je l'ai embrassé. Ç'a été si naturel, comme si nous étions destinés l'un à l'autre. Je crois que je suis née cette nuit-là pour la deuxième fois. Après, je n'ai plus jamais été la même.

On s'est embrassés si longtemps que j'en ai perdu le souffle et la notion du temps. Puis Gunnar a lâché :

— C'est de la folie.

Bien sûr qu'on était fous. Il ne m'était jamais rien arrivé de pareil. C'était une folie si délicieuse que je refusais de gaspiller de précieuses secondes à y réfléchir.

Gunnar m'a regardée tendrement et m'a murmuré des paroles horribles :

— Arrête, Séléné. C'est mal.

C'était mal de s'embrasser ? Mal de tomber follement amoureuse ? Mal de se sentir au septième ciel ? Je ne comprenais rien.

Dès que je suis rentrée dans la salle, Meritxell, déguisée en violette, a couru vers moi.

— Séléné ! Séléné ! Où étais-tu passée ?

— J'avais besoin d'air frais.

Puis le monde a chaviré autour de moi. Meritxell a pris Gunnar par la main et m'a souri.

— Bon, je crois que vous vous connaissez déjà. C'était vraiment un coup de chance que, Gunnar et moi, on arrive juste au moment où cet imbécile t'entraînait. J'allais juste te le présenter.

Gunnar s'est incliné vers moi et m'a embrassée sur les deux joues. Je me suis pétrifiée. Aucun d'entre nous ne savait que dire.

— Tu n'es pas encore bien remise, a décrété Meritxell. Tu n'aurais peut-être pas dû venir ce soir. Tu devrais rentrer te reposer.

Je ne voulais pas m'en aller, quitter Gunnar, je ne voulais pas que Meritxell existe.

Mais Meritxell existait bel et bien. Elle était ma meilleure amie et avait confiance en moi. Elle m'a tendu un casque.

— Gunnar va te raccompagner à moto ; OK, Gunnar ?

J'ai senti sa gêne, aussi palpable que la mienne. Je voulais qu'il me raccompagne, mais je savais que s'il acceptait, l'irréparable allait se produire.

— Peut-être que ce n'est pas une bonne idée de la

raccompagner à moto, a-t-il objecté. Elle n'a pas l'air dans son assiette.

Gunnar m'abandonnait, mais je ne me suis pas résignée.

— J'ai besoin de prendre l'air, ai-je murmuré en le regardant. Il vaudrait mieux que quelqu'un vienne avec moi.

Et cette nuit-là fut une nuit d'amour et de folie, malgré l'amitié que je portais à Meritxell. Nous ne pouvions lutter contre nos sentiments. Et d'ailleurs, je ne lui ai pas laissé le choix. Je lui ai fait boire un philtre que ma cousine Leto m'avait appris à préparer, en cachette de nos mères, quand nous étions enfants.

Gunnar était tendre et passionné, et malgré mon inexpérience, il a su éveiller ma sensualité. J'étais tombée follement amoureuse parce qu'il n'y a rien de plus exaltant qu'un amour interdit. Déméter avait raison. La déesse avait pris possession de moi.

Le lendemain, j'ai eu l'impression d'avoir rêvé.

— Je t'ai réveillée ? a chuchoté Meritxell en entrant dans ma chambre.

Il était midi et je n'avais pas dormi cinq heures. Ma bouche était sèche et ma conscience en miettes. Meritxell s'est assise près de moi. Il m'a semblé qu'elle avait les yeux rougis et que sa voix tremblait légèrement.

— Comment tu l'as trouvé ?

J'ai tressailli. Je n'avais pas eu le temps de prendre la mesure de ma faute.

— Quoi ?

— Gunnar, mon copain. Il te plaît ?

J'ai dû me retenir pour ne pas fondre en larmes. S'il me plaisait ? Comment Meritxell pouvait-elle ne pas se rendre compte que j'étais amoureuse de lui ?

— Il est génial, ai-je répondu sans mentir.

— J'avais presque l'impression de l'avoir rêvé, a confessé mon amie. Il est si merveilleux qu'il ne peut pas être réel. C'est pour ça que j'ai tardé à vous le présenter. J'avais peur qu'il ne disparaisse, comme un rêve au lever du jour. D'ailleurs, c'est peut-être le cas Est-ce qu'il existe ? L'as-tu vu pour de bon ?

J'étais stupéfaite d'entendre mon amie parler ainsi. Elle exprimait exactement ce que je ressentais moi-même.

— Je le connais à peine...

— Gunnar est islandais, d'une famille très aisée, je crois. Il fait une thèse en histoire. C'est un véritable expert en ce qui concerne les Vikings. C'est pourquoi il a choisi son costume d'Odin. Sais-tu qui est Odin ?

— Un dieu ?

Je me suis demandé à quel jeu jouait Meritxell et j'étais sur la défensive.

— Son nom signifie « haine ».

— « Furie », ai-je rectifié.

— « Furie » ? Comment le sais-tu ?

À cet instant précis, j'aurais pu prendre mon courage à deux mains et avouer à mon amie que Gunnar lui-même me l'avait expliqué, que nous nous étions embrassés, que nous avions fait l'amour... Mais j'en ai été incapable. Je ressentais une étrange satisfaction de savoir que Gunnar m'avait confié, à moi, l'histoire d'Odin.

— Je l'ai lu. Odin donne de la force aux actes héroïques comme la poésie, la guerre et la sagesse.

— J'aimerais avoir autant lu que toi.

— Pourquoi ?

— Pour en parler à Gunnar. Il connaît tant d'histoires. Parfois, je me sens un peu bête à côté de lui. Moi, je sais juste dessiner.

Meritxell me confiait ses craintes et ses regrets et je ne pensais qu'à moi. J'ai eu honte. Je l'ai serrée dans mes bras.

— Il te plaît à ce point ?

— S'il m'abandonnait, j'en mourrais de chagrin.

— Ne dis pas de sottises.

— Ce n'est pas une sottise. Quand ma mère est morte, j'ai perdu beaucoup de poids. Je n'avais plus que la peau sur les os. J'ai failli mourir. On a dû m'hospitaliser et m'alimenter à l'aide d'une sonde. J'ai continué à vivre par obligation, jusqu'à ce que je rencontre Gunnar. Avec lui, j'ai retrouvé le goût de vivre.

Ses paroles m'ont fait l'effet d'un coup de fouet. Je comprenais son chagrin et me savais plus forte qu'elle pour affronter l'adversité. Moi, une sorcière initiée, j'étais capable de vivre sans Gunnar. J'avais été éduquée pour survivre sans la compagnie d'un homme, comme ma mère, ma tante, comme tant d'autres Omar. Moi, je ne mourrais pas de chagrin : je serais folle de rage et hurlerais ma colère, mais je ne me laisserais pas mourir.

— Il ne t'abandonnera pas. Je ne le permettrai pas.

— Tu lui parlerais ? a dit Meritxell en me prenant les mains.

— Tu veux que je lui parle ?

— Oui. Cette nuit, il est rentré très tard et il avait l'air distant...

J'étais clouée sur place. Meritxell soupçonnait-elle ce qui s'était passé entre Gunnar et moi ? Était-elle en train de me tendre un piège ? Me demandait-elle vraiment, à moi, sa rivale, d'intercéder en sa faveur ?

— Il m'a dit qu'il avait fait une longue promenade pour s'éclaircir les idées et que, peut-être, nous nous étions précipités.

J'ai retenu mon souffle. Mon cœur battait si fort que même Meritxell devait l'entendre. Gunnar me préférait à elle. Il m'aimait.

Mais... qu'étais-je en train de penser ? Voulais-je priver mon amie du seul réconfort qu'elle avait trouvé après la mort de sa mère ?

J'étais déchirée entre le devoir et le désir ; pourtant, j'étais presque soulagée de constater que le destin m'offrait une deuxième chance d'agir en Omar et de réparer ma faute. Je n'aurais jamais dû lui faire boire ce philtre et l'écarter de Meritxell. Soudain, tout m'a paru lumineux. J'avais vécu une merveilleuse nuit d'amour, mais c'était une nuit dérobée à Meritxell. Je devais lui rendre son amour pour retrouver la paix, et elle, la stabilité.

J'ai téléphoné à Gunnar pour lui proposer un rendez-vous. Il m'a invitée chez lui. Les choses ne sont jamais aussi simples qu'elles le paraissent de prime abord.

Gunnar vivait seul, dans un loft chaleureux aux étagères couvertes de livres.

À peine avait-il ouvert la porte qu'il m'a attirée entre ses bras musclés. Mes jambes ont flageolé et ma vue s'est brouillée. Toutes mes intentions de le rendre à Meritxell ont fondu comme neige au soleil dans cette étreinte. Je l'ai entendu murmurer « hamingju ». Plus tard, j'ai appris que cela voulait dire « chance ».

De la chance ?

Gunnar considérait qu'il avait de la chance d'être amoureux de moi. Meritxell considérait qu'elle avait de la chance d'être mon amie. Et moi, je ne voulais renoncer ni à l'un ni à l'autre. Et je ne pouvais compter sur personne pour m'aider, ni sur Déméter, ni sur le clan. Je les avais trahies. L'utilisation intempestive de la magie était sévèrement punie.

Avant de quitter Gunnar, je lui ai demandé de ne rien dire à Meritxell pour l'instant.

Il m'a embrassée, a pris mon visage entre ses mains et m'a obligée à le regarder dans les yeux.

— Je n'aime pas mentir.

— Je ne te demande pas de mentir, seulement de ne pas lui dire la vérité.

— La vérité est une nécessité. Dans mon pays, la trahison n'est pas permise.

— Je te demande juste d'attendre un peu. Laisse-moi lui parler et…

— Faire durer son chagrin, a-t-il coupé.

— Meritxell a besoin de ton amour en ce moment. Si tu le lui enlèves d'un coup, elle sera privée d'oxygène. Elle doit s'habituer petit à petit.

— Une main coupée fait moins souffrir qu'une épée qui fouille ta chair éternellement, s'est entêté Gunnar.

Sa métaphore guerrière m'effrayait. Mon Viking était impétueux et loyal, mais s'il brandissait l'épée de la vérité avec la furie d'un berserker, il briserait le cœur de la pauvre Meritxell.

— S'il te plaît, fais-le pour moi. Ne lui parle pas de nous. Éloigne-toi d'elle lentement.

Il a accepté.

J'ai dit à Meritxell que Gunnar avait le mal du pays et qu'il envisageait de regagner sa terre de brume et de glace. Il voulait, selon moi, ne pas être influencé par qui que ce soit.

— Pourquoi ne m'en a-t-il pas parlé ? s'est étonnée Meritxell.

— Pour ne pas t'inquiéter.

— C'est absurde.

— Les hommes sont souvent absurdes.

Meritxell a souri.

— S'il retourne en Islande, je vais avec lui.

La respiration m'a manqué.

— Tu es folle ? Le vent glacé, l'hiver interminable, la nuit éternelle...

— Et alors ?

— Tu tomberais malade en un rien de temps.

— Tu oublies que je viens des Pyrénées.

En effet, Meritxell avait grandi dans les montagnes, la neige et les températures extrêmes. Elle avait sûrement appris à skier avant de savoir marcher et avait fait du traîneau dans la cour de l'école.

— Et la langue, tu y as pensé ? Elle est super difficile : scandinave, avec des mots d'origine germanique et saxonne.

Meritxell a pâli. J'avais trouvé son point faible.

— Je suis nulle en langues.

— Et la lumière ? Pendant six mois, on vit dans l'obscurité.

Meritxell, l'artiste amoureuse des couleurs et de la lumière, était vaincue.

— De combien de temps Gunnar a-t-il besoin pour réfléchir ?

— Un mois, ai-je menti avec aplomb.

J'avais un mois pour décider que faire de ma vie. J'ai cru que la décision m'appartiendrait. Je me trompais.

*

* *

Séléné se tut. Anaïd se rendit compte que la nuit était tombée et que Claudia venait d'entrer dans la pièce.

— Mamma mia ! Tu n'es pas encore prête ?

Anaïd n'en revenait pas. Les invités allaient arriver. Elle fila se changer avec Claudia tout en repensant à l'impossible histoire d'amour que lui avait racontée sa mère.

— Si tu tombais amoureuse de mon copain, qu'est-ce que tu ferais ? demanda-t-elle soudain à son amie.

— C'est déjà fait.

— Qu'est-ce que tu racontes ?

— Je crois que je suis raide dingue de ce mec. Il est trop mignon. Et si tu ne sors pas en vitesse avec lui, je le garde pour moi !

Mais Anaïd n'aimait pas être bousculée. Sa première fête était un succès, elle passait de longs moments à discuter avec tout le monde et avait à peine le temps de danser.

La musique était cool, il y avait à boire plus qu'il n'en fallait, tous riaient et s'amusaient, et quelques couples commençaient à s'égarer dans les coins les plus sombres.

Comme d'habitude, Claudia revint à la charge.

— C'est Marion, là-bas ?

— Oui.

— Ben, elle ne quitte pas Roc des yeux.

— Qu'est-ce que tu veux que ça me fasse ?

— Ce que tu peux être agaçante, s'écria Claudia. Qu'est-ce que tu attends pour aller le voir ?

— Il est occupé, tu vois bien.

Claudia prit Anaïd par la main et l'entraîna vers l'endroit où était installée la sono.

— Comment tu t'appelles ? demanda Claudia au DJ.

— Jonathan.

— Dis donc, Jonathan, tu ne pourrais pas aller me chercher un petit verre de jus d'orange avec un soupçon de vodka et me l'apporter ici ? Je t'attends, OK ?

Jonathan, hypnotisé, courut chercher le verre demandé.

— Comment fais-tu pour les mettre dans ta poche ? s'émerveilla Anaïd.

Claudia, pour toute réponse, envoya valser tous les CD au sol.

— Tu es folle ! Pourquoi as-tu fait ça ?

— C'est ton châtiment pour me taper sur le système ! s'exclama Claudia.

Et elle disparut en riant, laissant Anaïd interloquée. Son amie était devenue folle. Peut-être avait-elle bu ?

Elle se baissa et commença à ramasser les CD en souhaitant lui tordre le cou. Claudia semblait n'avoir peur de rien. Et elle, Anaïd ? Elle n'osait même pas approcher Roc. Comment avait-elle pu affronter les sorcières Odish et libérer sa mère du monde opaque si elle était incapable d'affronter ce garçon ?

Soudain, une voix grave la paralysa.

— Claudia m'a dit que tu avais un problème.

Anaïd leva lentement la tête et découvrit les yeux noirs de Roc à quelques centimètres de son visage.

— Dis donc, sacré bazar, ajouta Roc.

Il se mit à l'aider.

— Ç'a été un accident, murmura Anaïd.

— Un accident qui tombe à pic !

— Qui tombe à pic, répéta bêtement Anaïd, qui se sentit aussitôt doublement stupide.

— Je cherchais une excuse pour être seul avec toi et… voilà.

Anaïd se dit que Roc était en train de parler à quelqu'un d'autre. Impossible qu'il veuille être seul avec elle. Pour quelle raison ?

— Pourquoi ? dit-elle.

Son étonnement était si sincère que Roc eut l'impression de recevoir une douche froide.

— Je voulais te remercier pour les cours de maths, marmonna-t-il alors d'un ton étrangement protocolaire.

Il s'éloigna, au grand désespoir d'Anaïd. L'instant magique était passé, s'était évanoui à cause d'une mauvaise réponse, de ce stupide manque de confiance en soi.

— J'aime bien donner des cours. Ça me plaît… les maths.

Elle se serait giflée. Ce qui lui plaisait, c'était Roc. Pourquoi n'arrivait-elle pas à le lui dire ? Roc se leva. Trop tard. Elle se redressa aussi et ils restèrent immobiles l'un en face de l'autre, ne sachant que dire.

— Eh bien, merci. Tu pars quand ?

— Je ne sais pas encore.

— Et vous allez où ?

— Ce n'est pas encore décidé.

C'était injuste. Elle ne pouvait lui laisser aucune adresse, aucun numéro, rien. Elle ne savait même pas si elle le reverrait.

— Et pour l'école, tu feras comment ?

— Par Internet.

Roc sortit un morceau de papier de sa poche et y écrivit son adresse e-mail.

— Quand tu te connecteras, écris-moi, OK ?

— Moi… je ne peux rien te donner.

— Je crois que si. Un baiser d'adieu ? murmura Roc en se rapprochant.

Elle fit un bond en arrière et s'éloigna au pas de course. Elle lui cria :

— Au revoir, je dois y aller, je t'écrirai.

Elle venait de recevoir un appel télépathique urgent de Séléné. Il était survenu quelque chose de grave.

Elle arriva chez elle en sueur. Karen, Héléna et Valeria l'attendaient, l'air grave, et la poussèrent sans tarder dans la voiture. Elles lui tendirent sa baguette, son atamé et son pentacle, puis renforcèrent la protection de son bouclier. Séléné démarra immédiatement. Derrière elle, les trois sorcières prononcèrent un sort puissant qui les dissimulait aux yeux des mortels et les protégeait des attaques Odish.

— Et Apollon ?

— On ne peut pas l'emmener. Karen s'occupera de lui.

C'était fini. Elle était partie sans avoir pu dire au revoir à Claudia, sans même avoir embrassé Roc. Elle se sentait si mal.

— Que se passe-t-il ? demanda-t-elle à sa mère.

— As-tu ouvert la boîte du sceptre ?

— Oui. Je l'ai montré à Claudia.

— Ne refais jamais ça. Elles nous ont trouvées.

— Qui, elles ?

— Je l'ignore. Je sais juste qu'elles ont essayé de nous l'arracher.

— Comment ?

— La boîte était ouverte et le sceptre près de la fenêtre.

Anaïd se recroquevilla sur son siège. Séléné alluma le chauffage.

— Veux-tu que je mette de la musique ?

— Je fais tout de travers, n'est-ce pas ? Je me sens si coupable !

Séléné n'essaya pas de la réconforter.

— Peu importe comment tu te sens. Une Odish a tenté de nous dérober le sceptre, et c'est toi, en ouvrant la boîte et en montrant le sceptre à Claudia, qui l'as attirée ici. Tu comprends ce que cela veut dire ?

— Oui, que je suis inconsciente, stupide, égoïste et que je ne pense pas à toutes les Omar qui dépendent de moi.

Et Anaïd se mit à sangloter.

— Je ne voulais pas que tu te sentes si mal, dit Séléné, émue. Mais comment corriger ses erreurs si on ne les analyse pas ? Déméter me faisait toujours sentir si mal. Elle était comme ça et je m'étais juré que je n'agirais pas de même avec ma fille.

— Tu ne peux pas me comparer à toi, protesta Anaïd. Tu n'avais pas une telle responsabilité, tu n'avais pas le sceptre du pouvoir.

— Tu te trompes. J'avais une grande responsabilité, mais je l'ignorais. Et je me suis sentie mal, très mal, parce que beaucoup d'innocentes sont mortes par ma faute.

Anaïd en eut le souffle coupé.

— Je vais continuer mon histoire. Nous en étions au lendemain de la fête du carnaval. Après que je suis tombée amoureuse de Gunnar et que je me suis rendu compte qu'il était le copain de ma meilleure amie. Après avoir essayé de renoncer à lui, sans succès.

CHAPITRE III

Le retour de Baâlat

Ce même soir, Déméter m'a lancé un appel télépathique pour me donner rendez-vous. Tu sais, cet appel que nous utilisons chez les Omar en cas d'urgence, et auquel on doit répondre immédiatement. Il est parfois inopportun, ennuyeux, et peut même te créer de réels problèmes. Tu le sais bien, d'ailleurs ; tu viens d'en recevoir un.

J'ai téléphoné à Déméter. Elle était très agitée. Elle m'a accordé une demi-heure pour que je la rejoigne en m'entourant des plus grandes précautions.

Je lui ai obéi à contrecœur. Cet ordre et cette précipitation n'auguraient rien de bon, parce que, en dehors du fait que Déméter était ma mère, elle était aussi la chef du clan de la louve, de la tribu scythe, de la confédération des tribus de la Péninsule et, très vraisemblablement, si sa stratégie avait porté ses fruits, la matriarche des tribus d'Occident. En aucun cas je n'aurais pu me dérober.

Les précautions en question consistaient à me purifier consciencieusement, à me protéger avec le sortilège de vol, à prendre un sac avec le nécessaire pour disparaître quelques jours sans attirer l'attention et à changer trois fois de taxi pour aller à la gare du Nord de Barcelone.

Cette gigantesque gare routière, ancienne gare de chemin de fer, où les haut-parleurs annoncent continuellement les départs vers toutes les villes d'Espagne, était, au milieu du chaos, un des lieux les plus sûrs pour échanger des informations, des documents, et pour voyager sans problèmes vers de lointaines destinations. À cette époque-là, nous y avions nos rendez-vous secrets. La gare remplaçait les croisées de chemins où se rencontraient autrefois les sorcières émissaires des tribus des quatre points cardinaux.

Je suis arrivée à la cafétéria drapée de ma cape d'elfe qui me semblait appropriée et me donnait un air mystérieux.

Comme je m'y attendais, Déméter a tiqué.

— Enlève cette cape, Séléné. Ce n'est pas un jeu. On ne joue pas aux elfes et aux princesses. Les Omar sont discrètes, elles doivent passer inaperçues.

— Ta tresse n'a rien de discret, ai-je répliqué. Et mes cheveux non plus. Les mortelles n'ont pas les cheveux aussi longs.

— Je le sais, et nous en avons parlé dans un coven il y a peu. Il a été décidé d'attacher les cheveux, mais peu importe. Nous avons besoin de toi pour une mission très importante.

J'ai senti mon cœur s'accélérer. J'avais déjà aidé à des accouchements et porté un message urgent, mais une mission était autre chose.

— Il s'agit de la mort d'un bébé… dans un petit village.

Les cheveux se sont hérissés sur ma nuque. Il n'y a rien de plus horrible pour une Omar que d'affronter la douleur d'une mère qui a perdu son bébé.

— Et je dois m'occuper d'elle ?

— Non. Pour cela, elle a sa famille. C'est la doctoresse Bauman qui délivrera le certificat de décès. Ce n'est pas un cas ordinaire. La bizarrerie du rituel nous a surprises.

— Tu veux dire qu'il s'agit d'une Odish avec des méthodes bien à elle ?

— On dirait.

— Et que dois-je faire ?

Elle est restée silencieuse quelques instants, préoccupée.

— Un reportage. Tu étudies le journalisme, non ? Eh bien, nous avons besoin d'une explication plausible et officielle, et d'une autre véridique qui puisse nous permettre d'enquêter.

— Tu me demandes d'inventer un pieux mensonge pour les Omar et de ne raconter la vérité qu'aux matriarches ?

— Exactement.

Cela faisait à peine trois mois que j'avais commencé mes études, mais j'avais bien assimilé l'éthique de la profession.

— Je ne peux pas. Il n'y a qu'une vérité, et mon devoir est de la diffuser.

— Ton devoir ? Ton devoir ? s'est emportée Déméter. Tu n'as aucune idée du sens de ce mot. Pendant que tu faisais la fête le soir du carnaval, a eu lieu le massacre de sorcières Omar le plus terrible de ces deux cent cinquante dernières années.

Je l'ignorais. Personne ne m'en avait parlé. Déméter s'est calmée et a inspiré à fond pour avoir le courage de m'expliquer ce qui s'était passé.

— Les Odish ont profité de notre absence durant la nuit d'Imbolc pour s'attaquer à des dizaines de bébés et de jeunes filles. Nous avons dénombré trente-sept victimes jusqu'à présent, mais j'ai bien peur qu'il n'y en ait d'autres.

J'en suis restée muette d'horreur. La nuit la plus heureuse de ma vie avait été une nuit de mort et de malheur. Dans le calendrier des Omar, ma nuit d'amour serait une date fatidique, une date marquée d'une pierre noire où l'on se souviendrait d'une multitude d'innocentes et où l'on prononcerait des rites de purification et des sortilèges de repos.

Pourtant, quelque chose ne collait pas. Si cette nuit-là avait été dangereuse pour toutes les Omar qui n'étaient pas au sabbath, pourquoi Déméter ne m'avait-elle pas appelée aussitôt pour savoir si j'étais vivante ? Elle ne s'inquiétait donc pas pour moi ?

Ma mère a lu dans mes pensées, ce qu'elle pouvait faire lorsque j'étais à ses côtés.

— J'ai appelé chez toi et j'ai eu Carla. Elle m'a tranquillisée, m'a dit que tu allais bien, que vous alliez bien toutes les trois.

J'ai été soulagée. Déméter m'a tendu un billet de car.

— Maintenant, écoute-moi bien. Tu vas aller à ce village, Urt. Tu interrogeras la mère du bébé, une louve qui s'appelle Héléna et qui est bibliothécaire. Tu logeras à cette adresse et tu te mettras en contact avec toutes les Omar susceptibles de savoir quelque chose sur l'assassinat de la petite. Tu suivras toutes les pistes qui te paraîtront importantes, d'accord ?

— D'accord, ai-je murmuré, intimidée par la responsabilité que l'on me confiait.

— Réfléchis à la version que nous donnerons. Il ne faut pas que la panique gagne la communauté.

J'ai commencé à avoir peur. Une telle boucherie laissait craindre le pire. Il devait y avoir une raison.

— Dis-moi, que se passe-t-il ?

Déméter a soupiré.

— Les prophéties sont en train de s'accomplir. Les Odish sortent au grand jour et se préparent pour la guerre.

— De quelle guerre parles-tu ?

— La guerre qu'Om a prédite dans sa prophétie. La guerre des sorcières qui débutera avec l'arrivée de l'élue.

J'ai frissonné. Je n'avais jamais accordé la moindre importance aux prophéties. L'arrivée de l'élue m'avait toujours paru une légende brumeuse et lointaine.

— Qui est la nouvelle matriarche d'Occident ? ai-je demandé avec indifférence.

— Moi, a répondu Déméter sans trahir la moindre trace de satisfaction.

Je ne l'ai pas félicitée. Je refusais de me laisser impressionner par la nouvelle charge de ma mère. Au fil des ans, elle s'était éloignée de moi, et, même si j'appréciais cette liberté, j'en souffrais également.

Déméter m'a remis de l'argent et m'a fait une dernière recommandation.

— Réfléchis bien à ce que tu vas dire. Rappelle-toi que tu parleras à des mortels.

Elle ne m'a pas embrassée, n'a pas agité la main. Elle a disparu, tout simplement.

Déméter était ainsi, et c'est ainsi que s'était écoulée ma vie avec elle. Nous changions de ville, de maison, d'amis, d'école, sans jamais nous fixer nulle part. Toujours en fuite, toujours à nous protéger de prétendus dangers qui nous guettaient. Déméter apparaissait et disparaissait, et moi je m'étais habituée à grandir aux côtés d'une mère fantôme qui jamais ne me montrait son affection par des baisers ou des caresses. Elle n'avait pas le temps.

Je me suis assise dans le car et j'ai regardé, hébétée, le paysage défiler à travers la vitre. Le trajet n'en finissait pas. Nous allions vers le nord, vers les montagnes, les pics enneigés et les lacs gelés. Le froid se faisait plus vif tandis que la nuit tombait. Il pénétrait par la fenêtre mal fermée. Le vieil autocar peinait dans les côtes et dérapait sur les plaques de verglas.

Après avoir changé de car à Jaca, et pris un triste sandwich et un café au lait, je suis arrivée à Urt, un endroit reculé où l'heure était donnée par les cloches de l'église et où le téléphone n'avait pas encore fait son apparition.

J'ai eu l'impression d'être au bout du monde. Sans pistes de ski, ni tourisme d'aucune sorte, personne n'osait s'aventurer dans ce petit village de maisons de pierre à toit d'ardoise, où quatre vieux gardaient des vaches et des brebis et où les jeunes erraient sur leurs tracteurs comme des cow-boys solitaires.

Une bibliothécaire dans ce bled ? me suis-je demandé, ébahie. Cependant, une fumée accueillante s'échappait des cheminées, fleurant bon le bois de chêne et le thym, invitant à se réchauffer les mains au-dessus du foyer. Combien de personnes pouvaient bien vivre ici ? Et je me surpris à compter le nombre de cheminées fumantes, le nombre de foyers où l'on suspendait une marmite, devant lesquels on racontait des histoires, des légendes ou des contes. J'ai eu la nostalgie de ce que je n'avais jamais eu : une maison, une famille.

Contre toute attente, Urt n'était pas un village mort. Il y avait des enfants, de la vie, et le futur palpitait dans chacune des pierres millénaires qui conservaient la mémoire des innombrables invasions de la Péninsule par les cols pyrénéens.

Les Omar qui se rendaient aux obsèques et moi-même logions dans une vieille bâtisse qui avait servi de pavillon de chasse au vicomte du coin en été. Ses armoiries et une lourde porte de bois étaient là pour nous rappeler son illustre patronyme. C'était une belle et solide maison aux plafonds très hauts, avec une multitude de pièces et une énorme cuisine où nous nous réunissions : la doctoresse Bauman, sa fille Karen, étudiante en médecine, et une dizaine de membres de la famille et amis d'Héléna qui arrivèrent tout au long de la nuit. Nous étions toutes anéanties par la perte du bébé.

C'est là que j'ai compris dans quelles circonstances la petite Diana avait été assassinée. C'était la fille d'Héléna – que je ne connaissais pas encore – et du forgeron, un jeune homme robuste et sympathique aux larges épaules et aux yeux noirs comme du charbon, ayant une réputation de blagueur.

Diana venait d'avoir un mois, et Héléna était folle de bonheur. Une oracle étrusque lui avait prédit un jour qu'elle n'engendrerait que des garçons. La nuit d'Imbolc, en rentrant du coven, elle avait trouvé sa fille se vidant de son sang, avec de graves brûlures, sur le sol de la cuisine. Le poêle à charbon flambait encore, et son fils aîné, les yeux écarquillés d'horreur, se tenait près d'elle en silence. Il était l'unique témoin du crime. Il avait un an et demi et s'appelait Roc.

La mort de Diana était le sujet de toutes les conversations. En d'autres circonstances, je n'aurais pas tenu le coup, mais mon amour pour Gunnar me donnait des forces. Chaque respiration sans lui était douloureuse. Ses mains et ses lèvres me manquaient, et le murmure de sa voix à mon oreille, et la caresse de sa peau contre la mienne. Jamais rien de pareil ne m'était arrivé. Je ne pouvais même pas l'appeler pour lui dire que je l'aimais et que je voulais me jeter dans ses bras pour ne plus jamais le quitter. Si seulement je l'avais fait… Quoique… je n'aurais probablement pas pu éviter l'inévitable.

L'éloignement me confirmait quelque chose que je ne savais pas quand j'avais intercédé pour mon amie : je ne pouvais pas vivre sans Gunnar. Meritxell et l'amitié passaient au second plan. Je voulais Gunnar pour moi seule.

J'ai parlé avec toutes les Omar présentes et obtenu le même témoignage. Héléna, une jeune louve – elle avait vingt-sept ans à l'époque –, vivait pratiquement isolée dans ces montagnes. Elle avait une bonne raison : elle était amoureuse de son mari, le forgeron. Elle s'était établie dans ce village sans chercher à savoir s'il y avait d'autres Omar aux environs, des livres dans la bibliothèque ou des enfants pour les lire. C'était une jeune femme joyeuse et bien en chair, débordante de vie et d'énergie. Elle s'occuperait de tout, même de remplir l'école avec ses propres enfants si c'était nécessaire. Et c'était bien parti ; en tout cas, au début.

C'est grâce à Karen que j'ai glané le plus d'informations. Globe-trotter et polyglotte, Karen avait mon âge et était en première année de médecine. Diana était son premier cas d'étude. Karen était passionnée par la médecine et par les traditions des Omar. Elle aurait été une fille parfaite pour ma mère ! Elle était obéissante, discrète, studieuse et, par-dessus tout, une sorcière militante. Elle a été horrifiée en apprenant que j'avais préféré faire la fête le soir du carnaval plutôt que de célébrer la nuit d'Imbolc avec les clans.

Ce soir-là, dans la chambre que nous partagions, j'ai pris note, dans les moindres détails, de ce qui était arrivé depuis la veille. Héléna avait eu le courage de prendre la petite Diana dans ses bras, de la remettre dans son berceau et de formuler un sortilège de sommeil pour son mari. Un mortel ne devait en aucun cas voir la petite dans cet état. Mais la douleur lui avait fait oublier son fils, Roc.

Quand Karen et sa mère étaient arrivées, elles avaient trouvé le petit garçon par terre dans la cuisine, glacé, les yeux fixés sur le poêle et répétant sans cesse : « Méchante, méchante. »

— Je l'ai enveloppé dans une couverture, m'a dit

Karen, je lui ai donné une tasse de bouillon et je l'ai bercé pour qu'il s'endorme ; mais il était en état de choc et me regardait de ses yeux noirs, comme s'il avait voulu me transpercer. Il ne faisait que répéter : « Méchante, méchante. »

Frappée par la réaction du petit garçon, je me suis promis de lui parler le lendemain.

Karen a poursuivi son récit, et c'est ainsi que j'ai appris comment les médecins Omar faisaient disparaître toute trace de l'intervention d'une Odish et maquillaient les cadavres enflés aux plaies purulentes. La doctoresse Bauman et Karen s'en étaient occupées, et le père a cru que Diana avait succombé à la mort subite du nourrisson durant son sommeil. Karen a ajouté un détail à faire dresser les cheveux sur la tête :

— Diana avait des brûlures au visage. Ma mère dit que cela fait partie du rituel phénicien de sacrifice de bébés. On les introduisait dans un four avant de les saigner.

Héléna, stoïque, avait nettoyé la maison pour recevoir les visites et cuisiné. Mais sa force de caractère avait des limites, et elle était près de craquer lorsque sa sœur était arrivée. Celle-ci lui avait préparé une potion qui lui avait permis de dormir plus de dix heures. À son réveil, elle n'avait plus aucun souvenir de Diana. Sa fille avait disparu de sa mémoire. Sa sœur avait prié son mari de ne plus jamais faire allusion à l'enfant, car l'oubli, pour la mère, était une forme de survie. Le mari y avait consenti, et Héléna avait tourné une page de sa vie, comme tant d'autres Omar qui avaient perdu leur bébé. Elle ne se rendrait même pas aux obsèques.

— Alors, Héléna ne pourra pas m'aider ? ai-je dit.

— Il ne faut surtout pas l'interroger.

— Et le petit garçon, le petit Roc ?

— Personne ne lui a donné de potion, ni ne lui a accordé d'attention particulière. Même pas sa mère. Il est très jeune, et à son âge, on ne parle pas vraiment et on ne comprend pas.

— Mais il est le seul à avoir vu ce qui est arrivé.

J'avais envie de dormir et de rêver de Gunnar, mais Karen ne s'arrêtait pas de parler, ravie de rencontrer une autre louve de son âge, et honorée que je sois la fille de la grande Déméter, chef de la confédération des tribus d'Occident. Moi, je me fichais royalement de la nouvelle charge de ma mère !

Karen m'a raconté une multitude d'anecdotes sur sa vie auprès de sa mère, évoquant les nombreux lieux où elle avait vécu. C'est sûr que moi, je n'étais pas en reste : je suis née à Olympie, j'ai eu mes premières dents à Héraklion, j'ai passé mon enfance à Pompéi, puis grandi à Taormine, je suis devenue femme à Grenade et j'ai commencé mes études à Barcelone. Nous avions beaucoup de points communs. Contrairement à moi, toutefois, elle était fière d'être une Omar et voulait continuer à vivre comme sa mère, d'origine allemande, qui avait également parcouru la moitié de l'Europe. Elle avait passé son adolescence à Ordino, un petit village d'Andorre, où elle avait ses meilleurs souvenirs.

Quel hasard incroyable ! Meritxell était elle aussi originaire d'Ordino. J'ai parlé d'elle à Karen.

— Meritxell Salas ? Non, je ne la connais pas.

J'ai cru qu'elle me faisait marcher.

— Elle est mince, blonde, avec des yeux changeants, irisés ; très douce. Elle peint et étudie les beaux-arts. Son père est veuf, il a une station-service et une boutique d'électroménager.

— Le propriétaire de la seule station-service du coin s'appelle Camps, il a soixante-dix-neuf ans et trois fils célibataires. Et à Ordino, il n'y a aucune boutique d'électroménager.

Je n'ai pas insisté. Peut-être m'étais-je trompée de village.

Avant de s'endormir, Karen m'a avoué :

— Tu sais quoi ? Il y a quelque chose qui me manque.

— Quoi donc ?

— Une amie avec qui partager mes secrets. Une louve de mon âge qui comprenne combien c'est compliqué d'être une sorcière.

— C'est clair. Je pense la même chose que toi.

C'était la vérité. Mais mon souhait à moi n'était pas d'avoir une amie. Mon souhait était d'aimer Gunnar pour toujours.

— Je peux te demander quelque chose ?

— Quoi ?

— D'être ton amie.

Je n'ai pas répondu tout de suite. Dernièrement, mes amitiés étaient devenues impossibles à gérer.

— Tu habites trop loin, on ne fait pas les mêmes études, ai-je objecté.

— Peu importe. On pourrait partager un rêve.

— Lequel ?

— Nous retrouver ici, à Urt, dans cette maison,

quand on sera adultes. Elle est à vendre, et à un prix intéressant. Tu ne trouves pas qu'elle est géniale ?

J'étais d'accord avec elle, mais j'ai éclaté de rire.

— Tu as l'intention de l'acheter ?

— Pourquoi pas ?

Peut-être était-ce vrai, peut-être avais-je besoin d'une amie louve qui puisse partager mes peines.

— Pourquoi pas ? ai-je acquiescé.

Et je me suis endormie. J'ai rêvé, je crois, que Gunnar et moi vivions chez le vicomte, car nous nous réchauffions les mains aux flammes du foyer. Je me blottissais contre son épaule en l'écoutant raconter une sanglante saga islandaise, dans laquelle une femme courageuse vengeait son père et ses frères en sacrifiant son propre fils. Je me souviens aussi que, dans un berceau, près de nous, se trouvait un bébé du nom de Diana. Et le plus surprenant était que la petite Diana était notre fille, à Gunnar et à moi, et qu'elle était encore vivante. Je me suis réveillée en pleurant.

Le petit Roc avait, en effet, de grands yeux noirs et brûlants comme des braises. Il me regardait avec fascination. Il m'écoutait lui demander encore et encore ce qui était arrivé à sa petite sœur. Mais l'enfant se contentait de toucher mes cheveux avec ses petites mains potelées, sans dire un mot.

Je l'ai pris par la main et l'ai mené jusqu'à la cuisine. Il ne voulait pas entrer. Il restait à la porte, faisant « non » de la tête. Je l'ai soulevé dans mes bras et me suis forcée à entrer avec lui. L'expression de son visage était indescriptible. Il a indiqué le poêle de son petit doigt.

— Méchante, méchante, va-t'en ! a-t-il crié.

Surprise par sa véhémence, je l'ai bombardé de questions.

— Qui a pris ta petite sœur ?

— Méchante.

— Tu la connais ?

— Méchante.

Le petit Roc ne faisait que désigner le poêle. Il était très perturbé et se débattait. J'ai dû le poser à terre, et il a eu une réaction inattendue. Il s'est précipité vers la cuisinière, a ouvert la porte de fer et y a introduit sa petite main. Je suis restée sans voix. Roc avait sorti une vipère de l'intérieur du poêle ! Elle était étourdie, mais vivante. L'enfant, avec une inconscience propre à son âge, s'est mis à la taper contre le sol.

Heureusement, j'avais des réflexes rapides et je l'ai éloigné juste à temps pour éviter que la vipère, sortant de sa torpeur, ne le morde. J'ai attrapé le tisonnier et l'ai frappée avec acharnement, jusqu'à lui avoir écrasé la tête.

La vipère a sinué vers la porte en laissant une traînée de sang derrière elle. Instinctivement, j'ai empoigné un couteau et lui ai tranché net la tête. Roc s'est mis à pleurer, indiquant le sol de son petit doigt. Ce qui ressemblait à une traînée de sang était, en fait, d'étranges inscriptions : les signes d'un alphabet. J'en ai eu la chair de poule. Cet être répugnant avait tracé des mots avant d'expirer. Ce n'était pas qu'une simple vipère.

J'ai fait quelques photos, puis effacé les traces avec la serpillière, avant d'avertir les autres Omar. Déméter m'avait demandé d'être discrète et j'agissais donc avec discrétion.

Roc pleurait encore lorsque la doctoresse Bauman est entrée dans la cuisine et a embrassé la scène d'un regard : l'enfant en pleurs agrippé à mes jambes, le reptile décapité et le couteau sanguinolent.

J'ai été l'héroïne de la soirée. La curiosité me dévorait, et pourtant, je me suis tue, malgré ce que je venais de voir et les photos glissées dans ma poche.

J'ai recopié soigneusement l'un des signes et l'ai montré à Héléna qui avait retrouvé le sourire et prenait un café au lait.

— C'est du phénicien, a-t-elle affirmé sans la moindre hésitation.

J'ai recopié un autre signe et le résultat a été le même. J'ai prétexté un travail fictif pour mes études, et c'est elle-même qui m'a installée dans sa bibliothèque pour que je puisse faire les recherches que je voulais.

Héléna, à la différence de Déméter et de moi, avait jalousement conservé tous les livres de sa famille et avait constitué une superbe bibliothèque. La table et les étagères étaient de chêne massif et couvertes de traités millénaires, de recueils de prophéties et d'épais volumes d'herboristerie, de médecine, d'astronomie, d'astrologie et d'histoire ancienne.

En reconnaissant les signes écrits par la vipère, j'ai frissonné. Ils formaient le mot Baâlat ! Ce n'était donc pas le fruit de mon imagination. Le rituel de l'assassinat de la petite et la possession de la vipère par une force supérieure qui lui dictait le nom de la déesse menaient à la même conclusion : Baâlat n'avait pas disparu.

Effrayée, inquiète, j'ai feuilleté fébrilement les livres, avant de trouver le bon. Le traité d'Ingrid, qui avait ses sources dans les études de Min sur les anciennes Odish représentées comme des déesses et vénérées comme telles, m'a fait entrevoir la vérité.

Tristement célèbres sont les excès sanglants de la redoutable Baâlat, Odish vénérée par les Phéniciens sous le nom d'Ishtar. Cependant, on connaît moins bien ses activités de nécromancienne et la prophétie concernant son retour. {...}

Baâlat, la perverse, porta ses connaissances d'ensorceleuse aux confins de l'univers des esprits. Durant ses longues années de règne à Byblos, Tyr et Carthage, nombreux furent les témoignages évoquant son pouvoir de faire revivre les morts et de les transformer en êtres privés de volonté qui lui obéissaient aveuglément. Devenus ses oracles, fidèles serviteurs de chairs décomposées, ils ne craignaient pas la mort, car elle les avait déjà frappés. Baâlat, apparemment, se rendait sur les champs de bataille, et ses esclaves ramassaient les viscères des cadavres pour fabriquer les puissantes potions avec lesquelles elle séduisait rois et marchands. Baâlat vendait des antidotes aux morsures mortelles de serpents et de scorpions et des remèdes contre des maladies dévastatrices. Ainsi parvint-elle à fuir Tyr et à se réfugier derrière les murailles de Carthage après l'assaut d'Alexandre le Grand. Mais les Romains ne furent pas favorables à ses arts, car ils refusaient les sacrifices humains. Ce fut la perte de Baâlat. Elle périt sous le glaive impitoyable de Scipion qui voulait faire un exemple, avant d'être brûlée, et ses cendres éparpillées dans la cité en ruine.

Avant d'être décapitée, Baâlat, très affaiblie et abandonnée par ses gens, prononça ces paroles recueillies par le poète

Marcellus, un centurion de Scipion : « Je reviendrai d'entre les morts pour concevoir l'élue, et ma volonté triomphera des auspices et des destins étrangers. »

Elle ne réapparut plus jamais, et personne n'invoqua plus son nom. (...)

Après l'exhumation de la nécropole de Carthage et à la lumière de différents documents et témoignages contemporains, j'ose avancer que Baâlat ne fut pas tuée de manière appropriée, et que ses dons lui confèrent le pouvoir de revenir dans le monde des vivants et de s'incarner en animal, en enfant ou en défunt, trois formes privées de volonté et que Baâlat peut aisément revêtir.

Le pouvoir de la déesse ira croissant avec la force et l'énergie de ceux qui la contemplent, acceptent son entité et projettent leurs désirs en elle.

Baâlat, la grande Odish nécromancienne, tirait sa force du sang des sacrifices et de la projection de son image aux festivités et cérémonies. Son pouvoir croissait avec la contemplation de son visage, et la simple évocation de son nom matérialisait son esprit. Les citoyens de Tyr et de Byblos, effrayés par sa cruauté, évitaient de prononcer son nom pour ne pas multiplier ses excès.

L'éventualité de son retour s'efface avec le temps et diverses Omar n'y croient pas. Cependant, je ne partage pas leur avis. Baâlat, la grande ensorceleuse, peut revenir dans le monde des vivants au moment où les prophéties annoncent l'imminence de la venue de l'élue.

Je n'ai pu en lire davantage. Je suis sortie de la bibliothèque en tremblant comme une feuille, incapable de réagir aux démonstrations d'affection des autres

Omar. Je me trouvais en état de choc émotionnel. Karen m'a félicitée et m'a avoué qu'elle n'était pas très courageuse et aurait été incapable de tuer la vipère.

Comme elles se trompaient toutes ! Je n'étais pas courageuse, je n'étais qu'une pauvre idiote qui avait joué avec le feu et causé la mort de nombreuses innocentes. Je ne pouvais plus respirer. Tout était ma faute. Je m'étais déguisée en déesse, et ce à deux reprises ! J'avais donné vie à sa forme, à son corps, à ses symboles, et je les avais montrés à des milliers de personnes durant cette nuit de carnaval. Tous ceux qui m'avaient regardée avaient vu Baâlat et lui avaient transmis leur énergie. Et Baâlat avait réussi à réunir la force nécessaire pour matérialiser son esprit et ordonner son retour.

La révélation était aussi terrible qu'incroyable.

Et je me trouvais au cœur de l'ouragan. À cause de moi, tout avait commencé et, malheureusement, j'avais aussi été le témoin de son existence. Avec le petit Roc, j'étais la seule à savoir qu'elle était de retour.

Baâlat, l'Odish qu'adoraient les Phéniciens et qui, selon les chroniques anciennes, avait été décapitée et brûlée à Carthage, en même temps que la cité, sur ordre de Scipion, était revenue d'entre les morts.

Je ne pouvais m'ôter de l'esprit cette phrase lourde de sens : « Je reviendrai pour concevoir l'élue. »

L'élue de la prophétie qu'attendaient anxieusement les Omar… pouvait-elle être fille de Baâlat ? Baâlat pouvait-elle concevoir et mettre au monde une fille ?

J'étais épouvantée. Personne d'autre ne connaissait les intentions de Baâlat et il me faudrait informer

Déméter. M'avait-elle envoyée ici à dessein, afin de me punir de mon imprudence en faisant de moi le témoin de cet événement terrible ? Quel châtiment encourais-je ? En outre, ma mère ignorait que, vêtue de la tunique de Baâlat, j'avais ensorcelé Gunnar et lui avais donné un philtre.

La lumière s'est faite soudain. J'avais agi sous l'influence de la déesse ! Mon amour pour Gunnar était maudit !

J'ai pleuré de rage et d'effroi. Mon instinct m'avertissait que les malheurs que j'avais déclenchés ne faisaient que commencer. Pourquoi ne pouvais-je pas être une banale étudiante amoureuse ? Ma condition de sorcière était trop lourde à porter. Mes obligations auprès de la tribu et du clan étaient pour moi une condamnation éternelle. J'étais différente. J'étais capricieuse et impulsive, et la magie que me conférait le pouvoir de la sorcellerie ne faisait pas bon ménage avec mon égoïsme. Non, je n'avais pas l'étoffe d'une martyre, ni ne voulais me sacrifier. Je préférais être une mortelle sans pouvoirs.

J'ai tenu à m'occuper moi-même de la vipère. Je lui ai transpercé le cœur, je l'ai découpée en morceaux et j'ai prononcé un sortilège de purification avant de la brûler. Lorsqu'il n'en est resté que des cendres, Héléna m'a obligée à manger une énorme assiette de pot-au-feu. Ç'a été le repas le plus amer de ma vie. Le repas offert par une mère dont l'enfant était morte par ma faute. Je me suis promis que si un jour j'avais une fille, je lui donnerais le nom du bébé disparu.

Puis, sans rien dire à personne, j'ai préparé la potion

de l'oubli et l'ai fait boire au petit Roc pour soulager sa mémoire.

Après les obsèques, je suis rentrée à Barcelone, mon carnet empli de notes et le cœur serré par la culpabilité. Je ne voulais pas voir Déméter. Je n'aspirais qu'à être une femme ordinaire, avec un homme à aimer, un travail, une maison et des enfants. Je brûlais d'envie de me réfugier dans les bras de Gunnar.

*

* *

Séléné s'arrêta dans une station-service pour faire le plein, et elles en profitèrent pour prendre un café. Anaïd, impressionnée, avait du mal à digérer tout ce que sa mère venait de lui apprendre et la bombardait de questions.

— Héléna a eu une fille ? Elle affirme qu'elle ne peut pas en avoir.

— Elle ne se souvient de rien. Je te l'ai dit, sa sœur lui a fait boire la potion de l'oubli. C'est la seule manière pour les Omar de surmonter l'horreur d'avoir perdu leur bébé.

Anaïd ne pouvait s'ôter de l'esprit le petit Roc, ses yeux noirs et brûlants.

— Roc a vu assassiner sa petite sœur ?

— Je le suppose. Il a tout oublié, lui aussi.

— Il était comment ?

— Adorable. Potelé, avec de belles boucles noires et des yeux intelligents. De tous les fils d'Héléna, j'ai toujours pensé que c'était le plus beau. Il ressemble à son père.

Anaïd rougit brusquement et feignit de s'être brûlée avec son café.

Séléné n'était pas née de la dernière pluie.

— Qu'est-ce qu'il y a entre Roc et toi ?

— Rien ! protesta Anaïd, peu disposée à confier ses peines d'amour à sa mère.

— Bon, admettons, rétorqua Séléné.

— Alors, reprit Anaïd, tu es allée habiter à Urt parce que tu l'avais promis à Karen ?

— Eh bien, oui. C'est Karen qui en a eu l'idée, et moi, j'ai acheté la maison. Maintenant, elle est à nous. Nous n'avons plus d'échéances à rembourser.

— Je suis heureuse que Karen t'ait donné cette idée. C'est ma maison, j'ai un endroit où revenir, et je crois que je ne pourrais pas vivre sans respirer l'oxygène de ma vallée et sans voir mes montagnes chaque matin.

— Pourtant, tu vas devoir t'habituer à changer de paysage.

Anaïd se sentit soudain reconnaissante envers Séléné de lui avoir donné le foyer dont elle avait été privée dans sa propre enfance.

— Oui, mais j'ai un foyer et un village. Et une famille.

— C'est justement ce que je voulais te donner, répondit Séléné, émue.

— Même si, quand grand-mère est morte, tout a changé.

— C'est vrai, reconnut tristement Séléné. La place qu'elle occupait est restée vide. Elle me manque beaucoup, à moi aussi.

— Et tante Chriselda me manque... Déméter était aussi sérieuse et stricte quand elle était jeune ?

— Plus que tu ne crois, dit Séléné avec un sourire.

Anaïd était dévorée par la curiosité.

— Et que s'est-il passé quand tu es allée vivre à Urt ? Et je suis née où ? C'est Gunnar, mon père ?

— Pas si vite ! Avant ta naissance, il est arrivé un tas de choses. Laisse-moi t'expliquer.

CHAPITRE IV

Le destin et le devoir

À mon retour d'Urt, j'ai filé chez Gunnar. Il était en train de sculpter un petit cheval dont les contours se précisaient peu à peu. Il m'a parlé, le regard fixé sur sa tâche, la voix empreinte d'une profonde tristesse.

— Meritxell a débarqué avec une valise. Elle m'a dit qu'elle avait tout préparé pour que nous puissions partir ensemble en Islande, qu'elle laisserait tomber ses études, que la langue n'avait pas d'importance, que la lumière du jour ne lui manquerait pas, qu'elle n'aurait pas la nostalgie du soleil ni de l'été.

J'en ai eu le souffle coupé.

— Que lui as-tu dit ?

Gunnar s'appliquait à polir le petit cheval. J'ai patienté, le laissant trouver les mots adéquats.

— Que je ne l'aimais pas.

J'ai soupiré, soulagée. Il a levé les yeux et m'a regardée durement.

— Elle sait qu'il y en a une autre.

J'ai voulu m'approcher de lui ; il m'a arrêtée d'un geste de la main.

— Je n'aime pas ça, Séléné. Qu'est-ce que tu m'as fait ? Tu m'as ensorcelé ?

Il m'avait lancé une accusation, et je me suis sentie comme devaient se sentir les sorcières, mes ancêtres, devant le tribunal de l'Inquisition.

— Pourquoi dis-tu cela ?

— Tout était clair pour moi : mes plans, l'avenir. J'étais amoureux de Meritxell et soudain... tu es apparue.

Gunnar était tendu et la distance ne faisait qu'accroître sa méfiance. J'ai contourné la table et me suis assise sur ses genoux. Il tremblait. Tout comme moi. Nous nous sommes embrassés avec passion. Il m'avait tant manqué... Et à chaque nouveau baiser, mon cœur battait à tout rompre.

— Pourquoi est-ce que je pense à toi sans cesse ? m'a-t-il demandé.

— C'est normal, non ? Nous nous aimons.

Gunnar était plus âgé que moi. Peut-être vingt-cinq ans ? Apparemment, il avait plus d'expérience.

— Parfois, l'amour rend aveugle. Et c'est ce qui nous arrive. Nous ne pensons plus à rien d'autre, seul cet amour nous importe.

Et après ? Je n'y voyais rien de blâmable, sauf en ce qui concernait Meritxell. Nous étions jeunes, libres et amoureux.

— Tu es un strandhögg dans ma vie, a ajouté Gunnar. C'est ainsi que les Vikings nommaient leurs raids à l'intérieur des terres. Ils attaquaient sans crier gare et étaient rapides, efficaces et dévastateurs.

Gunnar est allé chercher une bouteille et deux verres. Il les a remplis et m'en a tendu un.

— C'est de l'hydromel, la boisson des dieux.

J'ai bu d'un trait. J'avais tant de doutes et de questions. Et sa comparaison ne me satisfaisait pas.

— Donc, j'ai dévasté ta vie. Je suis ton strandhögg ?

— Je ne t'attendais pas, Séléné. Tu m'as pris par surprise.

— Moi non plus, je ne t'attendais pas ! ai-je protesté. Nos chemins se sont croisés !

— En effet, a soupiré Gunnar. Mais peut-être aurait-il mieux valu qu'ils ne se croisent pas.

Il parlait par énigmes et ça ne me plaisait pas.

— Parle clairement !

Gunnar a rempli encore le verre et m'a attirée contre lui.

— Je vais te raconter une histoire. Elle fait partie de la saga islandaise de Voslund et retrace le destin d'une femme qui fut écrit avant sa naissance : la belle Signy, qui naquit pour perpétuer la lignée de Voslund et venger les siens.

Et je me suis laissé bercer par la voix de Gunnar.

« Il y a très, très longtemps, en un lieu nommé Branstock, vivait le vieux Voslund, dans la demeure familiale, avec ses trois fils et son unique fille, Signy, la plus aimée. Signy prenait soin de son père et de ses frères, et avait une affection particulière pour Sigmund, son jumeau, parce qu'ils avaient partagé le ventre de leur mère, que leur ressemblance était frappante et qu'ils pouvaient se comprendre sans dire un mot. Signy et Sigmund avaient perdu leur mère à la naissance et une seidkona – une devineresse – avait tué une oie pour connaître l'avenir de la famille, et prédit que la petite

Signy serait celle qui perpétuerait leur nom et leur honneur.

» Mais le vieux Voslund n'accorda aucune foi aux augures. Lorsqu'il crut arrivé le moment de marier sa fille, il choisit le meilleur prétendant de tous, le noble Siggeir de Gotland, et donna une grande fête. Les époux reçurent de nombreux cadeaux, mais le présent qui souleva le plus d'enthousiasme fut celui d'un vieillard à la barbe blanche et au visage dissimulé par son couvre-chef. Il leur présenta une magnifique épée en disant : "Cette splendide épée forgée par les nains appartiendra à celui qui sera capable de la sortir." Ce disant, il la planta dans un vieux chêne jusqu'à la garde.

» Siggeir de Gotland fut le premier à tenter de l'en arracher ; mais l'épée était ensorcelée et il échoua. Signy, qui n'était pas éprise de son époux, comprit alors qu'elle serait profondément malheureuse à ses côtés. Siggeir était cupide, envieux et vindicatif. Et Signy prit pitié de celui qui serait capable d'arracher l'épée, car il s'attirerait sa haine à jamais.

» Tous les nobles tentèrent leur chance. Finalement, Sigmund, le jumeau de Signy, caressa le superbe pommeau, et l'épée lui glissa magiquement dans la main.

» Siggeir lui offrit de l'or en échange, mais Sigmund refusa. Siggeir, furieux, regagna sur-le-champ sa terre de Gotland avec son épouse, ses guerriers et ses navires. Cependant, avant de partir, il parvint à arracher au vieux Voslund la promesse de lui rendre visite avec ses fils.

» Signy aurait préféré ne jamais revoir son père et ses frères. Craignant une tragédie, elle pria les dieux de toute son âme pour qu'ils ne viennent jamais à

Gotland. Mais son père, le vaillant Voslund, était un homme de parole. Quelques mois plus tard, alors que la jeune Signy venait d'accoucher d'un fils, Voslund cingla sur Gotland.

» Signy, apercevant les navires de son père et de ses frères, se précipita au-devant d'eux pour les prévenir de ne pas entrer dans la forteresse, car son époux leur avait tendu une embuscade. Ils ne la crurent pas. Siggeir tua le vieux Voslund et ses hommes, s'empara de l'épée de Sigmund et captura les frères de Signy. Il les attacha à un arbre et les condamna à un horrible supplice : durant la nuit, le premier frère fut dévoré par un loup. La nuit suivante, le même loup dévora le deuxième. Alors qu'il ne restait que Sigmund, Signy demanda à le voir pour lui faire ses adieux. Tandis qu'elle l'embrassait, elle lui enduisit le visage de miel. Lorsque le loup survint au cœur des ténèbres, il lécha Sigmund et introduisit sa langue dans sa bouche. Sigmund referma les mâchoires avec force, l'emprisonnant entre ses dents. Il la mordit avec tant de force que la bête agonisa dans de terribles soubresauts, qui dénouèrent les cordes du prisonnier.

» Sigmund s'enfuit et retourna sur sa terre. Signy resta auprès de son époux et de son fils, mais jura de venger l'honneur de sa famille. Cette idée la minait, l'empêchant d'être heureuse. Elle attendit des années que son fils puisse naviguer…

» Un jour, profitant de ce que son époux Siggeir guerroyait contre les Svear, elle prit une embarcation avec son fils et retourna dans la demeure des Voslund. Elle y retrouva son frère Sigmund et lui dit qu'elle n'aurait pas de repos tant que leur père et leurs frères ne seraient pas vengés. Elle lui demanda de mettre son fils à l'épreuve et de s'assurer qu'il était digne des Voslund. Et Sigmund fit selon ses souhaits. Tandis que Signy et lui allaient ramasser du bois, il ordonna au garçon de préparer un pain avec un sac de farine dans lequel il avait glissé un serpent. Lorsqu'ils revinrent, le pain n'était pas cuit, et le garçon avoua avoir été saisi de terreur en découvrant le serpent. Accablée par sa couardise, Signy le tua de ses mains.

» Signy comprit que seul un fils qu'elle aurait avec Sigmund hériterait la bravoure des Voslund. Elle se transforma en sorcière, et ainsi conçut-elle un fils qu'elle nomma Sinfjotle.

» Sinfjotle était un garçon robuste et noble, mais Signy redoutait qu'il ne fût pas à la hauteur de ses espoirs. Quand il eut l'âge requis, elle l'amena à son frère pour qu'il le soumette à l'épreuve. Après lui avoir indiqué le sac de farine, Sigmund et Signy quittèrent la demeure. À leur retour, le pain était cuit. Sinfjotle leur relata qu'il avait découvert un serpent dans le sac, mais qu'il avait obéi aux ordres de sa mère et de son oncle, sans craindre le reptile. Signy se réjouit. Son fils Sinfjotle était un digne successeur des Voslund et leur sang coulait doublement dans ses veines. Il vengerait donc la mort et l'honneur de son aïeul et de ses oncles.

» Signy retourna à Gotland auprès de son époux, confiant son fils à Sigmund pour qu'il l'aguerrisse. Le temps passa. Un jour, Sigmund et Sinfjotle se présentèrent devant la forteresse de Siggeir. Mais ils tombèrent dans un piège que leur tendit Siggeir et furent capturés. Siggeir ordonna de les enterrer vivants. Par chance, avant que la fosse ne soit scellée par une énorme pierre runique, Signy y laissa tomber l'épée magique. Toute la nuit, Sigmund et Sinfjotle frappèrent la pierre à tour de rôle avec l'épée et réussirent à la fendre. Ensuite, ils égorgèrent sans difficulté les gardes, car ceux-ci s'étaient enivrés pour célébrer leur victoire. Père et fils ramassèrent du bois et mirent le feu à la demeure de Siggeir, tuant tous ceux qui tentaient de s'enfuir.

» Ils supplièrent Signy de repartir avec eux, mais elle refusa. Siggeir était mort et elle avait enfin trouvé la paix : sa vengeance était assouvie. Elle étreignit son frère et son fils pour leur faire ses adieux, puis entra dans la maison et se livra aux flammes qui ne tardèrent pas à la dévorer. »

Lorsque Gunnar a terminé son récit, j'ai été envahie par une grande tristesse : pour la malheureuse Signy que l'on avait contrainte à épouser un homme qu'elle n'aimait pas ; pour sa fin atroce ; pour son sens de l'honneur qui l'avait poussée à sacrifier son fils. Quelle horrible tragédie ! Et je ne voyais pas bien où Gunnar voulait en venir.

— Tu veux que je me jette dans les flammes afin de me purifier ? l'ai-je taquiné.

— Ne dis pas de bêtises !

— Alors ? Pourquoi m'as-tu raconté cette histoire ?

Gunnar a hésité.

— La vie de Signy ressemble à celle de mes ancêtres qui ont dû lutter sans cesse et dont le destin était écrit.

— Tu crois au destin ?

— Pas toi ?

Je me suis souvenue qu'une fois, lorsque j'étais enfant, ma mère avait reçu la visite d'une oracle étrusque qui avait lu mon destin. Ni l'une ni l'autre n'avait jamais voulu me révéler ce que la femme avait vu dans les viscères de l'agneau et qui l'avait tant effrayée. Déméter m'avait seulement affirmé qu'on pouvait modifier son destin.

— Je crois que nous écrivons les pages de notre propre livre, ai-je expliqué.

Gunnar m'a observée, une lueur d'admiration dans les yeux.

— Tu as du caractère !

— Si on veut. Ma mère me traite de rebelle.

— Tu ne vas pas aimer ce que je vais te dire.

J'étais sur des charbons ardents. Depuis mon arrivée, je devinais qu'il voulait me dire quelque chose.

— Meritxell est enceinte.

En dépit des nombreuses possibilités qui m'étaient venues à l'esprit, celle-là ne m'avait pas effleurée.

— Et elle veut garder l'enfant.

J'aurais voulu pleurer et hurler de rage ! J'étais anéantie. Les mains tremblantes, j'ai demandé d'une toute petite voix :

— Qu'est-ce que tu vas faire ?

Il n'osait pas me regarder dans les yeux.

— On n'a pas toujours le choix.

C'était sa façon à lui de me dire qu'il se sentait responsable de cette nouvelle vie. Sa décision lui faisait honneur, et pourtant, une heure avant, il m'avait avoué ne pas aimer Meritxell.

— Alors, ton destin est ton devoir ?

J'avais enfin compris la morale de la saga. Il me l'avait racontée pour justifier sa décision.

— Je ne peux pas abandonner Meritxell.

Je suis partie, la tête résonnant du rythme de mille tambours. Le bonheur était passé en me frôlant, puis s'était éloigné. Je ne pouvais pas être heureuse. Meritxell non plus. Elle était pâle et triste. J'avais pitié d'elle. J'étais revenue pour prendre mes affaires et déménager, mais je n'en ai pas eu la force.

— Ce week-end, elle n'a pas voulu aller en Andorre, m'a chuchoté Carla, inquiète.

C'est alors que je me suis rappelé ma conversation avec Karen. J'en ai parlé à Carla. Carla m'a montré l'adresse à Ordino sur les papiers de Meritxell, les lettres envoyées par son père et des photos qu'elle avait prises un week-end où elle l'avait accompagnée. J'ai décidé de ne plus y penser. Meritxell avait l'air si fragile que je me sentais dans l'obligation de l'aider comme elle m'avait elle-même aidée.

Un soir, Carla, qui avait passé des heures à préparer au wok un plat exquis de légumes sautés, attendait notre verdict. Meritxell n'y a jeté qu'un bref coup d'œil.

— Allez, goûte, ne nous fais pas encore ton petit numéro ! s'est exclamée Carla.

— Tu ne vois pas qu'elle est malheureuse ? ai-je dit pour la défendre.

— N'importe quoi.

— Séléné, laisse tomber, ce n'est pas grave, a dit Meritxell.

Et elle a repoussé son assiette. Aussitôt, Carla l'a replacée devant elle.

— Mange ! C'est super bon.

Meritxell a pâli.

— Je n'ai pas faim.

— Je ne vais pas te laisser mourir de faim parce que ton copain s'est barré.

— Ce n'est pas pour ça, a sangloté Meritxell.

— Bien sûr que si, a répliqué Carla. Je te défends de devenir anorexique pour un type qui a une belle gueule mais qui t'a laissée tomber pour une autre.

L'avait-elle dit exprès ou était-ce le hasard ?

— Je me sens mal, a gémi Meritxell.

— Personne ne meurt d'amour ! Mange, a répété Carla.

J'ai décidé d'intervenir pour éviter que Carla ne devienne indiscrète.

— Tu parles en connaissance de cause, peut-être ?

Carla n'a pas relevé et j'ai compris que son agressivité provenait sûrement d'une déception sentimentale récente. Quelque temps auparavant, elle recevait souvent des appels d'un certain Joachim, mais depuis peu, le téléphone avait cessé de sonner. C'était pathétique ! Trois filles au bord du désespoir qui se disputaient pour des peines de cœur.

— Joachim manquait un peu de piquant. Ce qui n'était pas le cas du Viking baraqué de Meritxell, a avoué Carla en dégustant son plat.

— Ne parle pas de Gunnar, l'a suppliée Meritxell.

Je n'ai pu éviter de frissonner en entendant son nom. Puis Meritxell s'est levée et s'est jetée dans mes bras. Carla a regagné sa chambre.

— Je ne veux pas que Gunnar ait pitié de moi ! s'est écriée Meritxell. Je suis enceinte.

Je l'ai serrée contre moi pour qu'elle ne remarque pas mon embarras.

— Gunnar ne m'aime plus, mais il m'a demandé de

revenir, pour le bébé. Je ne sais pas quoi faire. Peut-être qu'il en aime une autre, tu ne crois pas ?

Je ne pouvais pas continuer à me taire.

— Peut-être, mais s'il t'a dit qu'il voulait rester avec toi, la décision t'appartient.

Meritxell était trop fatiguée pour continuer à bavarder. Elle a porté la main à sa bouche.

— Lola ! Je l'avais complètement oubliée.

Elle lui a donné à boire et à manger. Le petit hamster s'est endormi en ronronnant dans ses mains, et je me suis allongée près d'elle.

CHAPITRE V

Le jugement des matriarches

Dès que ma mère Déméter a reçu mes conclusions sur mon enquête à Urt, elle m'a convoquée sur-le-champ, et j'ai dû boucler mon sac à toute vitesse pour aller la rejoindre au bout du monde. J'ai emporté le dossier avec les photos que j'avais prises chez Héléna et des copies du double rapport sur la mort de Diana, l'un destiné à être rendu public, l'autre à l'usage des matriarches. Je craignais leur réaction quand elles apprendraient ce que j'avais découvert sur le retour de Baâlat. Je ne voulais rien leur cacher car, tôt ou tard, Déméter saurait la vérité. Mieux valait assumer mon erreur. Le choix de mon costume avait-il été le fruit du hasard ? Non, bien sûr. Et les conséquences de mon acte avaient été terribles.

Sans l'amour de Gunnar, sans l'amitié sincère de Meritxell, sans personne à qui me confier, je me sentais désemparée. J'avais besoin de l'affection d'une mère. Mais Déméter, qui se trouvait alors incognito dans un hameau de la Bucovine en Moldavie, n'était pas au courant des péripéties de ma vie sentimentale, dont elle se moquait, du reste. Ses fonctions de matriarche d'Occident des tribus Omar l'accaparaient et, après m'avoir convoquée par télépathie, elle a eu avec moi une longue conversation téléphonique qui m'a tranquillisée. Le ton de sa voix était agréable et elle m'a félicitée pour la rigueur de mon rapport. Elle ne semblait pas en colère et, à aucun moment, elle n'a manifesté de contrariété en ce qui concernait le costume de Baâlat. Au contraire. Elle a insisté pour que je vienne la rejoindre en Moldavie le plus tôt possible, car les matriarches étaient impatientes d'entendre de ma bouche le récit de mes investigations.

J'ai donc mis le cap sur la Bucovine, une zone limitrophe avec l'Ukraine, proche de l'inquiétante Transylvanie hongroise, flanquée par les hautes Carpates, autrefois domaine incontesté de la toute-puissante Odish, la comtesse hongroise Erzebeth Bathory. C'est là que l'on avait dénombré le plus de victimes Omar la nuit d'Imbolc : seize mortes sur les trente-neuf présentes. Ce n'était pas si étrange, car les forêts des Carpates, vastes et secrètes, avaient été au fil des siècles le refuge d'ourses, de louves, d'aigles et de chèvres, et l'un des lieux de prédilection des clans de sorcières Omar.

Le voyage a duré près de deux jours et je suis arrivée au village complètement épuisée, ne rêvant que d'un lit. Au lieu de quoi, Déméter m'a offert une tasse de café bien fort, accompagnée d'une tarte aux pommes épaisse et croustillante, avant de m'emmener dans la salle voisine. Huit femmes m'y attendaient anxieusement autour d'une table carrée encombrée de cartes, de papiers et d'atamés.

J'avais devant moi des sorcières mythiques dont j'avais entendu parler enfant : la vieille Lucrecia du clan de la couleuvre, l'intrépide Ludmilla du clan de la chèvre, la romancière Lil du clan de l'aigrette et Ingrid, la docte salamandre. Valeria, une biologiste marine d'environ vingt-cinq ans, brune et athlétique, remplaçait sa mère pour représenter le clan de la dauphine. Elle incarnait le courage, et c'est elle qui a ouvert le feu.

— C'est la dame de Byblos, Baâlat, qui a attaqué pendant la nuit d'Imbolc. Les dauphines méditerranéennes ont vécu sur les côtes asiatiques, européennes et africaines, mais la plupart ont finalement dû se réfugier dans les îles, car celles qui s'étaient établies en Asie Mineure, dans l'ancienne Numidie, aux alentours de Carthage et des côtes ibériques ont été systématiquement détruites par la dame de Byblos. C'est pour cette raison que nous avons conservé de nombreuses traditions orales pour apprendre à nos filles à se défendre de la sanguinaire Baâlat. Nos chansons et nos jeux leur enseignent les dangers. Et nous, sorcières du clan de la dauphine, sommes certaines que Baâlat est revenue. La façon dont sont mortes Nicoletta à Trapani et Sofia à Herculano évoque le rituel de feu et de sang que pratiquait l'Odish qui se faisait passer pour la déesse des Phéniciens.

— Croyez-vous que son attaque réponde à une stratégie ? a demandé Déméter en sa qualité de modératrice.

— Nous croyons que la dame de Byblos veut effrayer les Omar, récupérer le pouvoir qui fut le sien jadis et s'approprier le territoire d'autres Odish. (Valeria a dévisagé Ludmilla, porte-parole des Carpates et de ses vallées.) Le vôtre, a-t-elle repris. Baâlat a attaqué très durement sur les terres de la comtesse.

Ludmilla, du clan de la chèvre, le visage sillonné de rides profondes et éclairé de petits yeux vifs, l'a confirmé.

— C'est vrai. La comtesse Erzebeth nous a décimées il y a quatre siècles. Mais ses méthodes, bien que non moins cruelles, étaient très différentes. Nous, les chèvres, les ourses et les biches, sommes certaines que la comtesse, notre ennemie ancestrale, attend toujours dans le monde opaque le moment de revenir.

— Quelles différences avez-vous observées dans ces morts ? s'est enquise Déméter.

Ludmilla s'est servi un verre d'eau, peut-être pour se distraire des images qu'elle était contrainte de se rappeler.

— Cette fois-ci, comme l'a dit Valeria, les morts se sont produites de manière étrange. Dans chaque maison, il y avait un feu. Chez Brasov, où la petite Greta a été vidée de son sang, le feu avait servi pour graver le symbole de la vipère de Baâlat.

— Et quel est son aspect ? a demandé la romancière norvégienne Lil, qui avait été une beauté dans sa jeunesse et conservait encore intact l'éclat de ses yeux bleus.

Ludmilla a répondu gravement :

— Une tortue, près de la mer Noire, a vu au clair de lune une mouette fuir par la fenêtre. Sa petite présentait des signes évidents de coups de bec sur le cou et les bras, mais elle a aussi été brûlée.

— Cela expliquerait sa facilité pour entrer chez les

gens, a commenté Lil. L'Odish de Carthage sous la forme d'une mouette.

— Elle ne prend pas que cette forme, a objecté Déméter. Ma fille, Séléné, a été envoyée à Urt à la suite de la mort de la petite louve, Diana. Et elle a constaté une autre apparence de Baâlat. Elle va vous l'expliquer et vous montrer les preuves.

Prendre la parole devant les matriarches ne m'a fait ni chaud ni froid. Ma mère me faisait confiance, ma mère me donnait la parole et était fière de mon travail. Je me suis exprimée d'une voix forte et claire.

— L'attaque de Diana à Urt, selon un rituel de feu et de sang, est l'œuvre de Baâlat sous l'apparence d'une vipère. Je l'ai moi-même tuée, et un enfant d'un an et demi en a également été le témoin.

— Un an et demi ? Ce témoignage ne peut guère être fiable, m'a interrompue Ludmilla.

La matriarche me regardait d'un air sévère depuis le début. Peut-être n'aimait-elle pas mon apparence plus sophistiquée et cosmopolite qui détonnait avec la simplicité de ses vêtements et de sa demeure.

— Il n'y a aucun doute. La vipère, avant de mourir, a écrit son nom en phénicien. J'ai apporté les photos.

Sur un signe de tête de ma mère, je les ai fait circuler. Tandis qu'elles passaient de main en main, un murmure d'incrédulité est monté de l'assistance.

— Pardon, Séléné, mais j'aimerais qu'Ingrid nous explique ce qu'elle sait sur Baâlat et ses pouvoirs, a dit ma mère.

Ingrid, la salamandre, a chaussé ses lunettes, sorti une feuille jaunie de tous ses papiers et entamé sa lecture.

— Le carburateur endommagé... Je vous prie de m'excuser. (Elle a dû vider son sac pour trouver le document qu'elle cherchait. Malgré sa distraction, elle était respectée et écoutée dans les congrès.) Dorénavant, a-t-elle repris, je vous demande de ne plus la nommer. Nous l'appellerons la dame noire. Elle n'a pas de corps. Sa chair et ses os ont été détruits voilà vingt et un siècles. Mais elle existe. Son esprit, son énergie et sa force peuvent s'incarner dans le corps d'un défunt, d'un enfant ou d'un animal. Pourquoi ? Parce qu'ils manquent de volonté ou que leur estime de soi est très faible. La dame noire était experte en nécromancie : elle se servait des morts pour prédire l'avenir. C'est pourquoi elle est l'Odish la plus dangereuse qui soit. D'autres Odish ont disparu avec la destruction de leur corps ; elles ne peuvent ni ne pourront jamais plus se matérialiser. En revanche, la dame noire avait prophétisé son retour avant que son corps ne soit réduit en cendres. Selon les données que nous possédons sur la puissance des sortilèges nécromanciens, la seule mention de son nom peut attirer des énergies suffisantes pour qu'elle prenne la forme... par exemple... d'une mouche. (Ingrid fouilla dans ses poches, en sortit un petit marteau en plastique et écrasa une mouche qui se trouvait sur la table. Elle la montra à ses consœurs.) Observez la taille et le poids de cet insecte. Une seule mention du nom de la dame noire peut lui fournir la force nécessaire pour qu'elle s'empare de ce corps. Pour se matérialiser, par exemple, dans le corps d'une femme adulte, elle devrait être mentionnée par cent mille personnes.

— Simultanément ? s'est enquise Valeria.

— Pas obligatoirement. Toutefois, songez également que la projection de son image ou une personne qui pense à elle peut être encore plus dangereux que de la nommer. Et le pire est d'entamer un dialogue avec elle. Une véritable bombe à retardement qui dépend aussi de la position et de la force de l'Omar avec qui elle communique.

— Le sang de sa première victime lui a donné la force de s'incarner dans l'assassin de la deuxième, a dit Lil. C'est ainsi qu'elle a dû perpétrer le massacre de la nuit d'Imbolc. À chaque mort, sa force a augmenté. À présent, son énergie doit être immense. S'il y a eu trente-neuf victimes, nous pensons que cela lui permettra de vivre...

Elles ont été horrifiées par le calcul.

La vieille Lucrecia, une couleuvre octogénaire aussi sage que les roches millénaires du volcan Etna de sa région, a allumé sa pipe et tiré dessus tandis qu'elle parlait.

— Mais moi, je me demande comment la dame noire a pu se matérialiser la première fois ? Où a-t-elle puisé la force nécessaire pour trouver le sang qu'il lui fallait ?

J'ai senti mes jambes flageoler. C'était la question que je me posais moi-même. Était-ce ma faute ?

Soudain, solennellement, Déméter s'est levée.

— Je dois vous faire un aveu qui me coûte beaucoup. Je remets mon poste de matriarche entre vos mains. C'est pour cette raison que je vous ai convoquées et que j'ai fait venir ma fille Séléné.

Moi qui croyais qu'elle m'avait demandé de venir pour exposer les résultats de mon enquête !

— Ma fille, Séléné, de qui je suis entièrement responsable, a, par son inconscience, convoqué la force de la dame noire et lui a permis de se matérialiser.

Tous les regards ont convergé vers moi. J'ai eu l'impression que le ciel me tombait sur la tête. Pourquoi ma mère m'avait-elle tendu ce piège ?

Lil, intelligente et sensible, a deviné mon désarroi.

— Déméter, tu n'avais pas prévenu ta fille de ce jugement public ?

— Non, Séléné n'était pas au courant.

— Dis-nous, Séléné, comment l'as-tu convoquée ? m'a demandé Ludmilla avec aigreur.

J'ai voulu me lever, mais mes jambes ont refusé de m'obéir. J'ai voulu les regarder dans les yeux, mais je ne pouvais plus redresser la tête. J'ai voulu pleurer, mais mes yeux sont restés secs.

Valeria m'a pris la main et j'ai senti une soudaine explosion d'énergie m'envahir.

— Séléné, a-t-elle chuchoté, la dame noire utilise de nombreux subterfuges. Une Omar égyptienne a un jour célébré un rituel de purification pour se débarrasser d'elle. Il a eu l'effet inverse. Sa force s'est accrue avec son pouvoir.

Peut-être étaient-ce les paroles de Valeria, sa main ou sa chaleur, en tout cas, j'ai recouvré assez de vigueur pour me lever et redresser la tête.

— J'ai ressenti une impulsion irrésistible de me déguiser en elle la nuit du carnaval. Pendant quelques heures, j'ai été la dame noire, et tous ceux qui m'ont regardée l'ont vue, elle.

— J'ai découvert ses projets et je le lui ai interdit, a fait Déméter en baissant la tête ; mais malgré cela, elle m'a désobéi. Je n'ai pas su éduquer ma fille, je ne mérite pas d'être votre matriarche.

J'ai fondu en larmes. Ma mère avait honte de moi et le disait publiquement. J'étais le point noir de sa vie et de sa carrière. J'avais sali sa réputation immaculée et elle m'abandonnait à un jugement public. Elle était capable de me planter son atamé dans le cœur si les matriarches en décidaient ainsi.

— Séléné, s'il te plaît, tu peux attendre dehors ? a dit la vieille Lucrecia d'une voix éraillée.

Je suis sortie de la salle en sanglotant. Déméter ne semblait pas s'en préoccuper le moins du monde. Valeria, en revanche, m'a serrée dans ses bras et m'a consolée avec une gentillesse dont ma propre mère n'avait jamais été capable.

— Ne t'inquiète pas, c'est le rituel, le protocole. Ce n'est pas ta faute. Tu es écervelée, peut-être un peu égoïste, rien de dramatique. Voilà pourquoi la dame noire a réussi à s'infiltrer dans ta conscience et à se servir de toi.

Je savais qu'elle avait en partie raison, mais cela ne m'ôtait pas le poids de ma responsabilité, et ne me consolait pas non plus de la dureté de ma mère. Je l'ai regardée. Nous étions si différentes. À vingt-cinq ans, elle ne pensait qu'à plonger dans les profondeurs marines et à étudier des calamars mutants. Moi, je ne pensais qu'à embrasser Gunnar, à danser jusqu'à en perdre conscience et à mettre des bagues étincelantes pour sortir. J'étais superficielle et vulnérable.

— Je suis prétentieuse et capricieuse, ai-je gémi. Et mauvaise.

— Tu n'es pas mauvaise, Séléné, tu es impulsive et tu ne caches pas ta beauté…

J'ai essuyé mes larmes, prête à vider mon sac. C'est alors que Ludmilla m'a ordonné sèchement de retourner dans la salle.

Les matriarches avaient l'air sérieux. Déméter tenait sa baguette entre ses mains. Sa démission avait donc été refusée.

Ludmilla, qui était notre hôte, a pris la parole.

— Séléné, nous n'avons pas considéré ta désobéissance comme une faute grave, car nous savons que tu as été manipulée par la dame noire. Toutefois, ton caractère et ton destin nous obligent à prendre des précautions te concernant.

J'ai senti mon cœur s'accélérer.

— Mon destin ? Comment ça ?

Les matriarches se sont lancé des regards préoccupées.

— En réalité, ton destin, ma petite, est plutôt cruel, m'a répondu Ingrid d'un ton léger. Il est dit que tu sèmeras la mort et la destruction.

— La mort et la destruction ? ai-je répété, incrédule, en dévisageant ma mère.

— Séléné, a-t-elle déclaré, il y a différentes manières d'interpréter les prophéties et les destins. En tant que sorcières Omar, nous sommes contraintes de connaître le destin de nos filles, mais aussi d'être prudentes devant le fatalisme de certaines affirmations. Parfois, le destin s'accomplit par l'interférence d'un autre destin, parfois la mort apporte l'espoir.

— Vous saviez que j'allais commettre un acte condamnable, me suis-je écriée, mais vous ignoriez lequel, ni pour quelle raison, et vous ne m'avez pas avertie, vous ne m'en avez pas empêchée. Je suis le maillon d'une chaîne, une expérience. Vous êtes aussi coupables que moi ! ai-je conclu tandis que Déméter devenait livide.

— Nous sommes arrivées à la même conclusion, a-t-elle admis, et c'est pour cette raison que ma démission n'a pas été acceptée et que ton châtiment est destiné à te protéger. Avec Ingrid, tu seras chargée de rassembler tous les renseignements sur la dame noire pour éviter d'autres attaques. De cette façon, tu te protégeras d'elle et tu nous protégeras en même temps.

J'étais effondrée. Cela supposait certainement que je devrais changer de ville, abandonner mes études, Meritxell et surtout... m'éloigner de Gunnar.

— Mais...

Déméter m'a foudroyée du regard.

— Rentre à Barcelone. Tu ne tarderas pas à recevoir des ordres.

— Je ne peux pas tout abandonner pour...

— Séléné ! a crié Déméter avec autorité.

Je me suis retirée après le salut rituel et les mots d'adieu dans la langue ancienne. Lucrecia m'a lancé un dernier avertissement :

— Séléné, ta volonté peut dominer le côté sombre de ton esprit.

J'étais apparemment une proie facile pour l'Odish, et toutes semblaient prendre un malin plaisir à me le rappeler.

Cette nuit-là, j'aurais aimé partager ma chambre avec Valeria et pouvoir bavarder longuement de Gunnar et de Meritxell, et du dilemme qui me rongeait. Mais je dormais avec ma mère. Je lui en voulais terriblement.

— Je ne partirai pas de Barcelone, tu m'entends ?

— Nous en discuterons quand tu seras calmée.

— Pourquoi m'as-tu envoyée à Urt ?

— Pour que tu fasses le reportage.

— Tu mens ! Tu m'y as envoyée pour que je voie de mes propres yeux la tragédie que j'avais provoquée par mon inconscience.

— Peut-être...

— Et ensuite tu m'as trompée pour me faire venir jusqu'ici.

— C'est possible.

— Comment veux-tu que je te croie si tu ne me dis pas toute la vérité ?

— Toi non plus.

— Et que veux-tu savoir ?

— Ce que veulent savoir toutes les mères : comment vont tes études, qui sont tes amis, si tu es amoureuse, quels sont tes rêves.

— Et tu voudrais qu'on parle quand ?

— Maintenant, par exemple.

Déméter était réfrigérante. Elle m'interrogeait comme si elle suivait un questionnaire.

— Je ne me suis pas présentée à trois examens et je dois aller au rattrapage.

— Et c'est pour cette raison que tu ne veux pas quitter la ville ?

Je préférais mourir plutôt que de lui confier mon histoire d'amour.

— Une amie a besoin de moi.

— Quelle amie ?

— Meritxell.

Tout à coup, Déméter a complètement changé d'attitude et a montré un réel intérêt pour mes propos.

— Que lui arrive-t-il ?

— Elle a des problèmes.

— De quelle sorte ?

— Eh bien… elle se sent seule.

— Elle est déprimée ?

— Oui.

— Elle mange ?

— Comme un oiseau.

— Elle dort ?

— Mal. Elle fait des cauchemars.

Déméter avait l'air inquiète.

— Alors, prends bien soin d'elle. Cette fille est très fragile et elle a besoin de ton soutien.

Déméter s'inquiétait plus de Meritxell que de moi. Cela m'a fait mal.

CHAPITRE VI

Encore le destin

À mon retour, j'étais disposée à oublier Gunnar et à m'éloigner de Meritxell. Vivre avec elle me rappelait Gunnar à tout instant. C'était une souffrance inutile, une véritable torture. Cependant, Meritxell ne m'a pas laissé le choix. Elle m'a embrassée affectueusement en disant que sans moi l'appartement était triste et vide. En à peine une semaine, elle avait perdu toute couleur. J'ai décidé de rester jusqu'à ce qu'elle aille mieux.

Carla m'a appris qu'elle avait passé le week-end au lit à écouter de la musique, avec Lola pour seule compagnie. Elle présentait tous les symptômes d'une dépression : elle ne se coiffait plus, ne se douchait plus, ne caressait plus son hamster, ne dormait plus et fourrait ses vêtements sales dans l'armoire. Elle avait cessé de s'intéresser à son aspect, à la nourriture, à ses cours, à la peinture et, un matin, j'ai découvert qu'elle avait cessé de nourrir le petit animal, qui errait affamé à travers les pièces.

Son état devenait préoccupant, et j'ai proposé d'appeler un médecin, un mortel, mais Meritxell – qui ne voulait probablement pas révéler sa grossesse – a refusé farouchement.

Je l'ai forcée à manger un peu et, de connivence avec Carla, je lui ai préparé des concentrés de vitamines. Carla s'était radoucie. C'est elle qui a proposé de contacter le père de Meritxell, puis qui a réussi à la convaincre d'assister à un vernissage au Passeig de Gràcia[1]. Meritxell a glissé l'invitation dans sa poche et est sortie de l'immeuble. Au bout de quelques mètres, elle a fait demi-tour et pris une autre direction. Je l'ai suivie discrètement jusqu'à un café. Elle est restée là à fixer le plafond et à tourner la cuillère dans sa tasse avant de rentrer et de raconter un mensonge à Carla.

Ç'a été pour moi une découverte surprenante. La douce Meritxell mentait. Alors, si elle mentait à Carla, peut-être m'avait-elle menti à moi aussi ? Peut-être continuait-elle de voir Gunnar ? Cette idée est devenue une obsession et, à partir de ce jour, j'ai surveillé ses moindres mouvements.

C'est ainsi que j'ai trouvé une valise cachée dans l'armoire, un matin où je suis entrée dans sa chambre pour donner à manger à Lola. Elle y avait rangé des vêtements d'hiver, des bottes fourrées, une enveloppe avec de l'argent, son passeport et deux livres – un guide touristique d'Islande et un recueil de sagas islandaises. Elle préparait sa fuite avec Gunnar !

Lorsqu'elle m'a rejointe, j'ai réussi à dissimuler mes sentiments. Je lui ai dit que je ne voyais Lola nulle part, ce qui était vrai, d'ailleurs. Elle m'a aidée à la chercher, et nous avons fini par la dénicher, tremblant

1. Boulevard de Barcelone. *(N.d.T.)*

de froid et de faim, sous une chaise. Meritxell n'en a pas eu l'air très affectée.

— Tu t'occuperas d'elle pendant mon absence ?

— Où est-ce que tu vas ? ai-je lâché d'un ton inquisiteur.

Meritxell a regardé son réveil, tentant d'éviter mon regard, et a aperçu tout à coup une chemise de Gunnar sur un cintre, à moitié cachée sous ses vêtements.

— J'ai rendez-vous avec mon père, a-t-elle répliqué nerveusement. Carla l'a prévenu et il veut me voir.

Je lui ai attrapé le bras.

— Tu es enceinte et malade. Tu dois consulter un médecin.

Elle s'est libérée avec une surprenante agilité.

— Je me sens super bien.

Une fois seule, j'ai arraché la chemise de Gunnar du cintre et l'ai portée à mon visage pour m'enivrer de son parfum. Et je me suis rendu compte qu'on y avait découpé une silhouette de la taille d'une poupée.

Je suis sortie en courant pour rattraper Meritxell. Je ne la croyais plus. Je l'ai suivie sans qu'elle me voie. Elle a hélé un taxi. Je n'avais pas le temps d'en arrêter un et j'ai fait une chose interdite : j'ai formulé un sortilège d'illusion et j'ai enfourché ma moto.

Au fur et à mesure qu'elle changeait de taxi, ma nervosité croissait. Finalement, le troisième s'est arrêté devant l'entrée de la gare du Nord. Meritxell a réglé la course, est entrée dans le vieux bâtiment et s'est dirigée vers la cafétéria. Là, à la même table où je m'étais assise un mois auparavant, l'attendait Déméter.

Ma mère l'a étreinte et embrassée avec une tendresse dont je la croyais incapable. J'ai contemplé la scène depuis la porte. Je n'osais plus bouger. Que se passait-il donc ? Pourquoi Meritxell avait-elle rejoint Déméter comme l'aurait fait n'importe quelle Omar à la suite d'un appel télépathique ? Pourquoi ma mère la traitait-elle avec tant de sollicitude et d'affection ? De quoi parlaient-elles ? Un soupçon s'est insinué en moi…

Après avoir vidé ses tiroirs et son armoire, j'ai trouvé ce que je cherchais : son atamé, sa baguette de frêne, son pentacle et la petite poupée de chiffon découpée dans la chemise de Gunnar, sur laquelle elle avait cousu une mèche de ses cheveux.

Meritxell était une sorcière Omar, comme moi, comme Déméter, comme Karen. Elle n'était pas une jeune fille innocente. Elle avait piégé Gunnar avec un sortilège. C'est pour cela qu'il m'avait repoussée, pour cela qu'il était prisonnier de Meritxell alors qu'il ne l'aimait pas.

J'ai brûlé rageusement la petite poupée. Pourquoi Déméter m'avait-elle menti en prétendant que j'allais partager l'appartement avec deux étudiantes mortelles ? Pourquoi n'avais-je pu percer Meritxell à jour alors que les sorcières Omar se reconnaissent habituellement entre elles ? Pourquoi Meritxell ne me l'avait-elle jamais dit, me laissant croire qu'elle n'avait pas de secrets pour moi ?

Désespérée, j'ai appelé le prétendu numéro de Meritxell en Andorre. Aucun Salas n'y vivait et personne ne l'y connaissait. J'ai raccroché. À ce moment, Carla est arrivée et a contemplé d'un air ébahi la pagaille dont j'étais responsable dans la chambre de Meritxell.

— Qu'est-ce que tu as fait ?

— Et toi ? ai-je rétorqué. Tu as parlé avec le père de Meritxell, hein ?

— Je n'ai pas le temps de t'expliquer, j'ai une réunion, a-t-elle dit en regardant sa montre.

Mais je n'avais pas l'intention de la laisser partir.

— Tu es allée à Ordino avec elle, c'est ça ?

Carla a jeté un coup d'œil à l'atamé, à la baguette et au pentacle, puis a baissé les yeux.

— Apparemment, tu le sais déjà, non ? Nous sommes Omar.

— Toi aussi ? me suis-je exclamée, incrédule.

— Je suis la fille d'Anna, matriarche du clan de la fourmi. Tu croyais peut-être que Déméter te laisserait vivre avec des mortelles ?

— Tu veux dire que Déméter m'a envoyée vivre ici, avec toi et Meritxell, pour que vous me surveilliez ?

— Écoute-moi bien, petite fille gâtée. Tu n'en faisais qu'à ta tête. Déméter a décidé que vivre avec nous était la meilleure solution.

J'ai compris alors le pourquoi de certaines choses qui m'avaient paru curieuses.

— C'est toi qui as prévenu ma mère de mon imprudence quand j'ai utilisé la magie ?

— Bien sûr.

— Et Déméter t'a contactée pour savoir si tout allait bien la nuit d'Imbolc ?

Carla a hoché la tête.

— Et c'est toi aussi qui l'as prévenue pour mon déguisement de la dame noire ?

— C'est Meritxell. Elle était terrifiée.

— Génial. Et maintenant, Meritxell est en train de faire son rapport sur moi à Déméter ?

— Non, c'est moi qui ai demandé à Déméter de s'occuper d'elle. Elle est en train de nous échapper.

— Bon sang ! Qui s'occupe de qui ? Qui surveille qui ?

Carla a entrepris de ramasser les affaires de Meritxell.

— Toi, tu es forte, et Meritxell est faible. Tu es imprudente et Meritxell est craintive. Tu n'as pas froid aux yeux, Meritxell manque de cran. Votre association a bien fonctionné. Vous vous êtes entraidées.

— Déméter m'a envoyée ici pour que je protège Meritxell ?

— En quelque sorte, oui ; tu étais une sorte de bouclier ou de paratonnerre.

— Et toi, quel était ton rôle ?

— Moi, je commande. Je veille au grain.

Je me sentais comme un prisonnier qui découvre une caméra dans sa cellule. Big Brother contrôlait tous mes mouvements.

Carla a haussé les épaules.

— Vous vous entraidiez, et moi je m'assurais qu'aucune interférence extérieure ne vienne troubler nos vies.

— Alors, je suis sous l'effet d'un sort ? C'est pour ça que je ne vous ai pas reconnues comme Omar ?

Carla a souri.

— Tout a bien fonctionné, malgré tes impertinences et ton excès de sociabilité. Mais ça, c'était prévu. Ce qui ne l'était pas, c'est que Meritxell tombe amoureuse et se laisse mourir de faim.

J'étais une marionnette, un objet manipulé par ma mère, qui avait même anticipé mes imprudences.

— Notre devoir est de la protéger, a ajouté Carla.

— Mais de quoi ?

— Sa mère est morte assassinée en la défendant. Il est évident que les Odish en ont après elle.

— Alors, c'est vrai que sa mère est morte.

Ce n'était pas une grande consolation, mais celle que je croyais mon amie ne m'avait pas menti sur toute la ligne, finalement.

— Elle est seule, elle en a été très marquée, elle est de santé fragile et les oracles ont prédit que son destin serait déterminant pour les Omar. Nous devons préserver son avenir.

Je comprenais peu à peu. Meritxell était une Omar importante. Un destin brillant l'attendait, pas comme moi, qui étais née avec un destin insignifiant et qui n'étais bonne qu'à servir de bouclier protecteur. Ma mère m'avait utilisée comme une sorte d'appât, un paratonnerre pour la grande Meritxell.

— Eh bien, c'est terminé, tu m'entends ? ai-je explosé. Terminé. J'en ai marre que vous décidiez qui je suis et ce que je dois faire. À partir de maintenant, chacune pour soi. Que Meritxell se débrouille, elle et son destin.

— Qu'est-ce que tu vas faire ? s'est affolée Carla.

Je savais exactement ce que je voulais faire depuis que j'avais rencontré Gunnar, et désormais, rien ni personne ne pourrait m'en empêcher.

— Disparaître.

J'ai fourré quelques vêtements dans un sac, pris mes papiers d'identité, et j'étais en train de ramasser mon atamé quand un cri m'a interrompue.

— Non ! Ne fais pas ça !

C'était Meritxell, le visage contracté, les yeux injectés de sang et la main crispée comme une serre sur la poignée de la porte. Elle savait. Elle savait que j'aimais Gunnar, elle savait que notre amitié était définitivement brisée et que j'allais le rejoindre. Je l'ai lu dans son regard et j'ai deviné qu'elle s'était jouée de moi depuis le début.

— Tu ne peux pas partir avec lui, tu ne peux pas me faire ça !

— Calme-toi, a dit Carla.

Mais Meritxell, faisant montre d'une force incroyable, l'a repoussée.

— Laisse-nous, Carla, laisse-nous seules. Cette affaire ne regarde que Séléné et moi.

La douceur habituelle de Meritxell avait complètement disparu, faisant place à la rage ; et la violence de ses gestes m'a effrayée.

J'ai gardé mon atamé à la main. Carla nous regardait l'une et l'autre, sans parvenir à se décider. Elle aussi sentait l'agressivité ambiante.

— C'est entre Meritxell et moi, ai-je dit. Va à ta réunion.

À l'instant où la porte de l'appartement a claqué derrière Carla, Meritxell a pété les plombs.

Elle m'a lancé tous les objets qui se trouvaient à sa portée, a arraché les rideaux, jeté tous les livres à bas des étagères, arraché leurs pages. Une véritable tornade. J'ai tenté de l'arrêter, mais elle avait la force de mille sorcières et m'a repoussée violemment contre le mur. J'assistais, impuissante, à son explosion de haine. Je la comprenais, d'une certaine façon, mais je ne pouvais pas me laisser intimider. Après tout, j'avais moi-même été la victime de sa prétendue fragilité.

— Gunnar est à moi, a-t-elle hurlé en reprenant son souffle.

Je me suis plantée devant elle.

— C'est moi qu'il aime, et tu le sais.

Meritxell, incapable de supporter la vérité, a poussé un cri déchirant.

— Je te maudis ! Je vous maudis, toi et Gunnar !

J'ai pris mon sac et me suis dirigée vers la porte. Meritxell m'a bloqué le passage.

— Laisse-moi passer !

— Non !

— Je vais sortir, que tu le veuilles ou non !

— Tu vas m'enfoncer ton atamé dans le cœur ? C'est pour ça que tu te sens si courageuse ?

Et alors, j'ai fait quelque chose que j'allais regretter toute ma vie : je lui ai tendu mon poignard sacré, celui qu'on m'avait donné et qui n'appartenait qu'à moi. Je croyais que c'était une façon de me libérer du clan, des Omar et du devoir ; et j'ai remis mon destin entre ses mains. C'était une imprudence.

— Tue-moi, mais tu n'empêcheras pas Gunnar de m'aimer.

Meritxell, les yeux exorbités, l'a pris et a levé le bras avec détermination. Puis j'ai vu la peur et le doute dans ses yeux. Elle luttait contre elle-même, tremblant comme une feuille et claquant des dents. Finalement, son bras est retombé et elle s'est écartée en sanglotant.

Je suis sortie sans un regard en arrière, sans adieux, sans excuses.

J'étais profondément meurtrie par les révélations qui venaient de m'être faites. Ma vie n'était qu'une farce. Ma mère m'avait trompée, mes amies m'avaient trompée et je m'étais trompée moi-même.

Tandis que je marchais dans la rue, je me souvins des confidences que nous avions échangées, Meritxell et moi. Je les vis sous un jour nouveau et compris qu'elle avait toujours su pour Gunnar et moi. Depuis le premier instant, elle avait joué avec moi, avec mon sentiment de culpabilité, allant même jusqu'à inventer cette histoire de grossesse pour m'éloigner de lui. J'avais été aveugle.

Il ne me manquait qu'une confirmation. Une simple confirmation.

J'ai sonné à la porte, le cœur battant follement dans ma poitrine. Gunnar m'a ouvert, mais je l'ai à peine reconnu. Il avait maigri, lui aussi, n'était ni coiffé ni rasé. Quand il m'a vue, cependant, ses yeux ont brillé avec intensité. Il se libérait lentement des liens que j'avais brisés en brûlant la poupée de chiffon.

— Dis-moi une chose, l'ai-je implorée, Meritxell savait que c'était moi, l'autre ?

— Je le lui ai avoué dès le premier jour.

— Elle n'est pas enceinte, elle nous a menti ! ai-je crié, enragée.

Gunnar ne s'attendait pas à ce coup de théâtre. C'était la parole de Meritxell contre la mienne, mais il m'a crue. Il m'a prise aussitôt dans ses bras et m'a embrassée tendrement, passionnément, désespérément.

Cette nuit-là, le monde cessa d'exister.

Deux jours s'écoulèrent, peut-être trois. À quoi bon mesurer le temps ? Peu nous importait les heures, les saisons, les jours et les nuits. Peu nous importait qu'il fasse beau, qu'il pleuve ou que l'univers s'anéantisse. Seul notre amour comptait.

Gunnar me ravissait avec les chansons et les sagas de son île couverte de glaciers et de volcans. Je fermais les yeux, et sa voix caressante me transportait vers les fjords escarpés à demi cachés par les brumes, vers les collines peuplées de trolls et de dragons ; je me baignais près des geysers qui surgissaient de la terre comme par enchantement, inondant de vapeur les vallées glacées. Et je suis peu à peu tombée amoureuse de ces paysages étranges qui lui manquaient tant.

— J'ai l'impression d'être un einherjar, au Walhalla, qui meurt chaque nuit à la bataille de l'amour et s'éveille chaque matin à l'appel d'une valkyrie.

— Un einherjar ? Au Walhalla ? ai-je répété, commençant à m'habituer aux métaphores vikings de Gunnar.

— Je suis un guerrier qui arrive au paradis, et toi, une vaillante fille d'Odin qui m'aimera éternellement.

— Ce n'était pas toi, Odin ?

— Si tu veux, tu peux être mon cheval.

— Non, merci, il avait huit pattes.

— Allez, viens ; accroche-toi !

Dans nos rêves, je chevauchais le véloce Sleipnir, accrochée à Gunnar. Je découvrais le lac Lögurin habité par un monstre, le volcan Snaefellsjökull qui conduit au centre de la terre, les eaux bouillonnantes des grottes de Grjótagjá et les cascades de Godafoss où avaient été jetées les effigies des dieux païens. Tous ces lieux me sont devenus familiers et je ressentais une singulière attirance pour cette terre d'Islande.

Nous avons aussi visité le froid Groenland découvert par son ancêtre Erik le Rouge mille ans auparavant, là où les Vikings avaient gravé leurs runes et rencontré les Inuits. Et nos rêves culminaient dans un territoire blanc, désolé et d'une beauté à couper le souffle. Un désert de glace.

Mais notre réclusion n'a pas duré longtemps. Même si Gunnar avait décroché le téléphone et ne répondait pas à la porte, je recevais des appels télépathiques insistants de Déméter, qui ont fini par me donner la migraine. Je ne pouvais ni les bloquer, ni m'isoler, si bien que j'ai dû me résoudre à affronter ma mère.

Déméter semblait furieuse et abattue. J'ai lu dans son regard qu'il s'était passé quelque chose de terrible. Elle m'a reçue avec force mesures de sécurité. Elle tenait une coupure de presse à la main, mais, avant de me la montrer, elle m'a lancé à brûle-pourpoint :

— Tu t'es disputée avec Meritxell ?

— Que t'importe ? Ta fille ne compte pas pour toi.

— Si, cela a de l'importance pour moi, et pour toi aussi, beaucoup.

— C'est pour ça que tu m'as utilisée comme bouclier d'une Omar destinée à de grandes choses ?

— Plus maintenant.

— Ah non ? Quel dommage ! Les oracles ont dû se tromper de destin !

Ma mère était étrangement rigide et solennelle.

— Peut-être, oui.

— Et on peut savoir quel destin attend la tendre Meritxell que nous devons toutes protéger ?

Déméter s'est raidie sur sa chaise.

— Concevoir l'élue.

— Tu veux dire qu'elle sera la mère de l'élue de la prophétie ?

— C'est ce qu'ont annoncé les oracles, ce qu'indiquait son thème astral.

J'ai manqué défaillir. Meritxell avait été désignée pour être la mère de l'élue de la prophétie ? Alors, peut-être sa grossesse était-elle réelle... La peur m'a envahie. Le visage de Déméter ne laissait rien présager de bon.

— Pourquoi m'as-tu fait venir ?

— Une dernière fois, dis-moi la vérité, Séléné. Est-ce que c'est toi ?

Déméter a déplié la coupure de presse.

— Tu dois te cacher immédiatement. Désormais, tu ne pourras plus parler à personne ni bouger sans que je te le dise.

Je lui ai arraché l'article des mains et j'ai vu une photo de Meritxell sous le titre :

UNE JEUNE FILLE TUÉE
DANS D'ÉTRANGES CIRCONSTANCES

La jeune Meritxell Salas, étudiante aux Beaux-Arts, a été retrouvée morte dans l'appartement qu'elle partageait avec deux autres étudiantes. Elle présente une blessure à l'arme blanche, et des signes évidents de violence ont été retrouvés dans sa chambre. Les forces de l'ordre ont été alertées par les voisins. Après avoir découvert le corps et apposé les scellés, la police a recueilli la déclaration de sa colocataire, Carla Rossell, absente au moment du crime. Bien que le vol semble être le mobile le plus plausible, la police recherche Séléné Tsinoulis, l'autre jeune colocataire, dont on n'a pour l'instant aucune nouvelle.

J'ai cru qu'il s'agissait d'une blague de mauvais goût, d'une sorte de montage. Sur la photo, Meritxell souriait, pleine de vie. Mais le titre parlait d'une jeune fille décédée trois jours auparavant, d'une blessure à l'arme blanche, et de moi, comme suspecte. Ce devait être une erreur.

— Une voisine a appelé la police en entendant des cris et des coups. Quand ils sont arrivés, ils ont trouvé Meritxell avec ton atamé planté dans le cœur, sur ton lit.

— Non… c'est impossible, ai-je murmuré.

— Dans la pièce, tout était sens dessus dessous. Meritxell avait des griffures sur la figure.

— On s'est disputées, oui, c'est vrai, mais… je ne l'ai pas touchée.

— Carla m'a dit que, quand elle vous a quittées, tu avais ton atamé à la main.

— Carla croit que c'est moi ?

Déméter se taisait. Elle tremblait. Elle aussi doutait de moi ?

— Où étais-tu pendant tout ce temps ? Pourquoi te cachais-tu ?

— Je ne me cachais pas, je voulais tout oublier.

— Tout indique que c'est toi, Séléné.

J'ai essayé de réfléchir calmement, mais mon cerveau était en ébullition.

— Ce n'est pas possible, Meritxell ne peut pas être morte… C'est horrible…

— Je l'ai vue. C'était horrible, en effet.

Ma propre mère ne pouvait pas douter de moi. Il devait bien y avoir une preuve, quelque chose qui indique le véritable coupable.

— Et l'autopsie ?

— La doctoresse Bauman s'est fait passer pour le médecin de famille. L'atamé était planté dans son cœur, mais Meritxell était criblée de piqûres. Le premier médecin avait d'abord pensé à une histoire de drogue. Il ne lui restait pratiquement plus une goutte de sang.

— Une Odish ?

— On dirait bien.

Cela signifiait que son dépérissement et sa faiblesse n'étaient pas liés à un chagrin d'amour. Elle avait été la victime d'une Odish qui l'avait lentement vidée de son sang.

— Baâlat ?

— C'est ce que nous croyons. Mais pour l'instant, ce n'est pas le plus important. On va changer ton aspect et te donner une nouvelle identité.

Il y avait trop de choses à digérer. Meritxell était morte, une Odish se trouvait tout près de nous et j'étais soupçonnée de meurtre.

Déméter s'est levée, m'a pris le bras et nous sommes sorties du café où nous nous trouvions. Je marchais comme une somnambule.

Elle m'a emmenée dans un appartement inconnu. Carla était en train de ranger les affaires de Meritxell, les yeux rougis d'avoir tant pleuré. Elle avait entassé le tout sur un lit. Il y avait ses peintures, ses BD à moitié dessinées, ses livres sur l'Islande et la petite Lola, effrayée et pelotonnée dans un coin de sa cage. Les paroles de Meritxell me sont revenues à l'esprit : « Tu t'occuperas d'elle pendant mon absence ? »

Elle ne reviendrait jamais. J'ai pris Lola et je l'ai caressée, mes larmes coulant sur son pelage. Je pleurais pour la première fois.

— Comment peux-tu faire semblant ? a craché Carla.

J'ai quêté le soutien de Déméter, mais Déméter s'est contentée de m'observer.

— Tu es en train de m'accuser ?

— Tu avais ton atamé à la main quand je suis partie. Une heure après, Meritxell est retrouvée morte avec ton atamé dans le cœur.

— Je ne l'ai pas tuée.

— Elle était dans ta chambre, sur ton lit, le visage griffé...

— Meritxell est devenue folle. Elle ne voulait pas me laisser partir et elle a commencé à tout casser.

— Pourquoi ? a demandé Déméter.

— C'est moi que Gunnar aime.

— C'était son copain et Séléné le lui a piqué, a protesté Carla. C'est pour ça qu'elles se sont disputées et qu'elle a fini par lui planter son atamé dans le cœur.

J'aurais voulu mourir. Tout m'accusait.

Déméter a récité la version officielle d'une voix lasse.

— Les voisins ont alerté la police en entendant les coups et les cris... Ils ont dit qu'il y avait quelqu'un avec elle quand elle est morte, qu'elle appelait à l'aide, mais ils n'ont vu personne.

— Tu vois ? Je n'étais pas là. J'étais déjà partie.

— C'est toi ! a insisté Carla.

Je me suis plaqué les mains sur les oreilles. Je refusais d'en écouter davantage. Mais Déméter a pris la relève.

— Et ton atamé ? Que faisait ton atamé planté dans son corps ? Une Omar n'abandonne jamais son atamé, ni ne le laisse à une autre sorcière.

Carla s'est avancée vers moi, menaçante.

— C'est toi qui l'as tuée. Tu en répondras devant les matriarches.

J'ai regardé Déméter.

— Dis-lui que ce n'est pas vrai.

Mais Déméter ne m'a pas secourue.

— C'est ta version. Carla donne la sienne. Tu auras un procès équitable.

— Je ne veux pas de procès. Je suis innocente !

Déméter m'a toisée avec dureté.

— Souviens-toi que tu es recherchée par la police et que tu m'as déjà causé assez de problèmes. Trop.

— Ce sont mes problèmes.

— Et c'est moi qui dois les résoudre, mais avant je le faisais parce que je croyais en toi.

— Et maintenant tu ne crois plus en moi ? Je suis la même. Je dis la vérité et je n'ai tué personne. Je n'ai pas utilisé la force, ni la magie. J'ai laissé Meritxell en vie.

— Nous démontrerons ton innocence si tu as des preuves, bien que ma réputation soit entachée pour toujours.

Déméter m'impliquait dans ses combats, elle m'utilisait comme pion, me plongeait au cœur de la tempête et me reprochait ses échecs. Les seules choses qui comptaient pour elle étaient le pouvoir, la tribu et le clan.

— Prépare tes affaires, Séléné, nous partons sur-le-champ.

— Pour aller où ?

— Dans un endroit sûr jusqu'à ce que tu sois jugée par la tribu.

Si les Omar formaient un tribunal pour me juger, je devrais rester isolée durant des mois. On m'interrogerait et ma vie entière serait disséquée : mes sentiments pour Gunnar, mon sortilège, mes provocations, ma faute. Je ne le supporterais pas.

— Je ne veux pas être jugée !

— Ne m'oblige pas à utiliser la force, m'a menacée Déméter. Ce sera fait dans la plus grande discrétion.

Je la haïssais. Je ne voulais pas être comme elle et passer le reste de ma vie à me sacrifier pour les convenances et la politique. Je voulais fuir loin de là, aimer Gunnar et oublier que j'avais été une sorcière.

Et c'est ce que j'ai fait.

*

* *

Séléné freina brusquement et posa sa tête sur le volant.

— Je n'en peux plus.

Anaïd vit que sa mère s'était arrêtée sur le parking d'un hôtel. Elle s'étira lentement, agitant ses bras et ses jambes engourdis. L'histoire de Séléné l'avait tellement absorbée qu'elle n'avait pas vu les heures filer.

La mort tragique de Meritxell l'avait profondément émue.

— Je ne comprends pas. Si Meritxell était destinée à être la mère de l'élue, pourquoi est-ce toi qui l'as été ?

Séléné sortit de la voiture et prit une petite valise dans le coffre.

— Parfois, les destins s'emmêlent.

— Mais... est-ce que Meritxell était enceinte ?

Séléné soupira.

— Je ne l'ai jamais demandé à personne.

— Pourquoi ?

— Il y a des choses qu'on préfère ne pas savoir. Ça ne t'est jamais arrivé ?

Anaïd se souvint de l'époque où elle croyait que l'élue était sa mère et où les preuves de trahison s'accumulaient sur sa tête. En effet, elle n'avait rien voulu demander pour ne pas désespérer et pour ne pas cesser de l'aimer.

Avant d'entrer dans l'hôtel, Séléné lui rappela :

— N'oublie pas, tu t'appelles Julia Faure et moi Teresa Mur.

Anaïd confessa :

— Tu sais, pendant un moment, j'ai cru que j'étais la fille de Meritxell.

Séléné en resta comme deux ronds de flan.

— Pourquoi ?

— Parce que toi et moi, nous sommes si différentes.

Séléné lui prit le visage entre ses mains et l'obligea à la regarder.

— Regarde-moi, regarde-moi bien et écoute : je t'aime par-dessus tout, plus que moi-même.

Et elle l'embrassa, la serrant de toutes ses forces dans ses bras.

— Maman ! s'exclama Anaïd, embarrassée.

Elle jeta un coup d'œil alentour pour s'assurer que personne ne les avait vues. Elle avait honte de ces élans d'affection de sa mère. En tout cas, à sa place, sa mère aurait déjà embrassé Roc au lieu de rester raide comme un balai à regarder le ciel.

La chambre était spacieuse. Deux lits, un bureau, une télé, un ordinateur et une salle de bains avec une baignoire immense.

— Je peux prendre un bain ? demanda Anaïd.

— Fais ce que tu veux ; moi, je vais dormir.

— Où sommes-nous ?

Anaïd regarda par la fenêtre dans l'espoir de découvrir un indice.

— Je préfère que tu ne le saches pas.

— Pourquoi ?

— Personne ne doit le savoir. C'est une mesure de précaution.

— Et le sceptre ?

Séléné lui montra la petite valise d'où elle avait sorti ses affaires.

— Nous sommes inséparables. Pour le moment, il est à l'abri et nous aussi.

Quand Anaïd sortit de la salle de bains, Séléné dormait profondément. Le réveil indiquait six heures du matin, mais elle ne pensa même pas à se mettre au lit. Elle n'avait pas sommeil et son cerveau était en ébullition. Tout était arrivé si vite qu'elle en était encore étourdie. Elle pensait à Roc et à ce qui aurait pu se passer.

En pliant ses affaires, elle sentit un papier froissé dans la poche de son pantalon. Elle le sortit en tremblant. C'était une prémonition : l'adresse e-mail de Roc.

Elle regarda l'ordinateur, puis s'assit devant l'écran. Elle était sorcière, et les sorcières agissaient par intuition. L'e-mail de Roc était apparu entre ses mains au moment où elle avait senti le besoin de le voir et où elle avait eu devant elle un ordi connecté à Internet.

Elle allait lui envoyer un message.

Elle ne lui dirait pas où elle se trouvait, ne lui donnerait aucune information sur le voyage. Elle ne parlerait que de ses sentiments et lui demanderait pardon pour sa timidité.

Elle se connecta et, en quelques secondes, avait écrit un court message intitulé : *Je te dois 1 biz.*

Je suis dsl, je suis tp timide, tp stupide pour oser te dire en face que tu me plais. Si tu étais ici maintenant, tu aurais droit à 1 biz. Je ne sais pas comment j'ose t'écrire ça ! C'est ke par e-mail c'est + facile, ha ha.

Anaïd.

Elle ferma les yeux et cliqua sur « Envoyer ».

À cette heure-là, Roc devait dormir. Elle pensa à la tête qu'il ferait dans la journée en lisant l'e-mail. Puis tout à coup, elle eut honte et une sueur froide l'envahit. Qu'avait-elle fait ? Et si Roc se moquait d'elle ? Et si le baiser qu'il lui avait réclamé n'était qu'un baiser d'adieu entre amis ? Et s'il lui avait donné son adresse pour qu'elle lui file un coup de main en maths ? Pourquoi n'avait-elle pas réprimé son envie ? Essayait-elle de ressembler à sa mère ? N'avait-elle donc pas appris à être plus prudente avec l'expérience passée ?

Les mains moites, elle essaya d'écrire une excuse qui puisse nuancer sa déclaration d'amour. Mais rien ne lui vint à l'esprit. « Ce qui est fait est fait », se répétait-elle. Et juste à ce moment-là, elle reçut une réponse de Roc intitulée : *Baiser volé.*

Elle l'ouvrit en tremblant.

Tu es ici et maintenant, avec moi, dans mes pensées, et je suis en train de te voler ce baiser que tu m'as donné. Un pur délice.

P.-S. Tu m'en envoies un autre ? ☺

Roc.

Son cœur s'emballa comme mille chevaux sauvages au galop.

Elle relut le message encore et encore. Elle le recopia dans son carnet, le mémorisa, caressa les lettres sur l'écran et, un peu honteuse, embrassa l'écran. Puis elle éteignit l'ordinateur et se glissa dans le lit sans soupçonner le moins du monde qu'elle avait désobéi aux ordres de Séléné.

Anaïd, l'élue, avait quinze ans et était amoureuse.

CHAPITRE VII

Le Nord

Séléné secouait doucement sa fille.

— Réveille-toi, paresseuse.

Anaïd se réveilla avec l'impression qu'elle venait juste de s'endormir. Pourtant, quatre heures s'étaient écoulées. La pluie d'automne tambourinait contre les vitres. « Où suis-je ? » pensa Anaïd sans reconnaître la pièce et les cadres accrochés au mur. De son rêve subsistaient une sensation de vertige, un baiser lui effleurant les lèvres, des yeux noirs comme le charbon et des mots susurrés parmi des lampions.

— Allez ! À la douche !

Et la mémoire lui revint.

— J'ai pris un bain en arrivant.

— Inutile de te savonner, mais de l'eau te réveillera.

— Je ne peux pas rester un peu au lit ?

— On n'est pas en vacances.

Le sérieux de Séléné fut plus efficace que des cris. Anaïd se redressa et s'étira.

Séléné allait et venait nerveusement en se frottant les mains.

— Tu sais que tu ne dois parler à personne, hein ?

— Oui, je sais. Qu'est-ce qui se passe ?

— Je n'aime pas ça.

— Quoi donc ?

— Tu ne remarques rien ?

— Non.

— Je descends déjeuner. N'ouvre pas la porte, ne réponds pas au téléphone et ne bouge pas jusqu'à ce que je revienne, compris ?

— Mais j'ai faim !

— Je te rapporterai à manger. Douche-toi pendant ce temps...

Anaïd faillit obéir, puis fit demi-tour en voyant l'écran d'ordinateur. « Une dernière fois », se dit-elle. Une dernière fois, juste un message pour dire bonjour à Roc et lui raconter qu'elle avait rêvé de son baiser.

Et c'est ce qu'elle fit. En quelques secondes, elle avait allumé l'ordi et tapé un message d'amour.

Bjr,

Cé 1 bon jour pck tu existes.

Il serait triste si je ne pouvais plus penser à twa, lire tes msg et savoir ke tu m'attends. Merci d'exister.

Et belle journée.

Anaïd.

P.-S. Tu vois ce ke tu m'as fait ? Je deviens tp débile ! Ha ha ha. Ms cé qd mm du fond du <3, tu sais. ☺☺☺

Et elle l'envoya aussitôt. Elle était devenue une experte. Sa timidité s'était envolée avec le premier message. Elle savait que Roc recevrait son message, qu'il le lirait et lui répondrait de la même manière.

Pourtant, le courrier qu'elle venait d'envoyer à *rocky-darko17@hotmail.com* lui fut renvoyé en quelques secondes : « Adresse inconnue ».

— Impossible ! s'exclama-t-elle. C'est la même adresse qu'hier soir.

Elle cliqua encore sur « Envoyer ». Ses mains tremblaient. Ce n'était pas normal.

L'e-mail lui fut encore renvoyé. Pourquoi ?

Et comme en réponse à sa question, un autre e-mail envoyé de *toi&moi15@hotmail.com* arriva dans la boîte de réception. Il s'intitulait : *I love you, Roc.*

Elle l'ouvrit sans hésiter en voyant le nom de Roc.

Anaïd, Anaïd, Anaïd.

Je voulé Kc av twa mé j'ai pas pu. J'ai essayé de disparaître en changeant d'e-mail mé je peux ps.

Je dois terminer ct'histoire mé je ss grave accro et ça fait tp mal.

Je pense tt le tps à twa et ça me rend dingue. Pck je suis loin, pck je sé pas où tu é ni où tu vas, pck je dois m'habituer à 7 solitude de merde. Dis-mwa koi faire ! Il fo ke tu m'aides à avoir la force de te dire adieu.

Ajoute-mwa sur msn et on parle.

En attendant, je pense à twa.

Roc.

Quelle mouche avait piqué Roc ? La veille, il s'était embarqué dans un romantisme pas possible et maintenant il fuyait. Pourquoi avait-il changé d'e-mail ? Il n'était pas capable d'attendre quelque temps ? Peut-être avait-il une liste de filles en attente pour sortir avec lui ?

Elle entendit les pas de Séléné s'approcher dans le couloir et réagit sans tarder.

Séléné la trouva dans la salle de bains.

— Tu as passé tout ce temps sous la douche ?

Anaïd changea le sujet.

— Mmmm ! Ça sent bon !

Une odeur délicieuse flottait dans la chambre. Séléné lui avait apporté un plateau avec un petit déjeuner pantagruélique : des œufs sur le plat, des saucisses, des toasts, des brioches avec beurre et confiture, du lait et du jus de fruits.

— Je peux ? fit Anaïd en lorgnant le plateau. Et tu t'assois à côté de moi et tu continues à me raconter ton histoire pendant que je déjeune.

— À vos ordres, chef ! répliqua Séléné.

— Je veux savoir comment tu as réussi à échapper aux Omar et à leur tribunal.

Tandis que Séléné reprenait son histoire, Anaïd se jeta sur les œufs et le pain.

*

* *

Nous avons pris le train de nuit, cap au nord.

À dix-sept ans, j'étais plutôt immature. J'étais sûrement la première sorcière Omar à abandonner le clan et à désobéir aux ordres de la grande matriarche. Mais j'aurais fait n'importe quoi pour échapper à ma mère et au jugement de la tribu.

Gunnar, bien qu'atterré par la mort de Meritxell, croyait en mon innocence et m'a aidée à éviter la police et à préparer notre fuite. Nous ne pouvions prendre l'avion et passer la douane. Notre voyage devait être clandestin. Personne ne réussirait à suivre l'itinéraire impossible que nous avions établi vers le cap Nord, là où le soleil ne se couche jamais, et où – selon les légendes lapones – se trouve le bout du monde, le précipice où s'engloutissent les navires imprudents.

Arriverions-nous à temps pour célébrer le solstice ?

J'ai avoué à Gunnar que j'aimerais bien y être le jour le plus long de l'année et y passer « la nuit blanche ». Je ne lui ai pas expliqué que les Omar célébraient le rituel des feux de Beltaine et invoquaient le soleil en lançant les vieux atamés dans les flammes. Et je ne lui ai pas dit non plus que je voulais me servir de la magie de cette nuit pour commencer une nouvelle vie et oublier mon enfance, les femmes de mon clan, la mort de Meritxell et la question que je me posais jour et nuit : qui lui avait planté mon atamé dans le cœur ?

Je suis partie en douce au petit matin avec quelques affaires jetées à la hâte dans un sac, un faux passeport et la petite Lola, sans même un mot d'explication. Gunnar m'attendait à la gare et nous sommes montés dans le train incognito. Dans le minuscule compartiment, j'ai pris sa main et fermé les yeux jusqu'à ce que le sifflet du chef de gare ait annoncé le départ.

Le mouvement régulier de la machine a fini par me libérer de l'angoisse qui m'étreignait depuis plusieurs semaines. Je laissais enfin le cauchemar derrière moi. Dans ce monde réduit, aux couchettes étroites d'où l'on tombait facilement si on s'y allongeait à deux, je me sentais libre. L'amour, en la personne de mon berserker aux yeux de braise, me tenait compagnie. Et devant moi se profilait un voyage vers le froid, la blancheur et la beauté.

J'ai lancé ma baguette par la fenêtre et, dans un chuchotement imperceptible, j'ai brisé le sortilège qui m'enveloppait d'un bouclier protecteur et me liait télépathiquement aux Omar. J'avais rompu mes liens ; elles ne pourraient plus me contacter. J'ai demandé à Gunnar de me serrer fort, si fort… que j'ai manqué étouffer !

— Tu me trouves différente ? Je suis qui ?

Je blaguais. Gunnar ne pouvait pas savoir que, pour la première fois, il serrait dans ses bras une fille sans défense et non plus une sorcière.

— Ma déesse phénicienne, ma déesse de l'amour qui me mène toujours, fatalement, dans ses bras.

Ce n'était pas la meilleure chose à dire. Rien ne pouvait être pire que d'évoquer la mort ou le malheur ou Baâlat. Ce soir-là, j'ai formulé un sortilège et jeté du sel trois fois par-dessus mon épaule à l'insu de Gunnar.

Le lendemain matin, j'ai commencé une lettre pour Déméter. Je voulais lui écrire pour éviter une poursuite inutile, mais je ne trouvais pas les mots. C'était une lettre compliquée car elle devait être ferme et convaincante.

— Qu'est-ce que c'est que ça ? a soudain crié Gunnar.

Il montrait la petite boule de poils tremblante qui se trouvait dans une poche de mon sac de voyage.

— C'est Lola.

— Je n'aime pas les rats.

— Ce n'est pas un rat, c'est un hamster.

— Les rats sont sales et sournois. Ils mangent le grain, mordent les enfants et propagent la peste.

Mon Viking avait peur des rats ! J'ai attrapé Lola par le cou et l'ai approchée de son visage.

— Houuuuh !

C'était une blague, mais elle ne l'a pas fait rire, au contraire.

— Elle appartenait à Meritxell, non ?

— Oui. Elle m'avait demandé de m'occuper d'elle.

— Pauvre Meritxell, a murmuré tristement Gunnar.

Aucun de nous deux n'avait ouvertement abordé le sujet de sa mort, et nous évitions soigneusement de parler de tout ce qui était en relation avec elle. Même si Gunnar croyait en mon innocence, j'avais l'impression qu'un reproche informulé demeurait entre nous. Peut-être était-ce le produit de mon imagination ? Mais Lola nous rappellerait sans cesse Meritxell, et j'ai décidé, juste au cas où, de la dissimuler et de ne la sortir que la nuit.

Moi non plus, je ne pouvais oublier le visage de Meritxell et sa peau criblée de coups d'aiguille. Parfois, je la voyais tomber sur mon lit, les yeux clos et impuissante à se défendre de mon atamé qui lui transperçait le cœur. Qui avait tenu la lame ? Pour quelle raison ? Quel aspect avait l'Odish qui l'avait lentement vidée de son sang ? Était-ce Baâlat ?

Mais je savais que si j'expliquais aux Omar que Meritxell avait perdu la raison par amour – ce qui était la pure vérité –, aucune ne me croirait. Moi-même, jusqu'au dernier moment, j'avais pris Meritxell pour un ange. Et après l'avoir vue folle de rage, après avoir découvert qu'elle avait ensorcelé Gunnar, qu'elle avait menti… je peinais toujours à le croire.

C'est l'amour qui nous fait perdre la tête ?

Je n'avais pas la réponse à cette question, ni à d'autres qui me torturaient l'esprit, et je préférais effacer Meritxell de ma mémoire. D'une certaine manière, j'étais intervenue dans sa vie et, même si je ne lui avais pas planté l'atamé dans le cœur, c'était peut-être ma faute si elle était morte. C'est pour cela que je me sentais si mal.

J'ai enfin réussi à rédiger ma lettre et je l'ai postée à Lyon, une croisée de chemins qui ne lui dévoilerait rien sur ma destination.

Ma chère mère,

Pourquoi est-ce si étrange de t'appeler mère ?

Chère maman.

Ça ne va pas non plus. Je ne t'ai jamais appelée ainsi. Tu as toujours préféré que je t'appelle par ton prénom : Déméter. Ce petit détail à lui seul a fait que je me sentais différente des autres enfants.

Alors, je recommence. Toute lettre doit commencer correctement, avec le destinataire. Toi mieux que personne, tu sais qu'un nom mal employé peut faire rater un sortilège ou, comme dans cette lettre, altérer la sincérité de l'expéditeur. Et moi, je veux, plus que tout, être sincère avec toi.

Chère Déméter. Quand tu recevras cette lettre, je serai déjà loin. Inutile d'utiliser tes pouvoirs ou tes contacts pour me rechercher. Lui et moi aurons disparu.

Tu te souviens du jour où tu m'as confisqué ma baguette ? Tu croyais que j'allais changer. C'était ma première tentative pour vivre en liberté. Je n'ai plus besoin d'avoir recours à vos arts, et peu m'importe qu'ils soient bons ou mauvais. C'est juste qu'ils ne m'intéressent pas. Pendant toutes ces années, on m'a trompée, j'ai cru que ma vie m'appartenait, et j'ai découvert que c'est toi qui contrôlais tout. Eh bien, quelque chose t'a échappé. Lui n'est pas sous ton contrôle et il m'a permis de comprendre que je peux choisir entre la tribu et l'amour.

Lui, c'est Gunnar. Et je l'ai choisi parce que je l'aime. Non, ne me dis pas que l'amour, c'est perdre sa volonté ou son identité, parce que tu n'en sais rien. Tu n'as jamais aimé personne.

Je l'aime et je pars avec lui, très loin, là où tu ne pourras plus jamais me retrouver.

Je n'ai pas tué Meritxell, mais je ne veux pas rester pour me défendre, parce que me défendre impliquerait de jouer à un jeu dangereux et me plier à votre volonté.

Je n'ai pas l'intention d'abandonner mes études, ni de maintenir le contact avec le clan, ni d'obéir à tes ordres de matriarche, ni de me présenter un jour devant le conseil pour être jugée et punie, alors que je n'ai rien fait.

Je ne suis plus une sorcière Omar. J'ai jeté ma baguette et je me suis débarrassée de mon bouclier et de mon récepteur. Vous ne pouvez plus entrer en contact avec moi. Je veux rompre avec tout ce qui vous concerne, laisser ces dix-sept années derrière moi et commencer une nouvelle vie avec Gunnar.

Je sais que Gunnar ne te plairait pas, même si tu ne le connais pas ; et tu ne le connaîtras jamais. Je ne te l'ai pas présenté parce que je savais qu'il ne passerait pas l'examen. Aucun homme ne passerait l'examen avec toi, ni ne serait digne de moi, ni ne voudrait partager sa vie avec moi si tu étais dans les parages.

Je l'aime et je ne veux pas renoncer à ses caresses et à ses mots d'amour. Je ne veux pas élever mes enfants seule comme toi, ni me consacrer à la tribu et au clan comme tu le fais.

Tu te trompes si tu crois que je pars parce que j'ai peur ou pour fuir les responsabilités. Cette fois, j'ai le courage d'entreprendre sans crainte mon propre voyage, celui que j'ai choisi moi-même, le voyage d'une mortelle.

Oublie que tu as eu une fille.

Séléné.

Je l'ai postée sans la relire et j'en ai été soulagée. Cette fuite sans explication ne me convenait pas. Ainsi, je lui exposais mes motifs et lui montrais clairement que je n'acceptais plus leurs règles. Je n'étais plus une Omar.

J'avais été très dure et je l'avais blessée sciemment, pour qu'elle croie que je la détestais.

Et j'avais été injuste. Je ne lui avais pas dit combien j'aimais les histoires qu'elle me racontait lorsque j'étais enfant, à quel point sa voix me rassurait alors pour m'endormir.

Bah... Les dés étaient jetés. J'avais pris ma décision.

Le voyage en train était monotone. Je ne me suis jamais passionnée pour les paysages qui défilent par la fenêtre. J'aurais aimé les toucher, les sentir, au lieu de les contempler de loin, ces montagnes enveloppées de nuages, ces villages colorés, ces champs de blé, ces vignes, ces tournesols... des natures mortes profondément ennuyeuses.

Mais nous avions décidé de sortir le moins possible du compartiment pour éviter les risques. J'étais terrorisée à l'idée de m'exposer aux regards, de tomber sur un policier ou une sorcière Omar. J'étais une fugitive sans défense et je sentais planer sur moi une menace, une présence, des tentacules qui me cherchaient dans l'obscurité. Peut-être était-ce la main de Déméter qui palpait le vide pour me rattraper.

Et puis, un matin, je me suis retrouvée assise dans un 4 x 4 de location sur une route étroite qui serpentait le long de falaises vertigineuses au pied desquelles s'étendait l'océan. Gunnar a fait une halte, m'obligeant à regarder le paysage.

— C'est ici que commence notre voyage.

— Les fjords norvégiens..., ai-je murmuré, incrédule, en contemplant les murailles qui s'enfonçaient dans la mer. Il fait froid.

— Pas du tout. Le courant du golfe est un courant chaud.

— Ils sont accueillants.

— Ils l'ont toujours été. Les Vikings y ancraient déjà leurs drakkars.

— Ils me font penser à tes yeux, ils sont aussi beaux ! me suis-je exclamée, enthousiasmée par ce paysage grandiose.

— Tu deviens poétique. Bienvenue dans le Nord.

Et tandis que nous nous éloignions, suivant la route de ses ancêtres norvégiens, je ne pouvais m'empêcher de penser à la pagaille causée par ma disparition chez les sorcières Omar. Étaient-elles à ma poursuite ?

Je me suis efforcée de les oublier et, durant quelques jours, malgré la crainte qui me faisait trembler, j'ai tâché d'être heureuse. Je riais des blagues de Gunnar, me délectais du paysage. Je découvrais de ravissants petits villages de bois avec des maisons colorées, je me goinfrais de gâteaux aux airelles et j'ai même goûté aux harengs. Au bout d'une semaine, j'ai commencé à respirer, persuadée que Déméter ne me retrouverait jamais.

Je me trompais.

Nous sommes allés sur la petite île de Norvoy. Gunnar voulait visiter un cimetière viking où étaient enterrés certains de ses ancêtres. Il avait apporté un bouquet d'immortelles. L'atmosphère était irréelle. La brume dissimulait les tombes, l'humidité s'infiltrait sous nos vêtements, et sur les pierres millénaires étaient gravées des runes, cet alphabet mystérieux que semblait comprendre Gunnar.

Nous nous sommes arrêtés enfin devant deux tombes, et Gunnar a déposé ses fleurs sur l'une d'elles. J'ai tenté de lire l'inscription sans y arriver.

— Qui est enterré là ?

— Helga, une de mes ancêtres. Cette autre tombe est celle de Snorri, son époux.

— Si tu descends d'elle, tu descends aussi de lui.

— Ça dépend, a répliqué Gunnar en clignant de l'œil. Parfois les enfants de l'épouse ne sont pas forcément les enfants de l'époux.

J'ai souri. De fait, les apparences sont souvent trompeuses.

— Ils devaient être importants.

— C'étaient des nobles, des *bondis*, les vassaux du roi Olafr, enterré aussi dans ce cimetière, mais dans cette autre tombe là-bas, plus fastueuse.

En effet, la tombe du roi, à quelques pas de là, était somptueuse. Ses armoiries y étaient également gravées, avec un cheval ressemblant aux chevaux de bois qu'aimait sculpter Gunnar.

— Regarde, on dirait tes chevaux.

Gunnar a souri.

— Rien ne t'échappe ! Et cette montagne, là, était le roi du fjord.

— Une montagne ? me suis-je étonnée.

— Ça paraît absurde, mais les Vikings ne faisaient pas de différence. On ne saisit les nuances de la langue qu'avec la pratique.

— Raconte-moi l'histoire d'Helga. Quel âge avait-elle quand elle est morte ?

— Trente et un ans.

— Elle a eu combien d'enfants ?

— Neuf, je crois. Mais seuls deux ont survécu.

— Neuf, quelle horreur !

— Helga, l'husfreja, était poétesse et s'est mariée très jeune. Ou plutôt, on l'a mariée avec son cousin Snorri qu'elle ne connaissait pas. Elle avait quatorze ans, une voix adorable, et sa chevelure d'or lui tombait jusqu'à la taille.

— Et de qui descends-tu si ses enfants n'étaient pas de son mari ?

Je ne comprenais pas quelle force me poussait vers la tombe.

— Elle était la maîtresse du roi Olafr, a murmuré Gunnar.

— Comment le sais-tu ?

Gunnar a fait un geste vague.

— C'est ce que dit la saga. Lors d'une fête, le roi logea chez elle. Elle lui récita ses poèmes avec une telle émotion qu'Olafr tomba éperdument amoureux et elle aussi. Et Snorri, qui était le vassal du roi, fut chargé d'une expédition lointaine.

Je me suis encore approchée de la tombe. Helga voulait me dire quelque chose. L'appel de son esprit était insistant. Il n'y avait plus aucun doute : j'avais le don, et Helga communiquait avec moi. J'ai oublié la présence de Gunnar et ai plongé dans les brumes du crépuscule pour remonter le temps. J'ai entendu Helga me supplier de l'aider. J'ai fait doucement glisser la dalle et j'ai introduit mes mains dans la tombe. J'ai creusé la terre humide et j'ai exhumé ses os.

Gunnar a reculé, effrayé.

— Que fais-tu ? Tu es folle ! Laisse ces os. Tu profanes sa tombe !

Mais je n'étais plus consciente de mes actes. Je me suis agenouillée près de la tombe du roi Olafr et en ai retiré la dalle avec la même facilité. J'y ai déposé les os d'Helga, puis j'ai rouvert les yeux, incrédule.

— Elle me suppliait. Elle voulait reposer auprès d'Olafr.

Gunnar, nerveux, a essayé en vain de remettre la dalle en place.

— Comment diable as-tu déplacé les dalles ?

Je ne lui ai pas répondu. Helga n'était toujours pas en paix. Elle pleurait et me suppliait encore. J'ai repoussé un peu plus la dalle de la tombe d'Olafr et j'ai étouffé une exclamation de surprise. La tombe était vide, et les os de la pauvre Helga étaient de nouveau seuls.

— Pourquoi le roi Olafr n'est-il pas enterré ici ?

Gunnar était abasourdi.

— Peut-être est-il mort dans un raid et qu'on a jeté son corps à la mer... Ou encore des loups l'ont dévoré... Comment veux-tu que je le sache ?

— Alors, pourquoi cette tombe ?

— Et toi, comment fais-tu pour déplacer ces pierres et communiquer avec les esprits ?

J'ai pris peur. Déméter m'avait-elle manipulée ? Pouvait-elle être là, quelque part ? Elle voulait m'éloigner de Gunnar. Elle me pousserait à commettre des erreurs pour qu'il n'ait plus confiance en moi. Elle me voulait seule et soumise pour que je rejoigne le troupeau, la tête basse. Elle contrôlait ma volonté à distance et tirait les ficelles de ma vie.

Non, elle ne réussirait pas. De nombreuses Omar avaient utilisé la ruse pour tromper leur époux.

J'ai éclaté de rire, feignant une hilarité que je ne ressentais pas.

— Je t'ai bien eu, hein ?

Gunnar, loin d'être convaincu, a geint comme un fantôme.

— Olaafr ! Tu m'avais promis que tu partagerais l'éternité avec moi ! Et à la place on m'a collé Snorri qui ronfle comme un porc... Tu es impossible ! On ne peut t'emmener nulle part. Je t'emmène dans un cimetière viking et tu déménages les ossements !

— Je ne le ferai plus, c'est promis.

— Au prochain bateau, je te renvoie chez ta mère.

Je l'ai embrassé. Ça ne ratait jamais. J'en avais presque oublié la question qu'il m'avait posée : comment diable avais-je pu déplacer les dalles ?

Nous avons déniché un minuscule hôtel d'où l'on voyait le mont Aksla, mais j'ai passé une mauvaise nuit. J'étais dévorée par les moustiques et j'avais la certitude d'être surveillée. Je me suis réveillée brusquement. J'avais l'impression que quelqu'un fouillait ma conscience.

Déméter cherchait dans mes souvenirs. Déméter me traquait. Je ne pouvais plus ni ne voulais plus me rendormir. J'ai donné à manger à Lola et suis sortie me promener dans le petit matin.

Alors que je me dirigeais vers la porte de l'hôtel, le réceptionniste m'a appelée par mon prénom et m'a tendu un paquet et une lettre. Les mains tremblantes, j'ai déchiré l'enveloppe.

L'écriture pointue était reconnaissable entre toutes : celle de Déméter, ma mère. Comment avais-je pu être aussi bête ? Elle était au courant de tout. Rien ni personne ne pouvait échapper à son contrôle. Tous les clans et les tribus de la terre devaient être sur ma piste. Ceci était la preuve de son pouvoir.

J'ai ouvert le paquet. Je m'en doutais ; Déméter m'avait envoyé une autre baguette. J'étais indignée. Je croyais avoir été suffisamment claire. Pourquoi Déméter continuait-elle toujours de vouloir me soumettre ? J'ai quitté l'hôtel et ai lancé la baguette dans la mer, sans aucun remords. Puis, assise sur un rocher, j'ai entamé la lecture de la lettre.

Séléné, ma fille, me laisseras-tu t'appeler « ma fille » bien que tu ne veuilles pas m'appeler « mère » ?

Je ne vais pas répondre à tes nombreuses provocations. Il est normal qu'à un certain moment dans ta vie tu désires choisir ton propre chemin et décider par toi-même. Mais ce n'est pas le bon moment et tu ne réussiras pas ainsi à résoudre tes problèmes.

Ta fuite t'a mise dans une situation difficile. Beaucoup d'Omar croyaient auparavant en ton innocence, mais elles en doutent à présent.

Aucune Omar avant toi n'a fui ses responsabilités en claironnant qu'elle cessait d'être une sorcière. Tu te fais des illusions.

Réfléchis et rends-toi.

Les terribles événements qui ont eu lieu récemment t'ont poussée à prendre une décision précipitée.

Reviens dans le clan.

Je ne m'oppose pas à ton amour ni à tes études. Tu es suffisamment intelligente pour les reprendre quand tu voudras. Ce que tu ne peux pas faire, c'est renoncer à ta condition d'Omar. Cela ne dépend d'aucun choix rationnel ou émotionnel. Cela fait partie de ton être. Dès l'instant où tu as été initiée se sont développés en toi des pouvoirs que jamais, avec quelque force que tu le veuilles, tu ne pourras détruire.

Ta condition ne dépend pas de la volonté ou du libre arbitre. Elle est liée à ton sang et à ton destin. Écoute ton instinct, n'oublie pas tout ce que tu as appris. Ne réagis pas en refusant précisément ce qui t'a servi pour t'orienter dans la confusion du monde. Tu te perdrais et tu serais très malheureuse.

La communauté te jugera équitablement, préservera tes droits et entendra ta voix. Reviens dans la tribu et soumets-toi à notre justice.

La mort de Meritxell est complexe et tu peux nous aider à la résoudre. Fuir te désigne. Celle qui fuit a quelque chose à cacher. Ne m'oblige pas à utiliser la force. Reviens de ta propre volonté. Je ne veux pas t'arrêter, ce serait très douloureux. Mais si tu ne me laisses pas le choix, je devrai te poursuivre et te juger contre ton gré.

Il n'est pas nécessaire de fuir aux confins de la terre pour trouver ce qui est en toi. Tu peux le faire sans te déplacer.

Je te chercherai parce que je t'aime.

Déméter.

J'ai mis la lettre dans ma valise sans en parler à Gunnar. Je lui ai simplement demandé qu'on parte sur-le-champ. Il a accédé à ma requête sans me poser de questions.

Je voulais simplement m'éloigner de Déméter pour qu'elle finisse par abandonner la poursuite. Sa menace était-elle sérieuse ? Pouvait-elle réellement m'arrêter par la force, m'enfermer et me juger ? Et si j'étais déclarée coupable ? Si je ne cessais pas d'y penser, j'allais devenir folle.

Nous sommes bientôt arrivés dans le Nordland, dont le nom seul fait frissonner, là où commence le véritable paysage de l'Arctique : la toundra, les horizons illimités, les lacs sombres, les fjords sinueux perdus dans la brume, le vent froid et les nuages de plomb. Tout vestige de civilisation a disparu rapidement. J'ai oublié la Méditerranée et ses puissants effluves pour plonger dans une immensité vertigineuse.

Les habitants y étaient rares, ce qui me convenait parfaitement. J'ai prié Gunnar d'éviter les villages et les hôtels durant quelques jours, au motif que je craignais les contrôles policiers. Nous dormions dans une tente, cuisinions sur un réchaud à gaz et voyagions comme les trappeurs canadiens, sales, les doigts gras, orientant notre boussole vers le nord, et cahotant à travers les bois de bouleaux, les prairies ou les terrains accidentés parsemés de rochers. Nos uniques compagnons étaient les troupeaux de rennes qui nous laissaient des nuées d'insectes en souvenir. Des moustiques, en particulier.

Je dormais mal. Déméter me suivait ; je sentais la proximité inquiétante de son pouvoir. Et les moustiques me dévoraient la nuit, s'en prenant surtout à mes bras.

En atteignant le Cercle polaire, j'étais criblée de piqûres ; il ne devait pas me rester une goutte de sang. Ma fatigue était si grande que Gunnar m'a obligée à avaler un sirop de vitamines dégoûtant et qu'il s'est occupé de nourrir Lola. Le hamster tremblait de froid et cherchait la chaleur de mon corps toutes les nuits.

En dépit de tout, j'étais émerveillée par la force de l'Arctique, fascinée par la présence constante du soleil qui ne se couchait jamais, la magie de la lumière qui éclairait en permanence notre itinéraire désolé et de plus en plus froid.

À Finnmark, le regard se perd dans les espaces infinis et l'unique route mène au bout du monde, le cap Nord. C'est peut-être parce que mon désir d'y parvenir était si profond que ma désillusion a été si terrible. Ce bout du monde ainsi nommé n'était en fait qu'un rocher de granite de trois cents mètres de haut qui dégringolait brusquement dans les eaux glacées de l'océan. Les touristes circulaient alentour, le caméscope à la main, célébrant à leur manière le solstice d'été.

J'ai senti bientôt sur moi les regards de femmes qui auraient pu être des Omar et, me sentant agressée par ces yeux inconnus, j'ai supplié Gunnar de partir vers un lieu solitaire. Il m'a emmenée le long de la côte nord, sur la terre des Samis – ainsi que se nomment eux-mêmes les Lapons – jusqu'à la petite ville de Vardo, et m'a proposé de célébrer le solstice depuis le haut d'un mont qui se dressait près d'une forteresse.

— C'est un mont magique, m'a-t-il chuchoté. Cette nuit, tes souhaits seront exaucés. Et il paraît que certaines herbes cueillies pendant le solstice ont le pouvoir de guérir des maux incurables.

Quelle ironie ! Gunnar m'expliquait comment invoquer la magie de la nuit de Beltaine. S'il avait su que j'étais une sorcière ou que je l'avais été, ç'eût été une autre histoire. J'y suis donc montée avec lui, malgré le froid et la fatigue. Gunnar portait les sacs de couchage et un délicieux dîner de saumon, de caviar et une boisson qui, selon lui, n'avait rien à envier au nectar des dieux.

Passer la nuit blanche du solstice au sommet d'un mont magique en compagnie de Gunnar, seuls au milieu de l'Arctique, à boire ce breuvage enivrant, aurait dû être l'expérience la plus merveilleuse qui m'ait jamais été donné de vivre. Hélas, je n'en ai gardé aucun souvenir, car je me suis endormie. Et pour la première fois depuis des semaines, j'ai dormi d'un sommeil de plomb, sans m'agiter, sans cauchemars.

Le lendemain matin – si on peut appeler « matin » ce soleil éternel –, je n'avais ni migraine ni gueule de bois ; je me sentais légère et étonnamment optimiste.

Quelque chose d'étrange m'était arrivé, mais je n'aurais su dire quoi. Quelque chose de nouveau et d'inconnu.

— Qu'est-ce qui s'est passé hier soir ?

Gunnar, pour toute réponse, m'a souri de manière énigmatique.

— Impossible que tu ne te le rappelles pas. Pour moi c'est inoubliable.

— J'ai dit des bêtises ?

— Tu n'as rien dit du tout. Tu n'as fait que me dévorer des yeux.

— Quelle idiote !

— Je ne trouve pas. J'ai plutôt apprécié quand tu es venue dans mon sac de couchage pour te réchauffer.

Nous avions passé une inoubliable nuit d'amour, mais j'avais perdu la mémoire. Sur le coup, je n'y ai pas accordé d'importance. Nous sommes retournés à Vardo et avons logé dans une charmante auberge près du port. Au dîner, le serveur nous a demandé d'où nous venions. Quand il a appris que nous avions passé la nuit sur le mont, il s'est mis à trembler et a renversé la soupière.

— Sur le mont… mont Domen ? a-t-il bredouillé.

Le nom me disait quelque chose. Quand et où l'avais-je entendu ?

— Oui, pourquoi ?

— Il y… il y avait… quelqu'un ?

Gunnar a répondu à ma place.

— Juste nous.

— Bien… bien sûr. Il n'y a jamais personne là-haut.

— Pourquoi ?

— Il est… ensorcelé, a-t-il chuchoté, épouvanté. C'est le mont des sorcières. C'est là que se réunissaient une fois l'an les sorcières norvégiennes pour célébrer leurs cérémonies. Des centaines d'horribles sorcières qui sillonnaient le ciel sur leurs balais, avant de danser et de chanter leurs effrayantes mélopées autour de leurs feux.

Gunnar riait de bon cœur. Moi pas. Je m'étais soudain souvenue de la tragique histoire du mont Domen. Comment avais-je pu l'oublier une nuit de Beltaine ? Gunnar poussait le serveur à poursuivre, feignant l'intérêt.

— Quelqu'un les a vues ?

— Bien sûr. Toute la population de Vardo les voyait chaque hiver, et cette nuit-là, les mères cachaient leurs enfants pour les garder du mauvais œil, et les bergers rentraient leurs troupeaux pour éviter la peste.

C'étaient des Omar. Il parlait des rendez-vous annuels sur le mont scandinave, où, jadis, se réunissaient des milliers de sorcières Omar. Jusqu'à ce que survienne la tragédie.

— Une nuit, il y a de cela plus de trois cent cinquante hivers, un jeune capitaine affecté dans la région rassembla les hommes les plus vaillants de Vardo pour en finir avec elles.

Je ne voulais pas écouter cette triste histoire, mais Gunnar dégustait lentement son plat, attentif au moindre détail.

— Ils leur ont tendu un piège ?

— En effet. Ils les ont surprises tandis qu'elles célébraient leur horrible fête. Ils avaient apporté des pinceaux et de la peinture et les ont marquées. Ensuite, ils les ont facilement identifiées et capturées. Et vous savez qui a été la première ?

Je le savais déjà, mais Gunnar a demandé :

— Qui donc ?

— Bridget, la femme du capitaine qui commandait l'expédition. Elle était très puissante et mauvaise. Elle avait ensorcelé le capitaine. C'est lui-même qui a allumé le bûcher avec sa torche, mais la sorcière l'a attiré avec son chant maléfique et il s'est jeté dans le feu avec elle contre sa volonté.

L'histoire que je connaissais était bien différente : celle d'un homme déchiré entre son honneur de militaire et son amour pour la belle sorcière Omar. Il s'était jeté dans les flammes par amour.

— Avant de mourir, la sorcière a maudit le mont Domen à grands cris, a ajouté le serveur.

Ma gorge s'est nouée. Je n'avais jamais entendu parler de cette malédiction. La belle et fière Bridget avait-elle réellement maudit cet endroit ?

— Et qu'a-t-elle dit ?

Le serveur a eu l'air embarrassé.

— Je ne sais pas si je dois... Deux amoureux comme vous...

— Je préfère ne pas le savoir, ai-je dit.

— Moi, si ! s'est écrié Gunnar.

— Elle a maudit tous les amants qui se retrouveraient sur le mont la nuit de Beltaine. Ils seraient aussi malheureux qu'elle et son capitaine.

Je me suis levée précipitamment et j'ai quitté la pièce. L'histoire m'avait bouleversée au point que j'ai vomi mon repas. Puis j'ai rejoint Gunnar.

— Je suis désolé. Je croyais que ça t'amusait.

— Je déteste ces histoires de sorcières brûlées vives. Tu la connaissais ?

— Non, mais je savais que le mont Domen était ensorcelé.

— Et tu m'y as emmenée quand même ?

— Non, je t'y ai emmenée parce que je savais que nous y serions seuls, toi et moi. Personne ne met jamais les pieds sur le mont Domen à cause de cette légende. Ne me dis pas que tu crois à ces bêtises ?

Comment aurais-je pu lui dire que ces femmes avaient réellement existé ? Elles étaient mortes par la faute d'irresponsables qui avaient probablement juré les avoir vues en train d'égorger des rennes ou d'enlever des enfants. Or ces femmes étaient des Omar pacifiques qui célébraient leurs rituels de purification. C'étaient des sages-femmes, des herboristes, des poétesses, des musiciennes, des femmes sensibles, intelligentes, disposées à aider les autres. Gunnar avait cru me faire plaisir, mais, par sa faute, notre amour était maudit. Si Bridget avait réellement formulé un sortilège avant de mourir, personne, excepté son esprit, ne pourrait jamais l'annuler.

Le lendemain matin, la malédiction a commencé à se manifester. Le propriétaire de l'hôtel a rendu son passeport à Gunnar et a prétendu avoir égaré le mien.

— Je suis vraiment désolé, je ne le trouve pas. L'employé de nuit est parti et je ne sais pas où il l'a rangé, a-t-il menti.

Gunnar a regardé sa montre.

— Bon, alors on va en profiter pour faire une excursion sur l'île. On sera de retour pour le dîner. Je suppose que vous aurez eu le temps de le trouver ?

Le propriétaire a souri.

— Certainement.

Je suis sortie en tremblant. Gunnar avait déjà pris une décision.

— On s'en va. C'est sûrement la police qui a ton passeport. Les flics doivent être en train de le comparer avec les fichiers d'Interpol. Tu risques d'être retenue.

— Mais… comment ont-ils su ?

— Tu as peut-être l'air trop jeune ou un détail cloche sur ton faux passeport. Ou alors il y a un mandat international contre toi.

J'étais désespérée.

— Qu'est-ce qu'on va faire ? Comment est-ce qu'on va aller en Islande ?

— En bateau.

— Mais on va me demander mes papiers.

— Là où je t'emmène, non.

Nous nous sommes éloignés du mont Domen sans récupérer mes faux papiers, ma fausse identité, Lorena Casas, et ma fausse date de naissance qui me donnait vingt-deux ans.

Nous avons fait halte dans un campement d'été sami pour acheter des provisions. Les Samis, les habitants ancestraux de ces terres désertiques, avaient été chassés au cours des siècles. Ils sont très différents des Scandinaves d'origine slave et germanique. Petits et robustes, ils ont des traits orientaux, les cheveux noirs et les yeux bridés, et parlent une langue qui vient de l'Oural.

Nous nous sommes perdus dans leur labyrinthe de tentes. Les Samis voyageaient avec leurs troupeaux à la recherche de nouveaux pâturages. Les enfants couraient et jouaient avec les chiens samoyèdes, entourés par des nuées de moustiques, sans avoir l'air ennuyés le moins du monde. Quant à moi, j'avais de nouvelles piqûres chaque jour, certaines d'entre elles enflées et douloureuses. Gunnar m'a proposé d'acheter des vêtements artisanaux.

— C'est ce qu'il y a de mieux. Tu seras bien protégée du froid.

Les Samis tannaient eux-mêmes les peaux de rennes et d'hermines et fabriquaient manteaux, pantalons, bottes.

— Je vais aussi prendre de la viande de renne, a dit Gunnar.

Il est entré dans une boutique où un homme qui semblait être le chef de la communauté l'a accueilli chaleureusement.

J'ai marchandé une jolie toque d'hermine avec deux petits gars malins. Et c'est alors que j'ai entendu une femme s'exprimer dans la langue ancienne, la langue des Omar. J'ai fait volte-face et me suis retrouvée nez à nez avec une vieille et vénérable sorcière Omar. C'était une loutre aux cheveux blancs et aux yeux bridés emplis de sagesse. Elle s'est approchée de moi en chuchotant et m'a prise par le bras d'une main nerveuse. Les gamins ont disparu en courant. Ils la respectaient et la craignaient à la fois. Peut-être était-elle la chamane de la communauté.

J'étais paralysée par la surprise. Je n'aurais jamais cru rencontrer ici une autre émissaire de ma mère. Mais elle était bien là, me tenant solidement par le bras.

— Séléné, rends-toi à la vieille Paltoö. Rends-toi à la justice Omar. Ne fuis pas, Séléné. Ce sera pire.

J'ai tenté de me dégager, mais la vieille loutre m'a tordu le bras avec force, observant mon poignet.

— Elle a goûté ton sang. Elle va en finir avec toi.

— Qui ? ai-je demandé, effrayée.

— Baâlat.

J'étais pétrifiée. C'était impossible.

— Comme Meritxell, a-t-elle ajouté. Retourne auprès de Déméter, ton clan te recherche.

— Je suis innocente ! Ce n'est pas moi qui ai tué Meritxell.

— Baâlat te poursuit. Elle finira par t'avoir, petite. Rejoins le coven et ensemble nous lutterons contre elle.

— Je ne veux pas lutter contre qui que ce soit. Je ne suis qu'une simple mortelle.

— C'est faux, Séléné, tu es une sorcière. Ne m'oblige pas à utiliser ma force contre toi.

Elle a brandi son atamé d'un air menaçant. J'étais terrifiée, mes jambes flageolaient. L'atamé était l'arme qui avait tué Meritxell, et la vieille loutre menaçait maintenant de me le planter dans le corps. Je sentais sa force pénétrer en moi et m'emprisonner. Paltoö était en train de m'ensorceler et de me « ligoter » avec des liens solides. J'étais prise au piège des Omar. Déméter avait utilisé sa force contre moi. Je pouvais à peine bouger, mais j'ai réussi à crier :

— Gunnar !

Et Gunnar est sorti sur-le-champ de la tente du chef Aläk, les bras chargés de viande séchée. En quelques enjambées, il était près de nous, avait arraché l'atamé à la vieille Paltoö et l'avait repoussée d'un coup sec.

— Ça suffit !

J'étais libre, je pouvais remuer bras et jambes sans problème. Gunnar avait brisé le sortilège tissé par Paltoö autour de mon corps.

— Partons d'ici, l'ai-je supplié.

— Elle t'a fait mal ?

— Non, mais partons.

— Tu voulais l'acheter ? m'a-t-il demandé en me tendant l'atamé.

Gunnar pensait que je m'étais disputée avec la vieille à cause du poignard. Si je le laissais à Paltoö, elle pourrait l'utiliser contre moi.

— Oui.

Sans me lâcher, il a laissé quelques pièces à la vieille sorcière qui murmurait une litanie entre ses dents, probablement pour prévenir les Omar de ma présence.

Gunnar m'a forcée à avaler une gorgée de liqueur, puis il a démarré le 4 x 4, conduisant prudemment, me jetant de temps à autre un coup d'œil inquiet. Je n'ai respiré calmement qu'une fois la vieille loutre à bonne distance. J'aurais aimé jeter l'atamé par la fenêtre. À cause de Gunnar, je l'ai glissé dans mon sac, et Gunnar m'a souri.

— C'est un poignard enchanté ?

— Pourquoi dis-tu ça ?

— Cette femme était la sorcière du village. Mieux vaut ne pas s'en faire une ennemie ; elle peut être dangereuse.

— Heureusement que tu étais là.

— Oui, mais évite de te fourrer dans les problèmes. Rappelle-toi qu'on essaye de passer inaperçus.

Gunnar avait raison, bien sûr. Et je ne pouvais lui dire que cette femme était une sorcière Omar chargée par ma mère de m'arrêter. Je me sentais impuissante.

— Je ne veux plus voir de femmes.

— Tu n'en verras plus pendant longtemps. Nous

embarquons sur un baleinier. C'est la seule manière d'aller en Islande sans papiers.

— Mais…

— Tu te souviens que nous sommes des fugitifs ?

Il m'a semblé détecter un reproche implicite dans le ton de sa voix. Gunnar doutait-il de mon innocence ?

CHAPITRE VIII

Le baleinier

J'avais participé à des manifestations contre la pêche à la baleine qui menaçait d'exterminer les plus gros mammifères marins de la planète. Gunnar m'a convaincue que la pêche aux minke était différente.

— C'est une pêche traditionnelle, familiale. Elle est pratiquée depuis toujours sur la côte norvégienne.

— Et elle est moins meurtrière pour les pauvres baleines ?

— Mais oui. On en pêche moins et on tire profit de tout : la viande, la graisse et les fanons. C'est la pêche industrielle qui les a décimées.

— Minke, tu dis ? ai-je demandé un peu moins vivement.

— C'est la baleine à fanons la plus petite de toutes, elle fait moins de dix mètres. La taille de trois vaches. Avec une baleine, on peut nourrir une famille durant tout l'hiver.

— Elles souffrent ?

— Les fusils harpons actuels n'ont rien à voir avec les anciens modèles qui ne faisaient que les blesser.

Leur agonie durait longtemps. Maintenant, elles meurent pratiquement tout de suite.

Il avait fini par me convaincre.

— Et ils vont nous emmener en Islande ?

— C'est ce que nous avons convenu. Ils feront un détour pour nous laisser à Reykjavik, sans passer par la douane ni la police. Ainsi ils se réapprovisionneront pour le retour.

Nous avons embarqué ce même jour à Reine, un port splendide à l'abri des vents, « la perle des îles Lofoten ». Au lieu d'hommes rudes et tatoués qui crachent sur le pont du navire, l'équipage était composé d'hommes jeunes, souriants et rasés de près. Tous étaient blonds aux yeux bleus et charmants, et j'ai eu l'impression d'embarquer avec les frères de Gunnar, une armée de Vikings angéliques. Je les ai baptisés les berserkers des mers. Certains d'entre eux étaient étudiants et travaillaient comme pêcheurs durant l'été. Les autres, moins jeunes, étaient baleiniers toute l'année. Tous étaient membres d'une même famille. Le patriarche, Karl Harstad, nous a reçus à bras ouverts, fier de sa petite embarcation de quatre-vingts pieds de long, ainsi que me l'a traduit Gunnar.

La perspective de voyager avec les membres masculins de l'accueillante famille Harstad m'a paru la manière la plus merveilleuse de lâcher les amarres de ma vie antérieure. J'avais l'impression de partir en vacances et non plus de fuir désespérément.

Si j'avais su !

Quelques minutes avant le départ s'est présenté le dernier marin, un septuagénaire mince, tanné par le soleil et les embruns. Le balluchon sur le dos, il est monté à bord en chantant, avec une agilité incroyable pour son âge. En voyant Gunnar, il s'est arrêté comme frappé par la foudre.

— Ingar, Ingar ! a-t-il crié. C'est moi, Kristian Mo, tu me remets ?

Gunnar a souri et lui a tapé gentiment sur l'épaule.

— Kristian Mo...

Le vieux marin l'a attrapé avec une force peu commune, ses doigts s'enfonçant comme des serres dans sa chemise.

— Vieux renard, ivrogne, tu ne t'es pas noyé !

Ses yeux se sont embués de larmes.

— Je ne suis pas Ingar. Ingar était mon grand-père.

Le vieux Kristian a eu l'air très contrarié.

— Par tous les diables ! Si je dis que tu es Ingar, c'est que tu es Ingar !

Les berserkers des mers se sont esclaffés derrière le vieux Mo. Il avait dû écumer toutes les tavernes de Reine.

Gunnar a tenté de lui faire entendre raison.

— Je m'appelle Gunnar et je suis né en Islande. Mais mon grand-père m'a parlé de toi. Il m'a dit que tu étais le marin le plus tricheur et le plus bagarreur de la mer de Norvège.

— Tu t'appelles Ingar, mon vieux copain, s'est entêté Kristian Mo. Le plus grand buveur des Lofoten, le meilleur sculpteur de chevaux des Vesteralen, le Viking qui descend d'Erik le Rouge et le plus grand menteur de la terre.

Le patron a pris le vieux Kristian Mo par les épaules.

— Ton copain Ingar, ça fait combien de temps que tu l'as pas vu ?

Kristian Mo avait perdu le compte des hivers passés. Il s'est gratté la tête.

— Nom d'une pipe ! J'avais toutes mes dents. Ingar et moi, on ouvrait les boîtes de conserve avec les dents.

— Eh bien, fais le calcul. Ça doit bien faire trente ans… Quarante ? Gunnar n'était pas né.

Kristian Mo était ivre, mais pas stupide.

— C'est vrai. Ingar serait vieux comme moi.

Gunnar a souri.

— Après un café serré, tu y verras plus clair.

Durant la traversée, j'ai sympathisé avec le vieux marin ; il avait tant d'histoires à raconter. Et notre amitié m'a permis de tenir, car le roulis me rendait continuellement malade. Je ne pouvais plus rien avaler.

Nous avons aperçu les minke après quelques jours de navigation. À la différence des autres baleines, elles n'ont pas de jet d'eau, et il faut un œil d'aigle pour les distinguer. Les membres d'équipage avaient repéré une tache sombre qui plongeait de temps à autre dans les eaux grises. Les jumelles l'ont confirmé : c'était bien un troupeau de minke.

On a stoppé immédiatement le navire pour préparer les fusils harpons. Il faudrait attendre que les bêtes s'approchent à portée de tir. Gunnar a empoigné un fusil comme les autres et attendu le moment propice.

— On les attaquera par surprise. Ça va être un spectacle grandiose, a-t-il chuchoté.

Ses yeux brillaient. La vie à bord avec les autres hommes l'avait transformé. La camaraderie était de mise et il se refusait à toute démonstration d'affection avec moi en public. Il ne m'embrassait plus que rarement, lorsque nous étions seuls dans la cabine collective. Ses lèvres avaient le goût de l'iode et de la mer.

Ce jour-là, il avait l'air euphorique et voulait me communiquer l'émotion de la chasse.

Il m'a fait m'asseoir contre lui.

— Ne bouge pas, tu vas me porter chance. Tu es ma sirène.

Les heures ont passé. Finalement, peu à peu, les baleines se sont rapprochées. J'ai retenu ma respiration comme tout le monde à bord, jusqu'à ce que le patron donne l'ordre de tirer. Je m'en souviens encore parfaitement.

Gunnar s'est redressé, a lancé un cri sauvage et a tiré. Les autres l'ont imité, pratiquement à l'unisson. Le vacarme qui a suivi a été effroyable. Les cris de douleur des minke me transperçaient les oreilles ! Elles appelaient désespérément à l'aide et je les comprenais. Le pire a été un petit baleineau qui est resté seul sans sa mère.

Je me suis bouché les oreilles pour ne plus l'entendre, mais même ainsi me parvenaient ses appels déchirants. Gunnar m'a interceptée. Je criais sans m'en rendre compte et courais d'un bout à l'autre du pont, les mains plaquées sur les oreilles.

— Tu ne les entends donc pas ? ai-je hurlé.

— Qui ?

— Les minke blessées !

Gunnar m'a regardée comme si j'étais folle.

— C'est impossible. Les baleines communiquent par des ondes que les humains ne peuvent pas percevoir.

Je n'ai pas insisté, puis je me suis rendu compte que le vieux Mo avait entendu notre conversation et qu'il m'observait. Peut-être s'agissait-il d'une autre ruse de Déméter pour me démasquer. J'ignorais que les louves Omar étaient capables de communiquer avec les baleines.

Je n'ai pas pu supporter la scène du dépeçage. La puanteur de la graisse et du sang me donnait la nausée. Pour y échapper, je me suis enfermée dans la cabine et j'ai caressé Lola. Gunnar est entré peu après, couvert de sang des pieds à la tête. Il s'inquiétait pour moi.

— Séléné ? Séléné, ça va ?

— J'ai froid !

Il m'a pris la main.

— Qu'est-ce qu'il y a ? Tu es malade ?

— Non, je suis juste gelée et fatiguée.

— Tu es blafarde ! Couvre-toi bien et essaye de dormir. Je vais dire à Mo qu'il te tienne compagnie. Dors, ma chérie.

J'ai dormi longtemps, d'un sommeil agité, entendant en rêve les cris de détresse du baleineau. Au réveil, je n'étais plus seule. Kristian Mo veillait sur moi. Il m'a souri de sa bouche édentée et a voulu me donner un liquide contenu dans une gourde. J'ai refusé, mais il ne s'est pas laissé intimider.

— Il faut manger quelque chose, mignonne. Tu ne manges rien.

— Je n'ai pas faim.

— Tu as le mal de mer. Si tu ne manges pas, tu mourras avant d'arriver au port.

Il avait raison. Mon estomac ne supportait plus rien

et je vomissais tout ce que j'avalais par-dessus la rambarde.

— Avale. Ça te protégera l'estomac et ça t'aidera à vaincre le mal de la houle.

J'ai obéi, mue par l'instinct. Le sirop était fort et amer, mais je ne l'ai pas rejeté. Son effet a été immédiat. Kristian m'a donné ensuite un potage de poisson, délicieux, et quelques miettes de cabillaud. Je lui en ai été reconnaissante, car je sentais les forces me revenir.

— Merci, ai-je murmuré.

Kristian m'a pris le pouls et a posé sa main sur mon front.

— Tu es malade.

Je le savais déjà. Je n'avais pas voulu effrayer Gunnar, mais j'étais de plus en plus faible. Mo a relevé les manches de ma chemise et, horrifié, a découvert mes bras criblés de piqûres infectées.

— Les moustiques.

Le vieux marin a secoué la tête.

— Ce ne sont pas des moustiques.

J'ai eu peur. J'avais prétendu oublier les paroles de la sorcière sami, mais, pour la deuxième fois, une idée horrible m'a traversé l'esprit : étais-je la victime d'une sorcière Odish ? Je me suis souvenue des paroles de la loutre. J'avais cru que c'était du chantage, une menace pour que je revienne dans le clan, mais la vieille femme m'avait avertie que Baâlat me vidait de mon sang.

Pourtant, je ne me rappelais pas avoir regardé une femme dans les yeux, je n'avais pas senti de coup d'aiguille dans mon cœur. J'avais attribué à Déméter ma faiblesse, mes cauchemars, la présence constante et menaçante. Et si ce n'était pas Déméter ? Ces tentacules qui rampaient en moi...

Quelle idiote j'avais été ! Les signes étaient évidents. Une Odish ! Baâlat !!!

Je me suis mise à trembler comme une feuille. Kristian Mo m'a caressé le visage avec une tendresse inattendue.

— Tu les as réellement entendues ?

Je ne pouvais pas lui mentir.

— Oui, j'ai entendu crier les baleines.

— Je savais que tu étais spéciale, comme elle.

— Comme qui ?

— Comme Camilla. Elle aussi les entendait. Elle m'avertissait quand elles approchaient. Ça ne ratait jamais. Et elle pleurait quand je les harponnais. Tu lui ressembles beaucoup. Ton regard, ton secret...

— Mon secret ?

Le vieux marin s'est penché vers moi.

— Camilla avait un secret. C'est pour ça qu'ils l'ont tuée.

— Qui ?

— On ne sait pas. La police a dit que c'était un assassinat. Elle était exsangue. Quand je débarque, je porte des fleurs sur sa tombe et je parle avec elle. Elle me dit qu'elle m'attend bientôt.

— Qui était-ce ?

— Ma fiancée. On allait se marier.

J'ai eu une intuition. Sa fiancée, Camilla, était peut-être une Omar. Et j'ai décidé de me confier à Mo. Je savais qu'il ne poserait pas de questions indiscrètes et accepterait toutes mes explications, si insolites soient-elles.

— Kristian, j'ai besoin de ton aide. Elles veulent me tuer.

— Qui ?

— Les sorcières, celles qui sont malveillantes.

Comme je l'espérais, il n'a pas eu l'air surpris.

— Je ne crains pas les sorcières.

— Elles attendent que je dorme pour m'attaquer. Ces marques, ce sont elles qui me les ont faites. Elles me volent mon sang et ma force.

Mo a pris mes mains dans les siennes.

— Le vieux Mo ne te laissera pas comme il a laissé Camilla. Dors. Je veillerai sur toi.

Avant de fermer les yeux, je lui ai posé une dernière question :

— Ingar était aussi beau que Gunnar ?

Mo m'a fait une nouvelle grimace en guise de sourire.

— Encore plus. Les filles se seraient jetées à la mer pour un baiser de lui.

Le roulis m'a réveillée. Ou peut-être une prémonition ? J'ai ouvert les yeux et vu Kristian prêt à abattre une chaise sur la petite Lola.

— Non ! ai-je hurlé.

Kristian Mo a sursauté et Lola a été sauvée de justesse.

— Ce rat était dans ton lit !

— Ce n'est pas un rat, c'est un hamster.

— Rongeurs répugnants. Sales et sournois. Ils mangent le grain, mordent les enfants et propagent la peste. Je te jetterais ça à la mer.

J'ai été surprise de l'entendre utiliser les mêmes termes que Gunnar. Il avait acculé Lola dans un coin de l'étroite cabine. J'ai sauté de ma couchette et me suis interposée entre eux.

— Elle est à moi. Elle dort avec moi.

Le bateau a tangué violemment, nous faisant perdre l'équilibre à tous les deux. Lola en a profité pour se glisser entre nos jambes et filer par la porte entrebâillée.

Un coup de tonnerre m'a paralysée. La porte s'est ouverte à la volée, nous laissant voir un éclair et des vagues vertigineuses.

— Lola, attends !

Je me suis lancée à la poursuite du hamster terrorisé qui préférait l'orage à l'ire du vieux marin. Je pouvais à peine me tenir debout. Le vent, le sang et la graisse de baleine renversés sur le pont avaient transformé le bateau en une périlleuse piste de patinage. Lola fuyait en dérapant et je tombais continuellement, incapable de la rattraper. L'équipage avait dû abandonner sa tâche de dépeçage et se consacrait désormais à maintenir l'embarcation à flot. Vêtus d'imperméables jaunes à capuche, les berserkers des mers s'activaient sans relâche. Mon Gunnar semblait le plus habile de tous. Il m'a aperçue et m'a ordonné de rentrer, mais je ne lui ai pas obéi. Si je ne rattrapais pas Lola, une vague l'emporterait par-dessus bord.

Soudain, je l'ai vue. Elle grimpait au mât. Si le bateau recommençait à gîter, elle tomberait à la mer. J'ai voulu grimper après elle. Une voix m'a crié d'arrêter, et comme je n'obtempérais pas, des mains robustes m'ont attrapée et jetée au sol. À travers l'épais rideau de pluie, j'ai entrevu une ombre floue, une silhouette mince et extraordinairement agile qui étendait ses mains comme des serres. J'ai étouffé un cri. C'était Kristian Mo. Voulait-il me rendre Lola ou la tuer ?

Je ne l'ai jamais su.

Un coup de tonnerre assourdissant a retenti et un éclair a illuminé le ciel. La foudre avait frappé le mât. Elle avait épargné les berserkers des mers, Gunnar et moi, mais pas le vieux marin.

Kristian Mo était mort.

La tempête s'est apaisée. Gunnar, ému, a fermé les yeux brûlés du vieil homme. Le patron l'a revêtu de ses plus beaux habits et l'a enveloppé dans sa propre couverture. Les berserkers ont placé son balluchon et une bouteille d'eau-de-vie près de lui. Moi, pleurant à chaudes larmes, je l'ai embrassé. Quelles qu'aient été ses intentions, il m'avait sauvé la vie.

Son corps a été jeté à la mer, lors d'une simple cérémonie qu'a célébrée le capitaine. Ensuite, on m'a invitée à manger et à boire en l'honneur du mort. C'est ainsi que l'on dit adieu aux vieux loups de mer.

— Maintenant, il est heureux, m'a dit Gunnar en m'étreignant. Il a enfin rejoint sa Camilla.

— Comment le sais-tu ? me suis-je étonnée.

— Mon grand-père m'avait parlé d'elle. C'était son grand amour.

— Oui. Elle est morte très jeune, assassinée.

— C'est ce que disait Kristian.

Je ne pouvais faire part de mes soupçons à Gunnar. Il était possible que Camilla ait été une Omar et soit morte de la main d'une Odish. Il y avait des coïncidences : Camilla entendait les baleines, avait des secrets et avait été vidée de son sang. Avais-je trop d'imagination ?

Et j'ai pris conscience que ces derniers mois j'avais été entourée par un tas d'histoires étranges, d'amours tragiques et impossibles. Helga, Bridget et Camilla me poursuivaient. Les sorcières ne croient pas au hasard. Trois mortes qui m'avertissaient. Que voulaient-elles me dire ? Elles n'auraient rien pu faire, de toute façon. Je n'en faisais qu'à ma tête.

Puis Lola a réapparu, trempée et le poil roussi. Elle tremblait de tous ses membres et est venue se réfugier contre moi. Comme moi, elle avait survécu à l'orage et à la foudre.

Notre navigation s'est encore poursuivie une semaine dans la pluie, le vent et le roulis. Ç'a été une longue semaine, non par la faute des conditions climatiques, mais parce que j'avais acquis la certitude que mes blessures n'étaient pas de simples piqûres de moustiques. Ces marques s'étaient multipliées depuis le début de la traversée, alors que les moustiques ne peuvent survivre loin de la terre. Histoire d'en avoir le cœur net, j'ai entouré toutes les blessures au stylo. Le lendemain matin, de nouvelles marques étaient apparues sur mon bras gauche. J'ai renouvelé l'expérience et il en a été de même chaque jour.

Qui m'attaquait ? De quelle manière ? Cela arrivait évidemment pendant la nuit. Et j'aurais parié qu'il s'agissait de Baâlat. Plus j'y pensais, plus je voyais les coïncidences. Baâlat s'était attaquée à Meritxell durant deux mois, la tuant à petit feu. Cependant, une autre question me taraudait : pourquoi n'en finissait-elle pas sur-le-champ avec moi comme elle l'avait fait avec tant d'autres Omar ? Attendait-elle le moment propice pour me foudroyer ? J'étais de plus en plus persuadée qu'elle avait voulu m'atteindre en frappant Kristian Mo.

D'ailleurs, était-ce Baâlat qui avait plongé mon atamé dans la poitrine de Meritxell ? Voulait-elle faire de même avec moi ?

J'avais peur. Je n'avais personne à qui me confier et je ne voulais pas que Gunnar apprenne mon secret. Nous, les Omar, savons par expérience qu'un homme ne veut pas d'une sorcière pour compagne. La sorcellerie engendre la peur, l'abandon et la trahison. J'avais toujours observé le plus grand secret, selon la tradition du clan, même si ce secret risquait de me coûter la vie.

J'avais désespérément besoin d'aide. Après avoir longtemps hésité, j'ai tenté d'invoquer un bouclier protecteur. À ma grande surprise, je n'y suis pas parvenue. L'angoisse ou la faiblesse contrecarrait le sortilège. Sans ma baguette, ni l'aide d'autres Omar, j'étais réduite à l'impuissance. J'ai voulu envoyer un appel télépathique à ma mère, sans succès. Cela ne m'était jamais arrivé.

Heureusement, j'avais un atamé Omar en ma possession. Une fois à terre, je filerais dans un bois, me taillerais une nouvelle baguette et demanderais de l'aide à un coven Omar. L'attaque de Baâlat m'innocentait : j'étais une victime, comme Meritxell. Cela jetait une nouvelle lumière sur son assassinat. Je me suis persuadée que les Omar ne me jugeraient pas durement. Carla retirerait son accusation et Déméter me défendrait. J'avais besoin d'elles. Peu m'importait le châtiment. Si je mourais, rien n'aurait plus de sens.

J'ai essayé de me rappeler quel clan habitait sur l'île. Les juments ! Je me suis rappelé une jument islandaise de très haute taille qui était venue un jour rendre visite à ma mère. Sa peau était aussi blanche que celle d'une morte, et ses yeux vert-jaune lumineux comme ceux d'un chat. Mais le plus étonnant était sa voix au rythme musical. Elle s'appelait Holmfridur.

J'ai réussi à passer trois jours sans dormir. Je buvais des litres de café et je m'aspergeais la figure d'eau de pluie et d'eau de mer. Épuisée, j'ai imploré Gunnar de me prendre dans ses bras. J'ai prétendu qu'il n'y avait rien de grave, que je voulais juste me reposer et ne plus faire de cauchemars.

Il m'a bercée comme une enfant. Grâce à sa chaleur, à sa respiration régulière et à sa main dans mes cheveux, j'ai sombré instantanément dans le sommeil.

J'ignore de quoi j'ai rêvé exactement, mais je sais que dans mon rêve je haïssais quelqu'un. J'ai été à deux doigts de commettre une folie. Une douleur m'a réveillée. Gunnar me tordait le poignet et criait dans une langue étrangère, en islandais, je suppose, s'efforçant de me faire lâcher un objet. Quelque chose de métallique tomba au sol. C'était l'atamé de Paltoö, mon poignard à double lame. Je me suis levée et j'ai compris aussitôt ce qui s'était passé. Dans mon sommeil, j'avais essayé de poignarder Gunnar. Gunnar m'a montré une petite goutte de sang sur son cou.

— Une seconde de plus et tu me tranchais la gorge.

— Pardonne-moi, oh, pardonne-moi, je t'en prie !

La haine continuait de me brûler les entrailles. Mon rêve incitait à la rage, au désir de détruire. Je me faisais peur à moi-même.

— On peut savoir pourquoi tu dors avec un couteau sous l'oreiller ?

— Kristian Mo m'a dit que sur un bateau rempli d'hommes il faut toujours garder un couteau à la main, ai-je menti.

Gunnar a ramassé l'atamé.

— C'est celui que tu as acheté à la vieille Sami.

— Oui, un couteau lapon, je suppose, ai-je de nouveau menti.

Gunnar l'a étudié avec curiosité et en a palpé la lame.

— Ensorcelé. Il a une double lame et coupe comme un démon.

Gunnar me l'a rendu, puis m'a regardée dans les yeux.

— Tu me détestais.

— Moi ? ai-je murmuré, honteuse.

— Tu avais les yeux ouverts et tu me regardais.

— Tu es fou ! Ce n'est pas toi que j'attaquais.

— Tu en es sûre ?

Cette question m'a fait plus mal qu'une dispute. Je me rendais compte que sa confiance en moi s'effritait. Ma condition de sorcière l'éloignait de moi. Et s'il y avait bien quelque chose que je craignais plus que Baâlat, c'était de perdre Gunnar. Trop de secrets s'interposaient entre nous.

J'avais besoin d'aide au plus vite.

*
* *

Séléné fit une pause.

— Il faut partir. On doit rendre les clefs de la chambre avant midi.

Elle parlait depuis un bon moment et Anaïd avait eu le temps de déjeuner et de s'habiller.

— Je déteste ça ! s'exclama Anaïd.

— Quoi donc, ma chérie ?

— Être une sorcière. On ne peut jamais s'échapper. Le destin nous poursuit, c'est horrible.

Séléné l'étreignit.

— Je suis désolée. J'ai peut-être été trop franche. Mais ce qui m'est arrivé à moi ne signifie pas que ça doive t'arriver à toi. Aucune Odish ne t'attaquera tant que je resterai avec toi.

Anaïd était émue pour d'autres motifs également. Roc avait décidé de rompre avec elle sans lui donner d'explications. Elle se vengea sur Séléné.

— Enfin, Gunnar avait de bons motifs pour se méfier de toi, avec tout ce que tu lui avais caché.

— Bien sûr. Aucune Omar ne peut être sincère en amour.

— Ah oui ? Et comment veux-tu qu'un mortel tombe amoureux de toi si tu lui mens tout le temps ?

Séléné soupira.

— Les mortels aussi racontent des mensonges.

— Tu te cherches des excuses. En fait, tu as utilisé Gunnar pour fuir les Omar.

— C'est faux. J'ai fui les Omar pour être avec Gunnar.

— Gunnar est-il mon père, oui ou non ?

Séléné hésita, puis fit un geste de la main.

— Laisse-moi un peu de temps. Je continuerai l'histoire dans la voiture.

Elle ouvrit la porte de la chambre, jeta un coup d'œil dans le couloir et chuchota.

— Écoute-moi bien. Je vais avec toi jusqu'à la voiture, mais on va descendre par le monte-charge. Tu resteras couchée dans la voiture jusqu'à ce que je revienne. Personne ne doit te voir et tu ne dois parler à personne. D'accord ?

Anaïd soupira.

— OK ! C'est toi le chef.

Elles utilisèrent le monte-charge de la cuisine dont le sol était parsemé de graisse et de pelures de pommes de terre. En traversant la cour de derrière, elles croisèrent un chat et un cuisinier chinois. Puis elles arrivèrent à la voiture. Séléné mit les valises dans le coffre et ouvrit la portière pour sa fille.

— Je reviens tout de suite.

Elle venait à peine de disparaître que des doigts se mirent à tambouriner contre la vitre. Un petit garçon chinois la regardait avec un sourire effronté. Anaïd hésita un instant, puis ouvrit la fenêtre et cria :

— Tu aimes jouer de la batterie ?

Pour toute réponse, le petit garçon lui tendit un paquet.

— Bon anniversaire, dit-il, montrant ses gencives dépourvues de dents.

Il devait avoir dans les sept ans.

— Comment sais-tu que c'est mon anniversaire ? fit Anaïd, ébahie.

— C'est un garçon qui me l'a dit.

— Quel garçon ?

— Celui qui m'a donné le paquet.

Anaïd n'hésita pas une seconde. Elle ne réfléchit pas, ne se méfia pas. Elle ouvrit le paquet, morte de curiosité, et en resta sans voix. Il contenait de merveilleux pendentifs de rubis.

— Où est passé le gar… ?

Elle ne termina pas sa phrase car l'enfant avait disparu. À sa place s'approchait Séléné d'un pas léger. Anaïd, instinctivement, dissimula les pendentifs dans son dos.

— Je peux savoir pourquoi tu as baissé cette vitre ?

— Je crevais de chaud.

— De chaud ? s'étonna Séléné. Il fait neuf degrés.

— C'est pour ça. À Urt, il faisait trois degrés.

Séléné sourit.

— Tu es bien une fille du Nord, aucun doute là-dessus.

— Je suis née dans le Nord ?

Séléné s'installa sur son siège, prit le volant et tapota le siège passager.

— Viens là, que je continue mon histoire.

CHAPITRE IX

Une terre de glace et de feu

Nous avons débarqué dans une crique près de Reykjavik durant une nuit blanche. Les Islandais dormaient encore. Nous avons fait nos adieux à la famille Harstad, puis nous avons pris un taxi dans le village le plus proche.

Il me fallait trouver un bois pour tailler une baguette et invoquer un bouclier protecteur. Mais dans ce village, il n'y avait pas d'arbres. Il pleuvait et des rafales glacées balayaient les rues.

— On va célébrer notre arrivée à la manière viking, m'a promis Gunnar en clignant de l'œil.

Je me suis affalée sur le siège arrière, tandis que Gunnar bavardait avec le chauffeur, un homme calme et posé. Je les ai écoutés un moment, puis j'ai regardé défiler le paysage. L'Islande, sous la pluie et la brume, semblait désolée. Nous avons traversé un vaste champ de lave noire, sans arbres, sans herbe. La lave provenait du Snaefellsjökull, le volcan qui conduisait au centre de la terre et dont la cime disparaissait dans les nuages. Mais où étaient les bois ?

— Il n'y a pas de forêts ? ai-je demandé anxieusement.

Gunnar et le chauffeur se sont esclaffés.

— L'Islande est déboisée. Il n'y a aucune forêt. Que des pâturages, de la rocaille, de la lave et de la glace.

Où donc pourrais-je me tailler une baguette ? Holmfridur était mon seul espoir, et je devais la trouver. Cette île solitaire, couverte de roches noires et de geysers, enveloppée de brume et faiblement illuminée par le soleil, m'inquiétait. Gunnar m'avait parlé de ses forces telluriques. Et je percevais constamment des présences. J'entendais des voix lointaines qui se perdaient dans la brume, j'apercevais des lueurs étranges. En Islande, le surnaturel l'emporte sur la raison. Mais les vibrations de cette terre ne me plaisaient pas. Elles sentaient la mort et la putréfaction, comme ses eaux sulfureuses.

Le ciel s'est soudain obscurci. Les changements de temps étaient brusques et surprenants. Le chauffeur de taxi a fait une remarque que Gunnar m'a traduite.

— Le loup dévore le soleil. Cela fait partie de notre mythologie. Selon les croyances vikings, la fin du monde se produira quand les dieux Ases et Vanes se tueront et que le loup Fenrir, cruel et sanguinaire comme son père Loki, dévorera le soleil et la lune.

Je me souvenais de ces légendes terribles et, à ce moment-là, elles me semblaient presque probables. Une terre froide, inhospitalière, qui reste plongée dans l'obscurité durant cinq longs mois et se défend magiquement.

Je me suis demandé quelle était la manière viking de célébrer le retour. Pêcher des requins ? Boire dans un crâne ? Se jeter dans le cratère d'un volcan pour apaiser la colère des dieux ?

Ma question a bientôt reçu sa réponse.

Je me suis retrouvée dans un sauna à ciel ouvert avec un Gunnar radieux, qui respirait à pleins poumons l'air fétide qui nous environnait. L'eau sulfureuse surgissait des entrailles de la terre à quarante degrés. Je n'avais aucune envie de m'y plonger, mais devant son insistance, je me suis dévêtue.

— Qu'est-ce que tu as aux bras ?

Je me suis immergée dans l'eau chaude. Le souvenir en est encore douloureux.

— Rien, des piqûres de moustiques.

Je venais de comprendre ce que ressentent les pauvres langoustes quand on les plonge dans une casserole d'eau bouillante, et je n'ai pu retenir un cri.

Gunnar m'a obligée à lui montrer mes blessures, les examinant avec attention.

— Pourquoi est-ce que tu ne m'en as pas parlé ? Je vais t'emmener à l'hôpital. Tu dois voir un médecin.

— C'est impossible, je n'ai pas de papiers. Je serais découverte.

Seule une Omar pouvait m'aider. Et j'ai eu soudain une idée de génie.

— Mais je connais un médecin qui vit ici. Elle s'appelle Holmfridur et c'est une amie de ma mère. Elle me soignera sans poser de questions.

— Où habite-t-elle ?

Je l'ignorais, mais je me souvins d'un détail.

— Elle a une ferme.

Gunnar a éclaté de rire.

— On a tous une ferme en Islande.

— Toi aussi ? ai-je demandé, étonnée, me rendant compte que j'ignorais presque tout de lui.

Je ne savais même pas où il était né, qui étaient ses parents, s'il avait des frères et sœurs.

— On va aller boire un verre et on va réfléchir, a-t-il dit.

Le bain m'avait détendue, me procurant une sensation de bien-être dangereuse, car elle incitait à fermer les yeux. J'ai laissé derrière moi l'odeur de sang et de graisse de baleine qui m'avait accompagnée durant quinze jours.

Un autre taxi nous a emmenés à Reykjavik, une ville moderne, propre, aseptique et triste. Gunnar semblait apprécier le silence et l'air pur, presque transparent, comme le teint des Islandais, et marchait en silence. Pourtant, il avait l'air préoccupé.

Nous sommes entrés dans un bar qui ressemblait à un bar de la Cinquième Avenue de New York. Une jolie serveuse portant un tablier court nous a accueillis en souriant. Elle nous a accompagnés à une table et nous a tendu une carte avec un choix de bières extraordinaire. Mais je n'ai pris qu'un café noir pour vaincre le sommeil. Je n'osais pas dire à Gunnar que sa ville avait davantage l'air d'un tableau avant-gardiste que d'une île sauvage au milieu de l'Arctique.

— Il faut retrouver Holmfridur.

Gunnar a levé les bras au ciel.

— Tu sais combien d'Holmfridur vivent en Islande ?

La serveuse nous avait entendus et nous a apporté l'annuaire.

— Je peux vous aider ?

— Je cherche une amie qui s'appelle Holmfridur.

— Quel est le prénom de son père ?

— Pourquoi le prénom de son père ? ai-je fait, surprise.

Gunnar m'a expliqué :

— Si son père s'appelait Gunnar, par exemple, elle s'appellerait Holmfridur Gunnardottir.

— Donc, si tu avais un fils, il s'appellerait Gunnardottir ?

— Non, ce serait une fille. Un fils s'appellerait Gunnarson.

— Ton père s'appelait comment ?

— Einar.

— Alors, toi, tu es Gunnar Einarson.

La serveuse m'a tendu l'annuaire.

— Regardez les noms. Vous vous rappellerez peut-être son nom de famille en le voyant.

Et en effet, je suis tombée sur Karlsdottir.

— C'est ce nom-là.

Gunnar a composé le numéro et prononcé quelques mots aimables en islandais, puis il m'a passé l'appareil. Tremblante d'émotion, j'ai reconnu la voix mélodieuse d'Holmfridur. J'ai parlé en anglais, à cause de Gunnar, mais je lui ai glissé aussi une phrase dans la langue ancienne.

J'ai raccroché rapidement.

— Elle vit à Djupivogur. Elle m'attend ce soir au dîner.

— C'est à cinq cents kilomètres par des routes difficiles, s'est récrié Gunnar. Et tu es sûre qu'elle ne va pas nous causer de problèmes ?

Gunnar se méfiait d'elle. Après tout, il ne la connaissait pas et nous étions en fuite. Mais pour moi, elle signifiait la vie.

— Tu me dis comment y aller et je me débrouille. Je ne serai pas longue.

— Non, je t'emmène. Ensuite on ira chez moi.

Je lui ai sauté au cou et, sans le vouloir, j'ai renversé la bière de Gunnar. Le verre s'est brisé en mille morceaux. Je n'ai pas voulu les regarder. La serveuse est accourue et a porté la main à la bouche, probablement effrayée. Les Islandais sont très superstitieux. Malgré tout, elle nous a souhaité bon voyage, ravie du pourboire que nous lui avions laissé.

Nous avons loué un 4 x 4, le seul véhicule approprié pour se déplacer à travers l'île accidentée.

— L'Est va te surprendre. Ce n'est pas un endroit touristique.

Accoudé à la fenêtre, Gunnar manœuvrait habilement le volant, suivant la route qui serpentait entre les glaciers de l'intérieur et la côte atlantique. D'étonnantes cascades tombaient d'une hauteur impressionnante.

Après le village de Vik, le paysage a changé. Au début, seule une ferme ici ou là rompait la monotonie du paysage. Puis ç'a été d'immenses étendues de sable noir. Une terre de feu, d'eau et de contrastes absolus, terre du Vatnajökull, le glacier le plus vaste et le plus inhospitalier d'Europe. La désolation alentour ne faisait qu'accroître mon angoisse. Comment les Omar de l'île allaient-elles me recevoir ? En traîtresse ? En enfant prodigue ?

J'étais réellement épuisée quand enfin, dans le lointain, est apparu un petit village qui annonçait un paysage plus serein, avec un long chapelet de fjords. Nous arrivions à Djupivogur.

Après avoir réservé une chambre dans le petit hôtel et nous être renseignés, nous nous sommes dirigés vers la maison d'Holmfridur.

Holmfridur n'avait mis que deux couverts. Elle avait préparé un plat traditionnel de cabillaud avec des pommes de terre. De délicieux effluves flottaient dans la petite maison de bois aux larges baies vitrées. En voyant Gunnar, elle a eu un geste de contrariété. Les Omar n'admettent pas les étrangers, et Gunnar en était un. Je me suis dit qu'on s'expliquerait plus tard. L'important était d'avoir réussi à arriver jusqu'à elle. Mais je n'avais pas prévu leur antipathie mutuelle.

Gunnar a ouvert les hostilités.

— Séléné m'a dit que tu es médecin. Regarde ça.

Et avant que je puisse réagir, il avait remonté les manches de mon pull. J'étais embarrassée, encore plus quand Holmfridur a mis ses lunettes et m'a examinée posément.

— Une éruption cutanée. Il faut appliquer une pommade antihistaminique.

— Elle a perdu beaucoup de poids, elle vomit tout le temps et elle ne dort plus, a expliqué Gunnar.

Finalement, il s'était rendu compte de beaucoup de choses. Holmfridur a posé la main sur mon front. Il devait être brûlant, car elle la retira immédiatement.

— Elle a pris froid.

Gunnar lui a parlé d'une voix irritée en islandais. Il la menaçait probablement de me conduire à l'hôpital si elle ne me soignait pas correctement. Elle est sortie de la pièce et est revenue aussitôt avec un antibiotique qu'elle a montré à Gunnar avant de me l'administrer. Puis elle m'a étalé de la pommade sur les bras.

— Monsieur est satisfait ?

Gunnar a acquiescé d'un signe de tête.

Le dîner a été tendu. Holmfridur consultait continuellement sa montre et était très sèche avec Gunnar. Ils s'exprimaient parfois tous deux en islandais, et Gunnar semblait gêné par les questions dont le bombardait Holmfridur. Nous en étions au dessert lorsqu'il s'est mis à bâiller de façon insistante. Il s'est levé péniblement et excusé. Il était épuisé. Cela n'avait rien d'étonnant, car il avait conduit plus de onze heures sans pratiquement se reposer. Avant de partir, Holmfridur m'a fait le signe attendu.

Sur le chemin du retour, Gunnar trébuchait sur toutes les pierres et perdait continuellement l'équilibre. J'ai cru qu'il n'arriverait pas jusqu'à l'hôtel. À peine dans la chambre, il s'est écroulé sur le lit. La potion que lui avait donnée la jument Omar pour se venger de son insolence avait de quoi assommer un bœuf. Je lui ai ôté ses chaussures, l'ai couvert de l'édredon et suis retournée chez Holmfridur.

Sitôt que j'ai eu franchi la porte, elle m'a arraché anxieusement mon pull.

— Petite folle, irresponsable, comment as-tu pu te laisser faire ça ?

Elle m'a posé des cataplasmes et fait boire une infusion qui m'a brûlé la langue et les entrailles. En quelques secondes, j'ai senti le bouclier protecteur se reformer avec le sortilège d'Holmfridur.

— J'ai jeté ma baguette, je suis désolée. Je n'ai pas pu en tailler une autre.

— Ne parle pas. Je te poserai des questions plus tard.

J'étais soulagée, mais l'expression sur le visage d'Holmfridur ne laissait rien présager de bon. Elle a palpé mon corps tremblant, ses yeux jaunâtres brillant dans la pénombre, tandis qu'elle m'examinait des pieds à la tête.

Des femmes sont arrivées après minuit. Deux d'entre elles, une robuste paysanne et une femme âgée coiffée d'un affreux chapeau, étaient venues de loin. Une autre, avec des lunettes et un air d'intellectuelle, d'un village voisin. Et la dernière n'était autre que la belle serveuse viking du seul bar où j'avais mis les pieds à Reykjavik. Rien n'était le fruit du hasard autour de moi. Déméter avait prévenu les sorcières islandaises de mon arrivée. Je me sentais comme une marionnette dont elle tirait les ficelles. Quand bien même je n'aurais pas voulu rencontrer les Omar, elles m'auraient trouvée.

Les quatre amies d'Holmfridur étaient d'âge, de profession et de classe sociale différents ; mais elles avaient toutes un point commun : c'étaient des sorcières Omar du clan de la jument et, en tant que telles, se devaient à la communauté, laissant de côté leur vie privée dès que le clan avait besoin d'elles. Malgré mon caractère rebelle, je le leur en ai été reconnaissante.

— Eh bien, Séléné, a commencé Holmfridur en tant que porte-parole de la communauté, tu as décidé de te livrer ?

Je les ai dévisagées une à une. J'étais obligée de me soumettre.

— Je n'aurais pas dû fuir la tribu, ai-je admis.

Holmfridur a soupiré.

— Tu auras un jugement juste. Il y a du nouveau.

Björk, la vieille femme, m'a fixée à travers ses lunettes.

— Tu es au courant, pour Meritxell ?

J'ai senti mon cœur s'accélérer.

— À quel propos ?

— Elle était possédée, a murmuré la jeune serveuse, l'air terrifié.

— Possédée ? Par qui ?

— Baâlat, a répondu Holmfridur. C'est ce qu'en ont déduit les expertes.

J'ai frissonné.

— Et alors ?

— Ça change la perspective de sa mort.

— L'atamé ne lui était pas destiné. Il s'est planté dans le cœur, le lieu où se rassemble le pouvoir des Odish réincarnées.

J'ai entrevu ce qu'elles insinuaient. Je me suis souvenue de la vipère que j'avais découpée et dont j'avais détruit le cœur avec mon atamé avant de la brûler.

— Son corps était possédé par Baâlat ?

— Exact.

— Alors...

— Alors, m'a coupée Holmfridur, ton action a été héroïque, tu nous as sauvées de Baâlat.

J'étais indignée. Elles croyaient que je l'avais tuée.

— Ce n'est pas moi ! Je ne lui ai pas planté mon atamé dans le cœur. Je ne savais même pas qu'elle était possédée.

Je me suis rappelé sa violence et ses cris. Je me suis rappelé aussi qu'elle avait baissé le bras et refusé d'utiliser l'atamé contre moi. Lorsque je l'avais laissée, une heure avant sa mort, sa conscience était toujours intacte. Baâlat ne l'avait pas complètement possédée.

— Assez, a dit Holmfridur. Le tribunal tranchera. Pour l'instant, tu as besoin d'aide.

Elle a relevé les manches de mon pull et montré mes bras aux autres sorcières, horrifiées.

En un clin d'œil, elles m'ont emmenée au sommet d'un promontoire illuminé par le soleil doré de minuit, dominant les flots gris de l'océan. Elles m'ont fait étendre sur le sol et ont allumé les bougies disposées en un pentagone parfait. Des mains expertes ont longtemps palpé mon corps et mon esprit, me fournissant l'énergie nécessaire qui m'avait abandonnée petit à petit.

Cependant, leur expression grave n'était guère rassurante. Holmfridur présidait tristement la cérémonie. Elles m'ont offert une pierre de jade et ont renforcé mes défenses avec du fer. Elles m'ont fait boire une gorgée d'une puissante potion et j'ai senti le bien-être me gagner. Mon esprit est devenu d'une lucidité extraordinaire. Je me suis jointe à leur danse, les cheveux flottant au vent, sans avoir froid, ni sommeil, ni faim, hennissant sous ce soleil de cendre qui me déconcertait, légère comme une plume.

Après le chant rituel est venu le moment du dialogue. C'était moi, l'objet du débat, moi et ma maladie. Aucune d'entre elles n'osait prendre la parole. Finalement, Holmfridur s'est lancée.

— Tu es enceinte.

La nouvelle m'a frappée comme un coup. Je m'attendais à tout, sauf à cela. En effet, je n'avais pas eu mes règles, mais je n'y avais pas prêté attention.

Après tout, je n'avais que dix-sept ans et j'avais eu d'autres préoccupations.

— Ce n'est pas possible, ai-je bredouillé. J'ai pris mes herbes.

— Chaque fois ?

J'ai fouillé ma mémoire. Tous les soirs, j'avais mastiqué les herbes des Omar. Je n'avais jamais oublié de le faire, à moins que... je ne m'endorme avant. Comme cela avait été le cas la nuit du solstice passée sur le mont Domen. Cette nuit s'était effacée de mon esprit, je n'en avais aucun souvenir.

— Tu as des nausées et des vomissements ?

Quelle idiote j'avais été ! Je les avais attribués à la traversée, mais cela avait commencé avant. Alors... ma faiblesse et mon insomnie... Holmfridur a lu dans mes pensées.

— Ne te fais pas de souci.

Bien sûr que si, je me faisais du souci. Énormément. On venait de m'apprendre qu'une nouvelle vie poussait en moi, que j'allais être mère...

— Tu es la victime d'une Odish. C'est à cause d'elle que tu es faible. La grossesse n'affaiblit pas les défenses du corps ; au contraire, elle les augmente, tu es plus forte. C'est pour cela que tu as résisté plus longtemps à son assaut.

— C'est Baâlat ?

À la différence des sorcières méditerranéennes, les Islandaises à la peau claire n'ont pas frémi en entendant le nom de la déesse phénicienne.

— C'est ce que nous croyons, mais c'est très bizarre.

— Baâlat n'a jamais osé attaquer sur nos terres, a affirmé Holmfridur.

— Ce sont les terres de la dame de glace, a expliqué la sorcière à lunettes.

— La dame de glace ? (Ce nom me rappelait des légendes que l'on m'avait racontées, enfant.) Elle gelait le cœur des hommes qui tombaient amoureux d'elle, ai-je dit soudain.

— Et brûlait les pupilles des jeunes filles qui osaient la regarder dans les yeux, a murmuré la vieille Björk.

Et les juments Omar ont raconté ce qu'elles savaient de la terrible Odish.

— La mythologie l'assimile à certaines déesses comme la belle Freyja ou la mystérieuse épouse d'Odin.

— L'Arctique est son domaine.

— Aucune Odish n'a jamais eu l'audace de s'aventurer sur son territoire.

— Baâlat n'a jamais rien pu contre elle.

— Elle s'est réfugiée dans la glace éternelle et s'y est endormie.

— Comme la comtesse.

— Pourtant, ai-je objecté, la dame noire, Baâlat, a fait de nombreuses victimes sur le territoire de la comtesse, la nuit d'Imbolc. Alors, peut-être s'est-elle aussi décidée à pénétrer sur les terres de la dame de glace ? Elle invoque les morts.

— Mais elle a besoin d'un corps, même mort, a protesté Björk, qui avait remis son horrible chapeau.

— Elle a pu utiliser un artifice, un corps pour se déplacer, a déclaré l'intellectuelle.

— Lequel ? ai-je demandé.

— Un animal ne peut s'adapter à des lieux différents ni voyager aussi loin seul, a remarqué la paysanne.

— Sauf s'il voyage avec des humains, a précisé Holmfridur.

— Ou alors, elle s'est incarnée en un être humain vivant comme...

La jeune serveuse m'a regardée, horrifiée. Les autres, malgré elles, se sont écartées de moi. Je le sentais. Mes pouvoirs revenaient. Et elles me repoussaient. Les Omar pensaient que je pouvais être Baâlat, ou qu'une partie de Baâlat avait pris possession de mon être. Je devais les convaincre que j'étais Séléné. Si je n'y parvenais pas, non seulement elles ne m'aideraient pas, mais elles me détruiraient.

J'ai un tempérament impulsif, qui m'a causé bien des soucis, mais c'est aussi ma meilleure arme. Je leur ai lancé :

— De quelle preuve avez-vous besoin pour être convaincues ?

— Convaincues de quoi ? a demandé Holmfridur.

— Que je suis Séléné, que je ne suis pas Baâlat, qu'elle ne me possède pas.

Elles ont eu un rire forcé. J'ai compris que ce n'était qu'une façade.

— Quelle sottise !

Mais ce n'était pas une sottise. La grossesse avait peut-être aiguisé mes sens, ou alors je pouvais lire leurs pensées avec clarté malgré le blocage qu'elles s'efforçaient de mettre en place. Elles croyaient dur comme fer que Baâlat me possédait comme elle avait possédé Meritxell. Elles étaient folles, mais j'ai eu peur qu'elles ne me détruisent pour se libérer du danger.

— Je veux contacter ma mère, Déméter, ai-je dit du ton péremptoire de la fille d'une matriarche. Elle vous convaincra que Baâlat ne me possède pas. Elle me connaît.

— Ce n'est pas le moment, a répliqué Holmfridur d'un ton sec.

Ses yeux dorés avaient la dureté du silex. Elle ne céderait pas.

— Demain, alors ?

— Oui, demain. Il vaut mieux que tu te reposes, maintenant.

— Désolée. Je suis à bout. Il m'est arrivé tant de choses et j'ai peur. J'ai besoin d'une baguette pour être un peu rassurée.

Je connaissais déjà la réponse. Elles ne m'en donneraient pas, parce qu'elles ne me faisaient pas confiance.

— Demain. Aujourd'hui, c'est trop tard, a déclaré Holmfridur.

Nous sommes retournées chez Holmfridur qui m'a donné une infusion de pavot. Dès qu'elle a eu le dos tourné, je l'ai jetée dans un pot de fleurs. Puis je leur ai dit au revoir et Holmfridur m'a raccompagnée à l'hôtel. Je chancelais, feignant une envie de dormir irrésistible. Holmfridur me soutenait pour m'empêcher de tomber.

— Tu n'aurais pas dû venir avec ton copain.

— Il est islandais et il connaît l'île.

— Il t'a menti.

Cette fois-là, j'ai trébuché réellement. Qu'allait-elle inventer ?

— Je ne comprends pas.

— Son accent est bizarre et la ferme dont il m'a parlé, celle de sa famille, est abandonnée depuis bien avant sa naissance. La vieille Björk connaît la région où elle se trouve.

Je ne la croyais pas, mais son attitude était clairement belliqueuse. J'étais consciente que la présence de Gunnar posait des problèmes.

— Alors, que me conseilles-tu ? ai-je dit en bâillant.

— Éloigne-toi de lui jusqu'à nouvel ordre.

— Mais il m'aime ! Il prend soin de moi et m'a protégée de la police.

En entrant dans l'hôtel, Holmfridur a baissé la voix.

— Quand Déméter arrivera, elle n'appréciera pas du tout de le trouver près de toi.

C'était donc cela. Elle craignait la colère de Déméter. On me voulait seule, manipulable, soumise et captive. Gunnar représentait un obstacle dont il fallait se débarrasser.

J'ai bâillé encore et me suis laissée tomber sur l'édredon moelleux, à côté de Gunnar. Puis Holmfridur m'a ôté mes chaussures et m'a couverte. La porte s'est refermée et ses pas se sont éloignés.

J'avais réussi ! Elles me croyaient profondément endormie et loin d'elles. J'ai attendu un peu, puis je suis retournée chez Holmfridur. J'ai aiguisé mes sens et j'ai collé l'oreille contre le mur extérieur jusqu'à entendre leurs voix résonner clairement.

— Je m'en suis rendu compte dès que je l'ai vue. Elle est possédée, a affirmé Holmfridur.

— J'ai cru que c'était une Odish. Sa description correspond à celle de Séléné, mais son regard et ses vibrations sont effrayants ! s'est exclamée la jeune serveuse de Reykjavik.

— Vous croyez que le processus est déjà bien avancé ? s'est enquise la paysanne.

— À mon avis, il commence à peine, a rétorqué Björk.

J'ai vu à travers la fenêtre que la petite grand-mère avait enlevé son chapeau ridicule et s'empiffrait de biscuits trempés dans du lait.

— Il faut contacter Ingrid, a proposé l'intellectuelle à lunettes. Elle saura comment l'exorciser.

— Est-ce prudent de l'exorciser alors qu'elle est enceinte ?

— Elle perdra le bébé.

J'ai frémi.

— Peu importe, a dit Holmfridur. Elle est très jeune. Elle aura d'autres enfants.

— Il nous faut l'accord de Déméter, a objecté la serveuse.

Holmfridur s'est levée.

— Nous ne pouvons pas l'attendre, le temps presse. Quelque chose me déplaît chez Séléné. Ses pouvoirs sont plus grands qu'elle ne l'imagine. Nous avons un avantage : elle n'a pas de baguette. Toutefois, sa grossesse accroît ses pouvoirs, même si cela l'empêche de communiquer.

— Et son petit copain ?

— C'est un problème. Il faut se débarrasser de lui.

— Il faudrait que je le voie, a ajouté Björk. Un coup d'œil me suffirait pour savoir s'il est le petit-fils de l'Ingar que j'ai connu.

J'aurais aimé en apprendre plus, mais il devait faire moins trois degrés, et j'étais glacée jusqu'aux os. En outre, j'en avais assez entendu pour prendre ma décision. Et il ne fallait pas traîner.

Atterrée et transie, je me suis dirigée vers un jardin que j'avais aperçu à l'entrée du village. Un unique arbre s'y dressait. Un frêne. Il me fallait une baguette pour me protéger. Ce n'était pas mon arbre, mais dans le Nord, il n'y avait pas de chênes. J'ai sorti l'atamé de la vieille Paltoö, me suis agenouillée devant le frêne et j'ai suivi le rituel avec dévotion. J'ai prié l'arbre qu'il me permette de disposer de sa sève et de sa force de façon bénéfique. J'ai coupé une branche et je l'ai taillée avec soin. J'ai obtenu une baguette flexible, qui s'était nourrie de terre volcanique et d'eau sulfureuse et avait crû à la lumière du soleil de minuit.

En repassant devant la maison d'Holmfridur, j'ai formulé un sortilège de sommeil. Les juments allaient dormir longtemps.

Puis j'ai parlé pour la première fois à mon bébé, ma fille, afin de la rassurer. Aucune Odish ne la prendrait entre ses griffes, aucune Omar ne m'obligerait à la perdre et à me séparer de son père. Ce serait une fille avec les yeux bleus de Gunnar et mes longues jambes. Conçue la nuit du solstice, elle hériterait du meilleur de ses géniteurs, malgré les malédictions et les mauvais augures.

J'ai réveillé Gunnar. Il avait bien dormi et m'a serrée comme un ours contre lui. J'aurais aimé rester blottie au creux de ses bras et me laisser gagner par le sommeil, mais il nous fallait fuir rapidement. Je lui ai encore menti.

— Holmfridur est au courant de la mort de Meritxell. Elle m'a posé un tas de questions. Je n'aime pas ça. J'ai peur qu'elle ne prévienne la police.

Gunnar s'est levé immédiatement.

— On s'en va ! Mon île est sauvage et solitaire, mais pas suffisamment isolée du monde. Si la police te recherche, ils finiront par te retrouver. Tu te souviens de notre idée de voyager à travers la glace ?

Mon cœur s'est emballé.

— Le voyage de ton ancêtre, Erik le Rouge ?

Il m'a embrassée.

— Je t'emmène dans un endroit si beau que tu en auras le souffle coupé. Nous prendrons un traîneau avec des chiens. Et nous serons seuls, toi et moi.

Avec Gunnar, je ne craignais plus rien. J'ai soupiré.

— Et personne ne nous trouvera jamais.

— Jamais !

En quelques minutes, nous avions déjeuné et chargé la voiture, et Gunnar avait pris le volant. Près de lui, tout allait bien. Il contrôlait la situation. C'était son île et il savait quoi faire.

— Dors, m'a-t-il conseillé.

Je lui en ai été reconnaissante. J'étais de nouveau protégée par mon bouclier, j'avais une baguette et je débordais d'énergie, mais j'avais besoin de dormir. J'avais les paupières lourdes.

Je me suis allongée sur le siège arrière et me suis déconnectée du monde.

Gunnar a roulé sans déceler la présence qui ne m'avait jamais quittée durant notre long voyage et qui, petit à petit, me volait ma vie.

CHAPITRE X

La ferme

Un chuchotement m'a réveillée quelques heures plus tard.

— Ne bouge pas, me disait la voix de Gunnar à l'oreille.

J'ai éprouvé soudain une haine intense envers lui. Une haine puissante et incontrôlable. Que m'arrivait-il ? Je voulais lui planter l'atamé dans le corps. Ma main a cherché désespérément le poignard.

Je suis restée allongée, les yeux fermés, et c'est alors que j'ai senti une douleur dans le bras gauche, comme l'aiguille d'une seringue s'enfonçant sans répit dans mes veines.

Baâlat ! Baâlat me possédait ! Mon bras appartenait à Baâlat, mais le reste de mon corps était encore à moi. Baâlat luttait contre mon bouclier, tentant de boire mon sang comme elle l'avait fait sans difficulté durant des semaines. Mon cœur s'est mis à tambouriner et mon front s'est couvert de sueur.

Pourquoi Gunnar m'ordonnait-il de ne pas bouger ? Malgré la haine qui me rongeait, j'ai obéi.

La douleur a disparu d'un coup et j'ai recouvré ma volonté.

Un hurlement strident a rompu le silence du soir. Aigu, désagréable, il ne semblait pas humain. Je me suis levée d'un bond. Gunnar avait capturé Baâlat et me la montrait, fou de rage. J'ai réprimé un sanglot en la reconnaissant. Gunnar l'agitait dans les airs en criant.

— Cette saleté de bestiole était en train de te mordre !

C'était Lola.

Je n'ai pas hésité un instant.

— Tue-la !

Avec une force insoupçonnée, le rongeur lui a planté sauvagement les dents dans la main. Gunnar l'a lâché et il a sauté par la fenêtre entrouverte. Pile à cet instant, le temps a changé. Les nuages se sont accumulés, obscurcissant le ciel. De grosses gouttes de pluie se sont écrasées sur le pare-brise et la foudre a frappé un pylône électrique non loin de l'endroit où nous étions garés. Le vacarme a été assourdissant.

Mon atamé dans une main et ma baguette dans l'autre, j'ai formulé un sortilège puissant, le plus puissant que je connaissais, désignant le hamster qui fuyait. J'ai réussi à immobiliser la bête, mais il me fallait faire vite. Elle ne serait paralysée que quelques instants. J'ai couru jusqu'à la petite boule de poils immobile sous la pluie. Baâlat luttait pour se libérer de mon sortilège. Après être tombée deux fois sur le sol glissant, j'ai réussi à l'atteindre avant qu'elle ne se libère de mes liens. D'un coup de mon atamé, je lui ai tranché la tête qui a roulé, ensanglantée, sur la roche noire du volcan Askja.

Je n'avais aucun remords. Ce n'était pas un hamster, me répétais-je, ce n'était pas la petite Lola affectueuse de Meritxell, mais son assassin. Ce n'était pas un petit rongeur, mais un monstre qui invoquait le feu et avait foudroyé le pauvre Kristian Mo. Ce n'était pas une petite bête effrayée qui cherchait refuge contre moi, mais une sorcière sanguinaire qui avait vaincu la mort en s'appropriant le corps de Lola, une Odish immortelle qui cherchait probablement à se réincarner en moi.

Sans hésiter, j'ai ouvert son corps, en ai sorti le cœur et j'y ai planté mon atamé. Puis j'ai découpé le corps en minuscules morceaux et j'y ai mis le feu. J'ai enterré ses cendres et prononcé un sortilège pour éviter que le corps ne se reconstitue.

Gunnar a assisté à la scène sans mot dire. Une fois que j'ai eu terminé avec ce rituel sanglant, j'ai éclaté en sanglots et me suis réfugiée dans ses bras.

Mon Viking, abasourdi par tout ce à quoi il venait d'assister, m'a bercée comme une enfant. Puis il a examiné mon bras, sérieusement mordu, et l'a désinfecté. J'aurais pu crier, mais je n'avais plus mal. Mon cauchemar était terminé. J'étais libre. J'allais enfin pouvoir dormir tranquille et me reposer.

J'ai pensé à mon enfant qui avait été menacée. J'ai songé à toutes les nuits où Baâlat, sous la forme de Lola, avait dormi contre moi, cherchant ma chaleur. J'ai compris alors la réaction de Kristian qui avait détecté le danger. Bien sûr, c'est la peur de Baâlat qui avait déclenché la tempête et tué Mo.

M'avait-elle possédée comme elle avait possédé la pauvre Meritxell ?

Et soudain, j'ai deviné ce qui était arrivé à Meritxell.

— C'est elle ! Meritxell ! C'est elle-même qui s'est planté le poignard pour détruire Baâlat !

— Baâlat ? a demandé Gunnar, perplexe.

— Meritxell était possédée et elle a décidé d'en finir quand elle a su que son corps ne lui appartenait plus.

Gunnar m'a pris le visage entre ses mains et m'a obligée à le regarder.

— Séléné, que dis-tu ? Meritxell s'est suicidée ?

— Pas exactement, mais c'est sa propre main qui a planté le poignard.

— Tu vas bien ? Que t'arrive-t-il ? Allez, explique-moi tout, maintenant.

Il avait vu ma baguette et mon atamé. Il avait été le témoin de mon sortilège, de mon rituel. Pouvais-je encore le tromper ? Et me croirait-il si je lui disais la vérité ?

— Je suis une sorcière.

Il a soupiré.

— Je sais.

J'étais abasourdie.

— Ça ne te fait pas peur ? Ça ne t'étonne pas ?

Gunnar a désigné l'immensité désolée qui nous entourait. Nous étions au milieu d'une île peuplée de brumes, de feu, de glace et d'êtres mystérieux, enveloppés du magnétisme des volcans.

— Cette île est primitive. Notre volcan Hekla est la porte de l'enfer. Dans le lac Lögurinn, près d'ici, vit un monstre. Dans cette même vallée, en hiver, on entend rugir les trolls. Et si tu laisses un gâteau sur le rebord de ta fenêtre, il est probable qu'un elfe te le volera. Sans compter les revenants. Et tu veux que les sorcières m'impressionnent ?

Je suis restée interdite. Gunnar me parlait avec naturel des êtres magiques, des sagas des dieux et de leurs légendes. D'accord. Mais il aurait dû être surpris par ma révélation.

— Tu le savais ?

— Meritxell me l'avait dit.

Meritxell avait trahi notre secret sans aucun motif ! J'étais folle de rage.

— Que t'a-t-elle dit exactement ?

— Que tu m'avais ensorcelé. Et elle avait entièrement raison. Ma sorcière préférée, a-t-il conclu en me serrant tendrement contre lui.

— Mais... tout ce que j'ai fait avec Lola, ça ne t'a pas effrayé ?

— Non. Tu as détruit son esprit et tu l'as empêchée de réutiliser ce corps. Tu as fait ce qu'il fallait. Cette bestiole devait être détruite, elle était possédée.

— Et en ce qui concerne Meritxell ?

— Je sais que tu ne l'as pas tuée. Arrête avec ça.

Il a souri de façon énigmatique. Que savait-il ? Que cachait-il ? Que voulait-il ? Qui était-il ?

Gunnar ne parlait jamais de lui. Il préférait raconter la saga du grand Grettir le Fort, qui vivait près de Hólar, terre de géants, qui combattit et terrassa le revenant Glámr et mourut victime du maléfice d'une sorcière ; ou les prouesses d'Odin lors de son voyage aux enfers ou ses aventures entre les neuf mondes.

J'avais appris seulement qu'il n'avait pas de frères et sœurs, que son grand-père, le marin Ingar, avait voyagé dans le monde entier, que son père était mort longtemps auparavant et que sa mère, au caractère bien trempé, ne s'entendait pas avec lui. Elle n'était pas dans l'île à l'heure actuelle. Personne n'attendait Gunnar ni ne lui préparerait un festin pour célébrer son retour, ni ne trinquerait trois fois comme le voulait la tradition.

Gunnar avait le don de me surprendre. Il m'a annoncé que nous allions passer par la ferme de ses ancêtres, dont il avait hérité à la mort de son père et qu'il n'avait jamais visitée. Je me souvins de ce que m'avait dit Holmfridur sur cette ferme abandonnée.

— Tu as menti à Holmfridur ?

— Elle ne l'a pas volé, à fourrer son nez partout. Elle m'a posé un tas de questions sur moi et ma famille.

— Et tu lui as raconté n'importe quoi.

Gunnar a ri.

— Je lui ai dit que j'étais né dans cette ferme abandonnée. Elle doit toujours être en train de chercher des infos sur moi.

— Elle m'a dit que tu avais un drôle d'accent.

— Du côté de ma mère, on parlait norvégien. Je suis bilingue. J'ai hâte de voir cette ferme. Mon père m'en a beaucoup parlé.

Durant notre voyage, j'avais observé les fermes sur notre chemin. Certaines, les plus anciennes, étaient construites en tourbe avec des toitures de chaume et de minuscules fenêtres pour se protéger du froid des longs mois hivernaux. Les plus modernes, lumineuses et confortables, avaient de grandes baies vitrées et étaient peintes de couleurs vives. Mais la ferme de Gunnar était spéciale.

Son aspect de forteresse, avec ses tours et ses créneaux, évoquait davantage un château médiéval qu'une exploitation destinée à l'élevage de chevaux et de moutons. Et, à ma grande surprise, Gunnar m'a confié qu'il descendait de la vieille noblesse viking.

En m'approchant, j'ai constaté que la demeure n'était imposante que de loin. La façade, criblée de fissures, devait abriter des lézards et des vipères en été, et le jardin était envahi par les broussailles. Des corbeaux qui avaient élu domicile sous les combles croassaient.

La vieille porte de bois pourri a grincé atrocement sur ses gonds rouillés. Gunnar a dû s'y reprendre à plusieurs fois pour l'ouvrir. Une partie de la toiture s'était effondrée, laissant entrer la pluie, la neige et le froid. La nature reprenait ses droits. La maison semblait vivante, peuplée d'une multitude de sons et d'effluves étranges, d'êtres inconnus qui nous observaient.

Gunnar ne voulait tout de même pas loger ici ? Tout était trempé, couvert de boue et de poussière. Il n'y avait ni électricité ni eau courante, juste une vieille cheminée. Quant à la cuisine, ou ce qui avait été une cuisine, elle datait de la préhistoire.

La merveilleuse ferme de Gunnar était en ruine. Son père avait dû lui raconter des histoires. Lui avait-il menti ? Sa mémoire lui avait-elle joué des tours ? Ma petite maison d'Olympe avec ses treilles et ses senteurs de jasmin, l'avais-je imaginée ? Les enfants s'inventent des paradis et finissent parfois par y croire.

Deux pièces du premier étage, isolées du reste de la ferme, avaient miraculeusement échappé au désastre. Dans l'une trônait un vaste lit de fer forgé au dais de velours sale et en lambeaux, face à une cheminée. Le mobilier – un coffre, une commode et un secrétaire – était en bois de belle qualité. Dans un coin, près de la fenêtre, il y avait un antique lavabo en porcelaine, une baignoire en cuivre et un grand miroir bordé d'argent ciselé en filigrane. Et sur le mur, une fresque grandeur nature représentait une dame magnifique en habits médiévaux qui a fixé ses yeux bleus sur moi dès que je suis entrée. Détail curieux, la dame avait été peinte dans cette même pièce. Derrière elle avaient été méticuleusement reproduits le coffre, le secrétaire et le miroir.

Gunnar m'a proposé de dormir dans cette chambre. L'idée n'avait rien de séduisant. La cheminée abritait des oiseaux, et les araignées avaient tissé un laborieux ouvrage de passementerie entre les meubles.

— Deux nuits, trois au plus, a-t-il précisé. Je ferai un feu dans la cheminée. Je dois trouver quelques affaires dans la maison.

— Quelles affaires ?

Gunnar a soupiré.

— Tu garderas le secret ?

— J'adore les secrets.

— Il y a un trésor caché.

— Un trésor ! Mais encore ?

— Des bijoux.

— Et pourquoi parles-tu à voix basse ?

— Les murs ont des oreilles, m'a répondu Gunnar d'une voix sinistre.

Et il m'a pincé la cuisse sans que je le voie. Croyant que c'était un troll ou un être surnaturel, j'ai sauté au plafond.

— Ne refais jamais ça ! Jamais !

Gunnar riait, mais j'étais en colère.

— Allez, souris.

— C'est une véritable ruine, ai-je dit en désignant la chambre.

Gunnar a feint de se fâcher.

— Très bien ! C'est toi qui l'auras voulu. Tu ne veux pas rire, alors ça va chauffer !

Il m'a prise dans ses bras et m'a jetée sur le lit. Puis il m'a chatouillée et embrassée jusqu'à ce que ma colère s'envole. Il était impossible de lui en vouloir plus de dix minutes.

Il s'est ensuite lancé dans sa chasse au trésor, frappant les murs l'un après l'autre, tapant du pied sur le parquet, à la recherche d'une trappe ou d'une cachette. Enfin, notre voyage devenait palpitant. Des bijoux. Mon pouls s'est accéléré. J'adorais les bijoux, et j'avais toujours eu envie d'avoir des pendentifs, un bracelet ou une bague. Déméter, avec ses idées strictes, ne me l'avait jamais permis.

— Pourquoi la maison est-elle dans cet état ?

Gunnar fouillait les petits tiroirs du secrétaire et la commode.

— Il y a eu un tremblement de terre et deux éruptions du Krafla.

— Je comprends pourquoi ta mère ne voulait pas venir ici.

— Ma mère n'aime pas l'Islande.

J'étais ébahie.

— Mais où es-tu né ?

— En Norvège.

— Je croyais que tu étais islandais ?

— J'ai passé mon enfance sur cette île, près de l'océan Arctique, sur la côte est.

— Sans ta mère ?

— Elle venait nous voir de temps en temps, mais elle ne supportait pas de rester plus de quinze jours.

— Tu vivais avec qui ?

— Avec des domestiques.

Gunnar avait eu une maison sans mère. Moi, j'avais eu une mère, mais pas de maison. Je me suis juré que ma fille aurait les deux et, bien sûr, ce que ni Gunnar ni moi n'avions eu : un père. Je n'avais pas envie de l'interroger sur la mort de son père car je ne voulais pas parler du mien. Je ne portais même pas son nom et j'ignorais jusqu'à son prénom. Déméter m'avait dit une fois que mon père était un concertiste violoniste, qu'elle l'avait rencontré lors d'une tournée européenne et qu'il avait disparu de sa vie en saluant sur scène sans savoir que j'allais exister.

C'était plus fort que moi : la maison et son atmosphère m'incitaient au pessimisme le plus noir. Je voulais être joyeuse, il y avait des motifs de l'être : Baâlat détruite, le mystère de la mort de Meritxell résolu, une nouvelle vie en moi et des bijoux qui m'attendaient. J'avais retrouvé ma force et, bien que j'aie fui les juments Omar, je ne les craignais pas.

J'ai fait ce que j'ai pu pour me sentir mieux. J'ai enlevé la poussière et les toiles d'araignées, arraché les rideaux et le couvre-lit moisi du lit et j'y ai mis nos sacs de couchage. J'ai lavé le sol à grande eau et ouvert les fenêtres pour aérer. Pourtant, malgré l'évidente amélioration, il restait deux détails angoissants : les battements d'ailes perpétuels dans la cheminée et la dame de la peinture qui ne me quittait pas des yeux. Allais-je pouvoir fermer l'œil ?

Mais oui, le sommeil m'a emportée. J'ignore combien d'heures ou combien de jours j'ai dormi. La lumière triste et dorée qui baignait cette île étrange me faisait douter : ma montre marquait-elle une heure du jour ou de la nuit ?

Lorsque je me suis réveillée, Gunnar avait disparu. Seul restait auprès de moi le creux encore tiède de son corps.

J'étais reposée et j'avais une faim de loup. J'ai englouti un paquet de biscuits. J'ai appelé Gunnar avec insistance, sans obtenir de réponse. Peut-être était-il en train de creuser dehors ? J'ai regardé par la fenêtre. Il n'y avait personne.

Où une femme aurait-elle pu dissimuler son coffret à bijoux ? Dans la cuisine, au fond d'un pot de confiture ? Sous une dalle de la pièce ? Je me suis concentrée et laissé guider par mon instinct de sorcière.

J'ai entrepris de fouiller le secrétaire. Après avoir fait jouer un mécanisme, j'ai découvert un tiroir où les dames d'autrefois rangeaient leurs lettres d'amour et les clefs de leur coffre-fort. Un minuscule coffret d'ivoire y était dissimulé. À l'intérieur se trouvait une clef d'à peine la taille d'une aiguille. Je l'ai prise avec précaution entre le pouce et l'index. Que pouvait donc ouvrir cette clef miniature ? Si la propriétaire l'avait si bien cachée, elle devait être importante. J'ai inspecté les pieds du secrétaire, les autres tiroirs, sans repérer de serrure.

J'ai eu l'impression d'être observée. J'ai levé la tête. La dame peinte me regardait fixement de ses yeux bleus. C'est alors que mon regard a été attiré par le secrétaire peint sur le mur. Je me suis approchée lentement et j'ai réprimé un cri. L'un de ses tiroirs avait une serrure, or le vrai meuble n'en avait pas. Peut-être cette serrure était-elle réelle et non peinte. Je suis montée sur une chaise et me suis retrouvée à la même hauteur que la dame pâle. Je distinguais parfaitement les veines translucides de son cou sous le collier de perles. Et ses yeux. Ses yeux brillaient et semblaient vivants. J'ai évité de plonger mon regard dans le sien et, avec grand soin, j'ai introduit la clef dans la serrure.

Mon cœur battait à tout rompre. D'une main tremblante, j'ai donné un tour vers la droite et il y a eu un déclic. J'ai fait glisser le tiroir vers moi, retenant ma respiration. J'ai sorti le coffret qui s'y trouvait et je l'ai ouvert. J'ai failli en tomber de la chaise.

Il regorgeait de bijoux somptueux : bagues, broches, colliers, pendentifs... J'y ai plongé les mains et les ai caressés, en extase. Des gens auraient tué pour ces pierres. J'ai refermé le tiroir et mis la clef dans mon sac. Je me suis assise devant le secrétaire, et là, sur la tablette d'acajou, j'ai vidé le contenu du coffret. Comme dans un rêve, j'ai essayé tous les bijoux. J'ai enfilé les bagues à tous mes doigts, faisant onduler mes mains couvertes de turquoises et d'émeraudes. J'ai accroché de splendides pendentifs de rubis à mes oreilles et agrafé une broche sur mon pull.

Il y en avait pour une fortune. Un trésor merveilleux, qui appartenait à Gunnar et à sa famille. Si j'en gardais un, personne ne s'en rendrait compte. J'ai choisi une bague d'émeraude. Elle était belle et semblait avoir été faite pour moi. Après tout, personne ne me voyait. Je me trompais.

Près de la porte de la chambre, semblant attendre mes ordres, il y avait une jeune fille souriante aux joues roses, vêtue comme au Moyen Âge. Elle respirait la santé, et je ne me suis pas interrogée une seconde sur sa véritable nature. Elle m'observait avec curiosité. Avec une feinte assurance, j'ai refermé le coffret avant de le ranger dans le secrétaire.

— Bonjour. Comment t'appelles-tu ?

Elle a tressailli.

— Me parlez-vous, mademoiselle ?

— Bien sûr.

— Alors… vous me voyez ?

— Comme tu me vois.

— Pardonnez-moi, mais je suis morte. Personne ne peut me voir ; enfin, presque personne.

J'en suis restée bouche bée. C'était mon premier fantôme, ma première vision. En réalité, aucune Omar n'avait la faculté de voir les esprits errants, à l'exception de certaines médiums capables de se mettre en contact avec eux. Lorsque j'étais enfant, Déméter et moi avions rendu visite à deux voyantes que connaissait ma grand-mère maternelle, Yocasta.

La jeune fille me dévisageait, les yeux écarquillés.

— Tu ne m'as toujours pas dit comment tu t'appelais ?

— Arna, mademoiselle.

— Et moi, Séléné.

Elle a fait une gracieuse révérence.

— À votre service, mademoiselle Séléné.

— D'où sors-tu, si on peut savoir ?

— J'ai vécu et je suis morte dans cette maison. Et vous ?

— Je suis venue avec Gunnar, le propriétaire de cette maison.

— Il ne se nomme pas Gunnar.

— Il a dormi ici, près de moi.

— Lui, c'est Harald.

J'étais ébahie.

— Harald ?

Arna a soupiré.

— Je l'ai reconnu immédiatement. C'est mon petit Harald. Il était si beau et si espiègle. Mon petit Harald. Comme il a grandi !

— On ne parle pas de la même personne. Ton Harald est un ancêtre de Gunnar.

— Mon Harald, a-t-elle dit avec nostalgie, sculptait de petits chevaux de bois et aimait à se déguiser en Odin.

J'ai ri. Gunnar aussi avait ce penchant pour la sculpture et les déguisements. Alors, cette jeune fille avait élevé un ancêtre de Gunnar.

— Parle-moi d'Harald.

Arna ne s'est pas fait prier.

— Un véritable volcan en éruption ! Il s'est fait piquer par les abeilles en dérobant du miel à un ours. Il est revenu criblé de piqûres et tout boursouflé, mais le rayon de miel dans les mains.

— Et à l'école ?

— L'école ? s'est étonnée Arna. Harald avait un maître d'armes et un instructeur.

— Comme un roi.

— Naturellement. L'instruction est indispensable. Madame en avait décidé ainsi.

— Quelle dame ?

Arna est devenue soudain nerveuse et a indiqué la fresque. Le regard bleu semblait me transpercer comme une dague.

— C'était la mère d'Harald ?

— Madame.

Je me suis levée, intriguée, et, esquivant son regard, j'ai contemplé le portrait avec un œil neuf. Je comprenais enfin à qui elle me faisait penser ! À Gunnar : ils avaient tous deux les mêmes yeux bleus, les mêmes pommettes anguleuses, le même front dégagé.

— Tu ne l'aimais pas ?

Arna était mal à l'aise.

— Je préfère ne pas parler en sa présence.

— Ce n'est qu'une fresque, une peinture.

— Elle entend tout.

— Elle te fait peur ?

Arna s'est mise à pleurer.

— Elle m'a fait tomber dans la rivière. Je me suis noyée dans l'eau glacée.

— C'était sûrement un accident ?

— Non. Harald n'était pas dans son lit et madame m'a obligée à aller le chercher de nuit à la rivière. C'était l'hiver, on n'y voyait rien.

— Et tu as glissé ?

— Non. C'est le troll qui m'a poussée.

Eh bien, elle n'avait pas les idées claires !

— Pour quel motif ?

— Il détestait le petit Harald et voulait lui abîmer son jouet.

— Quel jouet ?

Arna s'est fâchée.

— C'était moi, le jouet d'Harald, mon roi. J'étais son jouet favori. Avec moi il riait, il se baignait, il chantait. Et le troll m'a jetée dans l'eau pour contrarier mon roi.

Je ne savais pas si je devais rire ou pleurer de cette pathétique et absurde histoire.

— Et c'est le troll qui t'a maudite ?

— La cuisinière. Mon petit Harald n'a pas cessé de pleurer pendant vingt-six jours et il l'a empêchée de dormir.

Un croassement nous a interrompues. Arna avait beau être un fantôme, elle ne semblait pas avoir toute sa raison. Elle a regardé la cheminée.

— Prenez garde, surtout ! Ils se faufilent partout, ils pourraient vous crever les yeux.

— Qui ?

— Les oiseaux : les corbeaux, les vanneaux, les macareux... Ils nichent ici. Ne les entendez-vous pas ?

En effet, je les entendais battre des ailes et sautiller au-dessus.

— Ils vous surveillent. Ils me surveillent aussi. Puis ils vont la voir pour tout lui raconter.

Je n'ai pu réprimer un frisson.

— Qui donc ?

— Madame.

J'ai pâli en regardant le portrait. Ces yeux bleus fixés sur moi m'accusaient. J'étais une voleuse et une indiscrète. Ils m'ordonnaient de partir. Nous n'aurions jamais dû venir ici.

J'ai entendu des pas dans la maison, et le bruit caractéristique d'une arme à feu que l'on charge. Puis la voix rauque d'un homme criant dans l'escalier, ou ce qu'il en restait :

— Il y a quelqu'un ?

J'ai bondi et me suis habillée à la hâte.

— Un instant !

Lorsque j'ai ouvert la porte pour descendre au rez-de-chaussée, Arna avait disparu.

— Que se passe-t-il ?

— C'est moi qui pose les questions, ma petite dame. Qui êtes-vous et que faites-vous ici ?

L'homme, un paysan chauve et ventru, braquait son fusil dans ma direction.

— Je suis venue avec Gunnar, le propriétaire de cette ferme.

— Gunnar ? Il n'y a aucun Gunnar ici.

— Ce domaine est à sa famille. Nous sommes arrivés hier.

— C'est faux. J'ai vu la voiture arriver il y a une semaine.

Avais-je vraiment dormi durant une semaine ? Et qu'avais-je mangé et bu pendant tout ce temps ?

— C'est impossible, ai-je dit.

— Apparemment, Gunnar vous a trompée. Cette maison est à l'abandon depuis très longtemps. Et je n'ai jamais vu passer personne par ici en cinquante ans.

— Son grand-père s'appelait Ingar. Vous n'avez jamais entendu parler de lui ?

Le paysan a baissé son arme.

— Ingar ? Oui, je l'ai connu quand j'étais enfant. Il paraît qu'il a disparu en mer.

— Et son fils Einar, le père de Gunnar ?

L'homme a hésité, mis son fusil sur l'épaule.

— Si vous ne partez pas, j'appelle la police.

Et il est parti, aussi rapidement qu'il était arrivé, me laissant seule et déconcertée. Où était Gunnar ? Le fantôme d'Arna était-il réel ou une hallucination ? Soudain, j'ai entendu un bruit à l'étage supérieur.

— Qui est là ? ai-je crié.

Le bruit s'est intensifié.

— Gunnar ?

Si j'avais de la compagnie, je voulais savoir de qui il s'agissait. Le ciel s'était obscurci. J'ai dû monter à tâtons le vieil escalier de bois. En arrivant au grenier, je suis restée pétrifiée. Des centaines d'étourneaux, de macareux, de corbeaux et de vanneaux y étaient entassés, formant une masse sombre dans laquelle on ne distinguait que les yeux. Tous fixés sur moi. Le toit effondré leur avait permis de rentrer et de tapisser le sol de fientes et de plumes. J'étais littéralement entourée d'yeux, d'yeux féroces qui m'étudiaient froidement, tandis que la pluie tambourinait sur les ailes et le sol puant. J'ai frémi d'horreur. Je n'avais sur moi ni baguette ni atamé. Les oiseaux semblaient prendre position pour m'acculer. J'étais sans défense.

J'ai voulu instinctivement appuyer mon dos contre le mur, mais en reculant contre une poutre pourrie, j'ai senti quelque chose de visqueux glisser dans mon cou et mes cheveux. Ma main s'est refermée sur une vipère répugnante et j'ai hurlé de dégoût en la jetant au loin.

Comme si mon cri avait donné le signal de l'attaque, un corbeau est descendu en piqué et a fondu sur la vipère en croassant. Il l'a lancée dans la multitude qui lui a réglé son compte en un rien de temps. Puis il a tournoyé en cercles au-dessus de moi, avant de me voler au visage. Heureusement, j'ai eu le réflexe de baisser la tête et mes yeux ont été épargnés. Cependant, il m'avait blessée au front. Je l'ai frappé violemment et j'ai remarqué que des centaines d'oiseaux affilaient leur bec, prêts à m'attaquer.

Arna m'avait avertie. Les Omar m'avaient avertie.

Dans les yeux de mon attaquant, j'ai reconnu le regard froid de Baâlat. Baâlat s'était de nouveau réincarnée et avait ensorcelé les pacifiques habitants du grenier. J'étais cernée par des ennemis. L'Odish s'apprêtait à en finir avec moi et mon enfant.

Complètement étourdie, je me suis recroquevillée dans un coin, et les oiseaux m'ont assaillie. Ils me piquaient les mains avec lesquelles je me couvrais la figure. Je sentais mon sang tiède couler sur mes bras. J'ai compris que si je restais là, je mourrais.

— Séléné ! Séléné !

C'était la voix de Gunnar qui me cherchait.

Je ne pouvais lui répondre car le vacarme des oiseaux étouffait mes cris, mais j'ai rampé vers l'endroit d'où était venue la voix, me traînant sur le tapis de fientes, cherchant l'entrée à tâtons.

— Séléné !

L'escalier était là, mais je ne parvenais pas à me remettre debout. Je me suis laissée tomber sur les marches de bois, sans pouvoir calculer l'impact de la chute. J'ai roulé en me protégeant le ventre, plus inquiète pour mon enfant que pour moi, jusqu'à ce qu'un objet dur me heurte la tempe. Je me suis évanouie dans les bras de Gunnar.

Je n'ai pas entendu les coups de feu du fermier qui, alerté par la cacophonie, avait fait demi-tour, arrivant juste après Gunnar. Malgré son sale caractère, et grâce à sa voiture, il m'a sauvé la vie.

Je me suis réveillée à l'hôpital. J'avais mal partout, et un tube de plastique relié à un sac était planté dans une veine de mon bras. J'étais encore sous le choc, et une pensée horrible me taraudait : Baâlat pouvait se réincarner dans n'importe quel animal. Baâlat pouvait devenir un sympathique macareux, un joli chat ou un chien fidèle. J'avais cru, à tort, me débarrasser d'elle en tuant Lola. Ingrid, la grande experte de l'Odish nécromancienne, avait aussi déclaré qu'elle pouvait posséder le corps d'un défunt ou d'un enfant. Je ne serais en sécurité nulle part, sauf dans un lieu désolé n'abritant aucune vie. À l'exception des cimetières. Je devais fuir, aller le plus loin possible pour sauver ma fille.

La porte de ma chambre s'est ouverte et Holmfridur est entrée. Elle a rivé son regard de chat doré au mien.

— Tu es réveillée. Bien.

Désespérée, j'ai regardé de tous côtés. Je ne pouvais sortir en courant. J'étais reliée à des tubes et Holmfridur me coupait toute retraite. Comment m'avait-elle trouvée ? Où était Gunnar ?

Elle m'a caressé le front et m'a pris la main.

— Ma chère enfant, quelle frayeur tu nous as faite !

Björk, l'adorable petite grand-mère, est apparue derrière elle. En me voyant consciente, elle m'a souri. La vieille dame pacifique m'a évoqué une bête féroce assoiffée de sang.

— Bienvenue parmi nous, Séléné. Tout est prêt pour ton retour.

Une sueur froide m'a envahie. Elles avaient préparé l'exorcisme contre Baâlat. Mon corps, dans cette cérémonie, ne serait qu'un pantin dans la bataille que livraient les Omar contre Baâlat. Mon corps était leur adversaire et je souffrirais les blessures qu'elles infligeraient à Baâlat. Mon enfant n'y résisterait pas. Et moi non plus, peut-être. Car elles pouvaient aussi me planter un poignard dans le cœur pour en finir une bonne fois pour toutes. C'était absurde, je n'étais plus possédée !

— J'ai tué Baâlat. Elle se cachait sous la forme d'un hamster, ai-je tenté de leur expliquer.

Holmfridur m'a toisée de son air arrogant. Elle croyait dur comme fer que j'étais possédée.

— Calme-toi, Séléné. Tu dois te reposer.

Je n'avais pas du tout envie de me calmer.

— Baâlat a essayé de me posséder, mais elle n'a pas réussi.

Holmfridur m'a pris les mains.

— Ne crains rien, Séléné, tu es en sécurité avec nous. Nous t'emmènerons en lieu sûr et te libérerons de l'Odish phénicienne qui est en toi.

— Non, elle ne me possède plus !

Holmfridur et Björk ont échangé un regard de connivence. Sans doute pensaient-elles que je délirais.

— Bien sûr, ma petite. Baâlat est partie. Tu es libérée de la possession.

— Meritxell s'est elle-même planté l'atamé dans le cœur parce qu'elle était sur le point de perdre sa volonté. Baâlat la possédait presque entièrement, ai-je ajouté.

— Tu t'expliqueras devant le tribunal.

— Je ne veux pas de tribunal ! Dites-le à ma mère, elle comprendra !

— On va appeler Déméter. Ne t'inquiète pas.

— Je ne veux pas être exorcisée.

— Nous ne le ferons pas, ont-elles menti.

Pâle et effrayée, j'ai demandé d'une toute petite voix :

— Où est Gunnar ?

Holmfridur a souri.

— Gunnar a été d'une aide précieuse. Non seulement il s'est occupé de toi, mais c'est lui qui nous a appelées. Il est très amoureux. Heureusement pour toi.

Gunnar était ma dernière chance. Il ne pouvait pas me laisser entre les mains de ces sorcières.

— S'il vous plaît, laissez-moi le voir, seule.

Elles sont sorties, me laissant tremblante d'angoisse. Il fallait faire vite. Elles pouvaient revenir d'un moment à l'autre. Gunnar était mon unique refuge.

J'ai voulu me lever, mais une main m'en a empêchée.

— Reste tranquille.

C'était Gunnar. Mon Viking m'a humecté les lèvres. J'ai soupiré de soulagement. J'étais vivante et il était là, près de moi !

— Gunnar, s'il te plaît, allons-nous-en. Emmène-moi au Groenland.

— Ne parle pas.

J'ai essayé de respirer à fond pour me calmer.

— J'ai quelque chose de cassé ?

— Non. Tu es solide.

Malgré son ton affectueux, il avait le regard sombre.

— Que s'est-il passé ?

— Tu as dérangé une colonie d'oiseaux. En général, ils n'attaquent pas, mais ils ont dû se sentir agressés. Dès que tu es sortie du grenier, ils t'ont laissée en paix... Tu n'as rien à me dire ?

— À quel propos ?

— Quelque chose que je devrais savoir.

J'avais rêvé. Ce qui m'était arrivé n'était pas réel. Je ne pouvais pas lui parler d'Arna, mais...

— J'ai trouvé les bijoux !

J'ai lu la surprise dans ses yeux.

— Où ?

J'étais plutôt fière de moi.

— Derrière la fresque, dans un tiroir. Je les ai laissés dans le secrétaire.

— Eh bien, tu en as, des secrets !

— Moi ?

— Tu ne m'avais pas dit que tu étais enceinte.

C'était donc ça ! Gunnar l'avait appris à l'hôpital.

— Je n'en étais pas encore sûre.

Gunnar avait l'air triste.

— Ç'aurait pu être une magnifique nouvelle, mais tu as tout gâché.

Mon cœur s'est serré.

— Qu'est-ce que tu veux dire ?

— Le voyage, Séléné. Tout est prêt et je ne peux pas faire machine arrière.

— Je ne comprends pas.

Gunnar souffrait, je le voyais. Il luttait pour ne pas me prendre dans ses bras.

— Tu ne viens pas avec moi.

Le souffle me manquait. Que lui arrivait-il ? Celui qui parlait n'était pas Gunnar.

— Tu ne peux pas me faire ça ! ai-je crié.

Gunnar a perdu patience.

— Toi non plus, et c'est la deuxième fois, Séléné. La deuxième fois que tu diriges ma vie comme ça te chante !

Je savais à quoi il faisait allusion. Le souvenir de Meritxell était comme un iceberg à la dérive qui finirait par nous faire sombrer. Nous avions mal commencé, mais je l'aimais plus que tout.

— C'est une petite fille, ai-je dit. Elle sera belle et courageuse, comme toi, j'en suis sûre. Elle aura tes yeux.

Il a souri, ému, et a ajouté :

— Et tes jambes.

— Elle s'appellera Diana.

— Oui, c'est joli.

Il m'aimait. Il aimait notre enfant. Il ne pouvait pas m'abandonner.

— Alors, pourquoi tu ne veux pas que je t'accompagne ?

— Tu ne comprends pas que tout a changé ? Tu auras un bébé, tu auras besoin de soins. L'endroit où nous allons est désolé, désert…

J'étais prête à tout.

— Emmène-moi avec toi, je t'en prie !

Gunnar a serré les poings.

— Holmfridur prendra soin de toi et s'arrangera pour que tu retournes auprès de ta mère.

— Je ne veux pas ! Je veux rester avec toi !

— C'est trop dangereux.

J'ai répliqué rageusement :

— Tu ne peux pas me dire ça !

Il a soupiré et a déclaré, sans conviction :

— Séléné, pour la dernière fois, va-t'en, très loin. Après, ce sera trop tard.

J'ai su que j'avais gagné la partie.

— Dis-moi que tu m'aimes.

Je lui ai pris la main. Il tremblait comme une feuille.

— Je t'aime, a-t-il murmuré. À la folie.

— Je reste avec toi.

Il m'a serrée si fort qu'il m'a fait mal.

— Séléné, tu t'en repentiras.

J'étais sûre que non. Malgré mes blessures et les tuyaux, je me suis redressée et je l'ai embrassé. Il m'a rendu mon baiser avec passion et j'ai vu une larme couler sur sa joue. J'étais si jeune ; j'ai cru qu'il pleurait d'émotion.

Il m'a caressé tendrement les cheveux, comme lui seul savait le faire.

— Promets-moi que tu ne me poseras pas de questions et que, quoi qu'il arrive, tu ne me détesteras pas.

— Je te le promets !

J'ignorais alors qu'il est impossible de contrôler les sentiments.

— Tu seras en sécurité avec moi, a soufflé Gunnar. Nous irons dans les glaces éternelles, là où il n'y a personne.

Je ne lui ai même pas demandé où. J'imaginais réellement que le seul endroit au monde où je serais en sécurité était auprès de lui.

Et c'est alors que le véritable cauchemar a commencé.

*

* *

Séléné s'engagea dans une ruelle sombre d'une petite ville de province. Captivée par le récit de sa mère, Anaïd ne savait même pas où elles étaient.

— On va se reposer ici. J'ai une course à faire.

— Et tu laisses tomber comme ça ? protesta Anaïd. Je ne suis pas encore née !

Séléné se racla la gorge.

— Je sais.

— Je veux savoir qui je suis. Où je suis née. Si Gunnar est mon père. Parce que, maintenant, je n'y comprends plus rien. Je croyais que je… Mais qui est Diana ?

Séléné mit la marche arrière, se gara et indiqua un restaurant de la tête.

— On va d'abord manger quelque chose.

Anaïd insista.

— Avant, j'aimerais bien savoir qui je suis.

— Je t'ai dit que tu n'aimerais pas le savoir, rétorqua durement Séléné.

— D'accord. En supposant que je ne suis pas ta fille, pourquoi attends-tu aussi longtemps pour me l'avouer ? C'est si difficile ?

Séléné baissa la tête, honteuse.

— C'est impossible de te dire qui tu es, comme ça.

Voilà pourquoi je tiens à t'expliquer tout dans l'ordre. Tu auras beau me harceler ou te fâcher, tu ne réussiras pas à me faire sauter un épisode. Tu ne comprendrais plus rien, sinon.

Anaïd pâlit.

— Je ne vais pas supporter d'apprendre qui je suis ?

Séléné soupira et sortit de la voiture, faisant signe à Anaïd de la suivre.

— Il est essentiel que tu comprennes quelle est ta mission et que tu prennes tes responsabilités avant d'agir. Et pour cela, tu dois connaître ton histoire et les dangers qui te guettent.

— Et quand je les connaîtrai et que j'aurai assumé qui je suis… que ferons-nous ?

— Je t'entraînerai et te montrerai le chemin à suivre.

— Tu vas m'entraîner ?

— À lutter contre les Odish.

— Aurelia, une couleuvre, m'a enseigné les techniques.

— Ce n'est pas suffisant.

— Pourquoi ? Comment peux-tu connaître la manière de combattre les Odish ? Tu n'as fait que les fuir, comme tu fuyais les Omar.

— Tu te trompes. C'est une Odish qui m'a entraînée.

Anaïd en fut pétrifiée.

— Alors… elles avaient raison ?

— Qui ?

— Gaya, Héléna et les autres. Elles ont dit que tu avais conclu un pacte avec les Odish, que tu avais été l'une d'elles.

Elles entrèrent dans le restaurant. Séléné choisit une table contre le mur, obligeant Anaïd à s'asseoir dans le coin le plus sombre. Mieux valait ne pas attirer l'attention.

— Bon, qu'est-ce qui te tente ?

— Je n'ai pas faim.

— Je vais commander pour toi.

Anaïd laissa la carte sur la table. Elle pensait à Roc ; elle était furieuse contre lui.

— Ce n'est pas la peine.

— Si, c'est la peine. Tu dois apprendre beaucoup de choses en plus d'apprendre à lutter. Tu dois apprendre à survivre, à t'aimer, à être courageuse et à accepter les défaites.

Anaïd s'emporta.

— Courageuse comme toi, qui as fui la justice ? Responsable comme toi, qui es tombée enceinte à dix-sept ans? Honnête comme toi, qui as trompé ta meilleure amie et as ensorcelé ton copain pour qu'il reste amoureux de toi ?

Séléné donna un coup de poing sur la table.

— Tais-toi !

— Tu n'es pas contente ? Alors pourquoi tu me racontes tout ça ?

— Parce qu'il faut que tu le saches. Tu m'en voudras peut-être, mais tu dois tirer les leçons de mes erreurs. Je ne veux pas que tu commettes les mêmes que moi.

— Pourquoi aurais-tu le droit de te tromper et pas moi ?

— Parce que toi, tu es l'élue.

Elles mangèrent en silence, puis sortirent du restaurant. Séléné la prit par le bras et elles marchèrent en frôlant les murs. Elles s'arrêtèrent devant la porte d'un cinéma, et Séléné se dirigea vers le guichet. Elle revint avec un billet et le tendit à Anaïd.

— Assieds-toi à l'écart. Reste tranquille et ne parle à personne. C'est compris ?

— C'est quel film ?

— Je ne sais pas, je m'en fiche.

Anaïd jeta un coup d'œil à l'affiche. Elle s'en fichait aussi, car elle venait de penser à un plan génial. C'était dangereux, mais en ce moment, tout lui était égal.

— Et si je m'endors ?

— Dors. C'est aussi bien.

Elle entra dans le cinéma sans embrasser Séléné. Elle aurait eu l'impression de la trahir doublement. Elle ne s'assit même pas dans un fauteuil. Elle attendit simplement quelques minutes, puis ressortit.

Elle ne parla à personne. Elle se promit qu'elle serait de retour à six heures vingt, avant la fin du film.

Elle n'avait pas besoin de demander sa route. Elle l'avait vu en allant au restaurant. Un café Internet.

Elle s'assit devant un ordinateur avec une boisson, se connecta sur Messenger et ajouta *Toi&moi15@hotmail.com* à ses contacts.

Son pseudo « Buvons alamour alamitié lateuf a toi&moi » réussit à la faire sourire et à lui faire oublier sa colère. Roc était trop cool.

Roc, rapide, se lança le premier.

— Slt, Anaïd.

— Tu é pressé de me dire adieu ?

— Je t'attendais.

— Tu m'as attendue tte la journée ?
— Ca fait lgtps que je t'attends.
— Tu m'avais pas dit que tu voulais Kc ? ☹
— Je lé dit pck je suis égoïste.
— Égoïste ?
— Je ss raide dingue de twa, je ve te voir et je ve ke tu m'aimes. ☺
— Tu sais que je prends des risques à parler av twa ?
— Tp cool. J'adore. Dc je ss important pr toi ?
— Évidemment.
— Dis-moi où tu é et je viens te voir.
— Impossible !
— Joker.
— Euh ? Joker ??
— T'es pas cap ! T'as la frousse ! Pense un peu à mwa !
— Bien sûr, idiot ! ☺
— Fais-le mnt. Pense à mwa mnt. Concentre-twa.
— Je te vois. Tes yeux noirs, tes cheveux bouclés. Je le fais tt le tps !
— Non… Regarde à l'intérieur de mwa. Ferme les yeux. Kes ke tu vois ?
Anaïd hésita quelques instants.
— Ohé ! Alors ??? Dis-mwa ce que tu vois ?
— L'obscurité.
— Quoi de plus ?
— Le brouillard.
— Demande-le-mwa.
— Te le demander ?
— Oui, demande-le-mwa. Dis-mwa que tu ve me voir. Dis-mwa de venir.

— Je ve te voir ! Viens !! ☺

— OK, je serai là très vite.

— Cmt ? Tu é dingue ! Je t'ai mm pas dit où je suis !!

À cet instant précis, l'écran devint noir. Saleté d'appareil. Il n'y avait plus de connexion. À quoi jouait Roc ? Pensait-il vraiment venir et la surprendre ? Ses dernières paroles lui faisaient chaud au cœur, mais son caractère changeant lui faisait un peu peur. Aujourd'hui blanc, demain noir. Je t'aime mais je te fais mal. Et si Roc n'était pas comme elle l'avait pensé ? Bah, peu importait. Elle était absolument raide dingue de lui.

Elle eut beau essayer, elle ne parvint pas à se reconnecter. Et il était trop tard. Sa montre indiquait six heures dix.

Elle sortit en courant du café et entra dans le cinéma juste à temps pour ressortir avec les spectateurs. Elle se dirigea vers la porte en se frottant les yeux, comme si elle venait de quitter un fauteuil dans une salle obscure.

Séléné l'attendait en souriant.

— J'ai deux surprises.

Séléné lui montra des clefs.

— Maintenant, nous avons un camping-car. Nous sommes indépendantes.

Et elle l'accompagna jusqu'au parking où se trouvait un superbe véhicule avec cuisine, salle de bains, chambre et salon. Tout en un. Idéal pour voyager, vivre et se cacher.

— En voiture !

Anaïd monta dans sa nouvelle maison, son refuge pour longtemps.

— Comme ça, personne ne te verra… C'était bien, le film ?

Anaïd répondit par une autre question.

— C'est quoi, la deuxième surprise ?

— Ce soir, quand on s'arrêtera, je te donnerai ton cadeau d'anniversaire. Mais avant, je vais te raconter la suite de ton histoire.

CHAPITRE XI

Le désert de glace

Tout est arrivé très vite. La fuite d'Islande, mon anniversaire, les premiers coups de pieds de mon bébé et l'automne. Il y a eu peut-être un mois entre chaque événement, mais dans mes souvenirs, c'est plutôt confus. Et la raison en est le blanc uniforme qui recouvrait tout.

Depuis que nous avions mis les pieds sur le continent gelé qu'Erik le Rouge avait étrangement baptisé « Terre verte », le Groenland, les couleurs avaient cessé d'exister. Le blanc y régnait en maître. La terre était blanche, et la côte, les vallées, la mer, les montagnes, et jusqu'à l'horizon.

J'avais placé ma vie entre les mains de Gunnar et j'avais toute confiance en lui. J'avais tenu ma promesse, ne lui posant aucune question. Gunnar était mon unique espoir contre Baâlat et les Omar. Le clan de la jument était déjà loin. Nous avions traversé l'océan Arctique avant que l'hiver n'en ferme l'accès et ne nous empêche définitivement de faire machine arrière.

— Tu auras la force d'aller au bout du monde ?

— Oui, avais-je répondu sans l'ombre d'une hésitation.

Gunnar comprenait enfin que mon souhait le plus cher était de l'accompagner aux confins de la civilisation.

— Le froid, les privations et les dangers ne te gênent pas ?

Non. Pas à ce moment-là.

Et après avoir vendu une partie des bijoux pour financer l'expédition, nous avons entamé notre ultime voyage. Un voyage définitif.

Les Inuits du village voisin d'Ittoqqortoormiit, près de la mer gelée, nous ont logés dans l'école, comme le voulait la tradition avec les voyageurs.

— Chaque fois que je viens, je ressens la même chose : ça me sidère, a dit Gunnar en désignant l'immensité blanche.

C'était magique. Nous avions laissé derrière nous les turbulences volcaniques de l'Islande ; et la blancheur qui recouvrait cette nouvelle terre semblait une promesse de paix et de tranquillité.

— Chaque saison, chaque relief et chaque heure du jour donnent un blanc différent.

J'ai désigné la cime du Gunnbjorn Fjeld, à près de quatre mille mètres d'altitude, qui couronnait de manière emblématique la côte est, et j'ai voulu lui dire que là aussi le blanc changeait, mais les mots me manquaient.

— Je ne sais pas comment appeler ces nuances de blanc.

— Les Inuits le savent. Ils ont trouvé mille nuances différentes de blanc.

C'était beau. J'aurais aimé faire partie de ce peuple, avoir leur sourire spontané, et pouvoir distinguer les mille tonalités de ce blanc immaculé.

Il était impossible que Baâlat apparaisse dans ces glaces éternelles. Il ne pouvait y avoir de menace dans ce blanc, associé à la naissance et à la pureté. Je me trompais encore. J'ignorais que le blanc, dans d'autres cultures, symbolisait la tristesse et le deuil.

Les Inuits se sont esclaffés lorsque Gunnar leur a annoncé que nous voulions acheter un traîneau, des provisions et des chiens pour réaliser un long voyage vers le nord. Deux étrangers désireux de parcourir les plaines désertes et gelées durant l'hiver étaient forcément fous à lier. Et s'ils avaient su que j'attendais un bébé pour le début du printemps ! Cependant, ils ont cessé de rire quand Gunnar a examiné les harnais, la dentition des bêtes, qu'il a arraché des poignées de poils emmêlés et qu'il leur a rendu trois samoyèdes à la forme douteuse.

Un grand nombre d'Inuits sont accourus pour voir comment Gunnar essayait l'attelage de chiens après avoir fait quelques réglages au traîneau. Les chiens ont réagi aussitôt à ses ordres prononcés dans un esquimau parfait. Ayant constaté le sale caractère de leur leader, Narvik, qui, en une heure, avait méchamment mordu deux de ses compagnons, il l'a remplacé par une jeune chienne courageuse, Néa, qui apporterait à l'attelage la détermination qui était nécessaire pour affronter cette épreuve.

Après la démonstration de Gunnar, les Inuits ne nous ont plus considérés comme des touristes excentriques et ne nous ont plus appelés « qallunaat », ce qui signifie « étrangers », et qui, selon la prononciation, a la connotation de « maladroit » et « inutile ». L'amabilité des Esquimaux était stupéfiante : ils nous ont offert leur maison et se sont querellés pour que nous partagions leur maigre dîner et leur sympathique compagnie. Les enfants ont joué avec moi au qimuseq et les femmes m'ont appris à coudre des kamiks, les seules bottes qui conservaient la chaleur du corps sans devenir rigides dans l'humidité de la glace. Le problème, m'a-t-on expliqué, était que les chiens adoraient ces bottes en peau de phoque. Si je n'y prenais garde, ils m'arracheraient les pieds à coups de dents pour les dévorer.

Tandis que Gunnar marchandait le prix du poisson et du pétrole et remplissait le traîneau autant qu'il le pouvait, j'ai essayé de me gagner la confiance des chiens, aidée par les enfants qui m'apprenaient quelques mots en esquimau. L'idée de voyager avec ces bêtes à moitié sauvages, qui s'humectaient la truffe de sang et dormaient abritées sous la neige, me donnait la chair de poule. Lorsque j'avais confié mes craintes à Gunnar, il m'avait suggéré d'apprendre à les connaître et à les aimer. Les aimer ? Et si Baâlat s'incarnait dans l'un d'eux et se jetait sur moi une nuit ? J'ai repoussé cette pensée pour ne pas perdre courage, mais je doutais de m'en faire des amis. Je les ai nourris, caressés l'un après l'autre, j'ai mémorisé leur nom et observé leur comportement pour détecter toute anomalie et découvrir Baâlat dans leurs yeux. Et j'ai fini par les aimer.

Dans leur aboiement, j'entendais l'écho du hurlement des loups. On les avait domestiqués il n'y avait pas si longtemps, et l'ombre sauvage de la liberté perdue planait encore au-dessus d'eux.

J'ai vite compris leurs préférences et leurs rancœurs, et j'en ai été émue. Aidée par les petits Inuits et mon instinct, j'ai décodé leurs postures et leurs aboiements.

Le soir précédant notre départ, les Inuits ont organisé une fête surprise. Tous les habitants du village étaient là, ainsi que quelques chasseurs qui retournaient vers le sud. Ils avaient terminé leur chasse d'été et ramenaient des traîneaux remplis de peaux. Ils ne se connaissaient pas tous, et moi, avec autant de gens, je ne prêtais pas toujours attention aux nouveaux venus. C'est pourquoi je n'avais tout d'abord pas remarqué la femme aux yeux blancs, une Inuit aveugle qui était arrivée en traîneau avec son époux et leur fille. Ç'a été une fête sympathique qui, hélas, s'est terminée tristement.

Nous étions en train de boire et de rire lorsque la femme est tombée en se tordant sur le sol, l'écume à la bouche, en proie à des convulsions, comme lors d'une crise d'épilepsie. Gunnar a voulu la secourir, mais on l'a retenu. Petit à petit, les convulsions se sont espacées, puis ont disparu. La femme a levé ses yeux aveugles vers la voûte étoilée et murmuré des paroles que moi seule ai entendues.

— Je vois la blancheur des neiges qui l'engloutit.

Elle parlait la langue ancienne des Omar. C'était une Omar du clan de la phoque qui avait eu un accès de clairvoyance, un état qui relie le présent avec le futur sans nécessité de réaliser des sacrifices ni de boire de potion. Toutes les personnes présentes ont fait cercle autour d'elle. Elles espéraient qu'elle allait désigner l'une d'elles et lui prédire l'avenir. J'ai cherché à m'éclipser, car je savais qu'elle me choisirait. Et, en effet, c'est ce qui est arrivé. Elle s'est levée et, arrivée devant moi, elle s'est agenouillée, la tête inclinée sur mes pieds. Elle m'a caressé le ventre de ses mains tremblantes. Heureusement, personne ne la comprenait. Ses paroles semblaient incompréhensibles.

— Oh, Séléné, jeune imprudente qui portes en toi l'élue à la chevelure de feu !

J'étais stupéfaite. Cette voyante Omar était en train de prédire que mon enfant serait l'élue de la prophétie ! J'ai senti une sueur froide couler sur mon front. Elle connaissait mon nom, mon état, s'était dirigée vers moi et avait la faculté de VOIR. Ses propos avaient-ils un sens ? Serais-je la mère de l'élue ? Ma fille deviendrait-elle l'Omar à la chevelure de feu qui mettrait fin à la guerre des sorcières ? Impossible. Ce n'était pas mon destin, mais celui de Meritxell.

— Elles te poursuivent pour leur cause. La dame noire tente de te voler ton corps. La dame blanche te volera ton âme.

J'ai tâché d'interpréter sa vision. La dame noire était Baâlat, qui voulait se réincarner en moi. Baâlat n'avait pas souhaité me tuer, elle voulait juste posséder mon corps afin de concevoir l'élue et devenir sa mère.

La révélation m'a épouvantée. Baâlat voulait faire de moi ce qu'elle avait fait de Lola, prendre mon corps et tromper les Omar. M'arracher la vie en usurpant ma chair et mon apparence. Parler avec ma voix, embrasser Gunnar avec mes lèvres et nourrir ma fille avec mon lait. Et à présent, je comprenais pourquoi : Baâlat avait juré qu'elle concevrait l'élue.

Mes jambes me soutenaient à peine. J'ai porté instinctivement les mains à mon ventre pour protéger mon enfant. C'était ma fille, et non moi, que convoitait Baâlat. Le puzzle de ma vie durant ces derniers mois s'emboîtait lentement. Tout devenait clair.

Baâlat avait utilisé mon costume et ma provocation pour accumuler l'énergie nécessaire à son retour. La boucherie de la nuit d'Imbolc et la force qu'elle avait obtenue avec le sang des victimes avaient un but bien précis : concevoir l'élue en vampirisant la douce Meritxell, désignée par la prophétie comme la mère de l'élue. Grâce à Lola, elle avait bu de son sang, lui instillant son venin, s'appropriant son corps. Mais Meritxell, dans un instant de lucidité, en avait terminé avec Baâlat, se plantant elle-même mon atamé dans le cœur. Et j'avais été désignée à mon tour ; et Baâlat me poursuivait afin d'accaparer mon enfant, l'élue, de la modeler à sa guise, pour obtenir ainsi le pouvoir du sceptre et la vie éternelle.

Mais qui était la dame blanche ? La dame des glaces, peut-être ?

— Crains la blancheur de ses mains et la glace de son cœur ou elle te dévovera.

L'aveugle continuait de parler, m'accablant un peu plus à chaque nouvelle révélation.

— Oh, Séléné, toi qui descendras dans les profondeurs par le chemin sans retour des morts !

J'ai frémi. Le Chemin d'Om n'était qu'une légende ; jamais aucune Omar ne l'avait parcouru. Devrais-je réellement le faire ?

— Oh, Séléné, tu n'hésiteras pas à te tacher les mains de sang pour protéger ta petite louve !

Mon cœur battait à tout rompre.

— Oh, Séléné ! Laisse la grande reine des neiges la nourrir et lui donner la force de l'Arctique !

À qui faisait-elle allusion ? Qui allaiterait ma fille ?

Ses yeux translucides fixés sur le firmament, la voyante a soudain poussé un cri déchirant. Elle avait vu quelque chose de terrible.

— Oh, Séléné, ne va pas plus loin ! Il est encore temps de revenir dans le clan. Il est encore temps de renoncer à ton destin !

Elle m'a étreinte de toutes ses forces jusqu'à ce que Gunnar intervienne et l'éloigne de moi. Elle s'est adressée à lui :

— Ton amour ne suffira pas à lui éviter la douleur.

Elle m'a tendu brusquement un ulu, un poignard courbe, m'obligeant à le prendre et à le lever, accompagnant ma main pour m'en montrer l'usage.

— La dame de glace fournit la proie sans attendre l'arme.

Sans que je le veuille, ma main a agrippé le couteau avec force. Était-ce la peur ? L'instinct de survie ? La dame blanche était la dame de glace, l'Odish qui régnait sur le Grand Nord et dont m'avaient parlé les Omar du clan de la jument. La dame de glace, selon elles, ne permettrait jamais que Baâlat s'introduise sur ses terres.

J'ai gardé le poignard à la main, tremblant de tous mes membres et ne sachant que faire, tandis que la voyante s'effondrait, épuisée. Les femmes du village se sont occupées d'elle. Elle était faible et avait besoin de repos. L'humeur joyeuse s'était envolée, et la fête s'est achevée. Même si personne n'avait compris les paroles de la voyante, tous savaient qu'un grand danger planait au-dessus de moi.

— Qu'est-ce qu'elle t'a dit ? m'a demandé Gunnar.

— Aucune idée, ai-je menti.

— Bien sûr que si, tu le sais, a-t-il soupiré, mais tu ne dois pas en tenir compte

Depuis que j'étais enceinte, j'avais constaté d'étranges changements en moi. Je voyais et j'entendais des choses que je n'avais jamais perçues auparavant. Comme les esprits, par exemple. Arna n'avait pas été la seule. D'autres revenants silencieux s'étaient manifestés. Et je comprenais de mieux en mieux le langage des animaux. Devais-je retourner auprès du clan et obéir à ma mère ? Étais-je en train de commettre une folie ? Si c'était le cas, je l'avais déjà commise en tombant amoureuse de Gunnar et en croisant la route de Meritxell.

« Ce qui est fait est fait, me disait toujours Déméter lorsque j'étais enfant. Tu ne peux pas revenir en arrière. » Alors, écoutant mon instinct, j'ai continué ma route.

CHAPITRE XII

Le dernier voyage

Nous sommes partis au petit jour, avant que les conditions climatiques ne se gâtent complètement. Je pensais que nous nous éloignerions sans adieu, mais les enfants se sont rassemblés à la porte de l'école et nous ont offert du poisson pour les chiens et une superbe paire de moufles pour moi.

Le cœur gros, je les ai regardés disparaître dans le lointain, agitant leurs petites mains, en route vers mon destin.

Gunnar poussait les chiens sans répit, me jetant parfois un regard en coin qui me semblait étrange. S'inquiétait-il pour moi ? Ou était-ce autre chose ? Mais je ne lui ai posé aucune question. Nous respections mutuellement notre intimité, et c'était l'un des traits de caractère qui me plaisait le plus chez lui.

Durant toute la journée, nous avons croisé des chasseurs qui revenaient passer l'hiver dans leur village. Ils nous regardaient, étonnés, et certains s'arrêtaient pour nous prévenir que nous allions dans la mauvaise direction. Nous leur répondions que nous allions vers le bout du monde. Et nous avions raison.

J'ai fêté mon dix-huitième anniversaire sur un traîneau. C'était l'automne, et la tempête de neige faisait rage, m'obligeant à me couvrir le visage. Le froid me glaçait les doigts malgré mes moufles. Mais peu m'importait. J'étais jeune et impatiente d'arriver dans un lieu reculé où nous serions seuls, Gunnar, moi et notre enfant. Gunnar veillerait sur elle. Rien de mal ne pourrait nous arriver dans la solitude des plaines glacées. Et ce soir-là, je m'en souviens parfaitement, Gunnar m'avait préparé une merveilleuse surprise. Il m'a offert de lumineux pendentifs de rubis. Ils provenaient du trésor, et Gunnar ignorait que je les avais déjà essayés. C'était la première fois que l'on m'offrait des bijoux. Puis il m'a obligée à formuler un vœu. J'ai souhaité me libérer pour toujours de mon enfance. Enfin, il m'a bandé les yeux et m'a prise par la main.

— C'est une surprise. Laisse-toi faire.

Il a ouvert la porte de la cabane où nous nous trouvions, puis a arraché le foulard qui me bandait les yeux.

— Joyeux anniversaire !

Le spectacle était grandiose, le ciel marbré de lumières vertes incandescentes qui scintillaient dans la nuit.

— Une aurore boréale ?

— La première d'un long hiver.

Nous sommes restés là, en extase, à la contempler. J'en ai oublié le froid de la nuit et la solitude de la toundra. Ça a été mon dernier grand moment de bonheur.

Jour après jour, Gunnar, absorbé par sa tâche, s'est laissé engloutir par le silence de l'immensité blanche. Sérieux et préoccupé, il tournait continuellement la tête. Il gardait le fusil chargé près de lui et faisait une ronde chaque nuit avant de venir me rejoindre dans l'une de ces minuscules cabanes qui jalonnaient notre route et que nous partagions parfois avec des chasseurs. Il s'étendait près de moi, me caressait les cheveux et me racontait une légende viking de sa voix apaisante. Il semblait connaître tous les méandres du chemin et trouvait toujours les refuges, malgré les blocs de glace dans les baies et la neige profonde qui nous obligeaient parfois à faire un détour.

Un matin, une forte tempête de neige nous a empêchés de sortir et nous avons dû rester enfermés avec deux chasseurs, un père et son fils, qui rapportaient leur provision de peaux de phoque pour l'hiver. Nous les avons conviés à prendre du thé chaud et du poisson séché. J'étais devenue une experte dans l'art de préparer le thé ou le café sur le réchaud, et de servir le poisson. Tandis que nous buvions le thé, les chiens se sont mis à aboyer. Gunnar, vif comme l'éclair, a saisi le fusil et est sorti. Comme il tardait à revenir, l'inquiétude s'est emparée de moi.

— C'est l'ours, m'a expliqué le jeune homme.

— Quel ours ?

— L'ours blanc qui suit vos traces.

Je n'en revenais pas. Alors, cette présence qui inquiétait Gunnar serait celle d'un ours blanc ? Et ce l'était probablement, car Gunnar est rentré de mauvaise humeur, maudissant les ours qui importunaient les chiens.

Il a pris du poisson séché dans son sac et l'a partagé entre nous quatre. Les chasseurs nous ont rendu la politesse en nous offrant du foie de phoque cru. J'ai voulu refuser courtoisement, mais Gunnar m'a forcée à accepter. Le régime de poisson et de viande crus apportait le double de calories ; et, sous ces latitudes, c'était fondamental. Si la viande crue me dégoûtait, le foie, c'était encore pire. L'Inuit m'a assuré qu'il venait de tuer l'animal. Malgré mon envie de vomir, Gunnar a été inflexible.

En partant, les Inuits ont laissé du poisson séché, de la farine et de la graisse pour les voyageurs qui passeraient après eux. J'ai appris ce jour-là qu'en Arctique un refuge, quelques vivres et un feu représentent parfois la ligne ténue qui sépare la vie de la mort.

Les conditions devenaient plus difficiles. Les cabanes s'espaçaient, le temps se dégradait, l'inquiétude de Gunnar allait croissant. J'ai eu beau l'interroger sur ses rondes obsessionnelles autour du campement, Gunnar a nié qu'un ours nous suivait et a prétendu agir par simple précaution.

Nous nous étions réparti les tâches. Un voyage en Arctique est un travail d'équipe et d'entente. Lorsque Gunnar m'indiquait que nous allions établir le campement, cela signifiait une heure de travail avant le dîner. Il fallait déballer la tente et la monter rapidement. À l'intérieur, dans un espace ridicule, nous nous débrouillions pour cuisiner, ôter nos vêtements mouillés et les faire sécher, ranger le matériel et nous laver du mieux possible. Pourtant, les commodités auxquelles j'étais habituée ne me manquaient pas. Cette fuite absurde vers le néant avait quelque chose de primitif qui me faisait oublier le luxe de la civilisation.

J'étais amoureuse, je fuyais Baâlat et les Omar, et je protégeais mon enfant. Et je dormais sans faire de cauchemars dans les bras de Gunnar. Quand le froid a commencé véritablement, Gunnar a décidé d'allumer le réchaud à l'intérieur de la tente, ce que faisaient les Esquimaux au grand dam des Occidentaux. En ce mois d'octobre, les températures avoisinaient les dix degrés au-dessous de zéro et tombaient en flèche durant la nuit, descendant jusqu'à moins vingt ou moins trente. Si nous n'allumions pas le réchaud, nous courions le risque de mourir gelés. Mes pieds étaient continuellement engourdis et endoloris, et je me demandais si le voyage allait durer encore longtemps.

Le traîneau chargé de provisions s'est allégé au fur et à mesure que les chiens dévoraient le poisson. Je ne les craignais plus quand je les voyais se battre, mordre les harnais ou se jeter sauvagement sur la nourriture que je leur donnais moi-même chaque nuit, avant qu'ils ne s'abritent sous la neige. Ils disparaissaient alors entièrement. Mes soupçons se confirmaient : je comprenais de mieux en mieux leurs aboiements et le sens de leurs gémissements. Et Baâlat n'était pas l'un d'eux. Cependant, même si je comprenais leurs querelles et leurs besoins, Gunnar était celui qui donnait les ordres, les guidait sur les traces d'autres traîneaux et les aidait à éviter les nombreux pièges dissimulés sous la neige. Il dirigeait l'expédition, et c'était lui, le maître.

Le voyage était intense et dur, superbe et monotone ; et il a fait bientôt une première victime. Un chien nommé Iouq a dû être sacrifié après s'être brisé deux pattes dans une chute spectaculaire. Gunnar l'a achevé d'un coup de fusil. Nous avions tous deux le cœur serré. Heureusement, le traîneau était intact.

Sous cette blancheur apparemment uniforme se cachaient des ruisseaux, des lacs et des blocs de glace flottants. Nous prenions sans cesse des risques. Un jour, l'Arctique nous a montré les crocs et nous avons compris qu'un faux pas pouvait nous être fatal.

Ce matin-là, de bonne heure, une brume compacte nous avait enveloppés, affolant les chiens et ralentissant la marche. Pourtant, Gunnar avait refusé de modifier ses plans. Il avait l'air inquiet et plus préoccupé par une présence invisible que par la route. Les chiens trébuchaient sans arrêt, incapables de distinguer le relief. Il faisait sombre bien avant d'atteindre la cabane où nous avions prévu de passer la nuit, et nous nous sommes perdus. Au-dessus de nos têtes, pas une seule étoile ne luisait dans le ciel.

L'angoisse me tenaillait, et j'ai supplié Gunnar de monter le campement sur place et d'attendre que la brume se dissipe. Il a refusé. Il avait peur – de quoi ou de qui, je l'ignorais. Au lieu d'admettre que nous étions perdus, il a prétendu qu'il nous fallait gagner la cabane coûte que coûte.

Ç'a été notre première querelle. Pour la première fois depuis que nous voyagions ensemble, je n'étais pas d'accord avec lui. J'avais l'intuition que si nous continuions, il nous arriverait quelque chose de terrible.

Mais Gunnar n'a pas cédé. J'ai dû m'en remettre à lui, car dans un endroit inhospitalier comme l'Arctique, je n'avais pas d'autre choix. Et il s'est trompé.

Les yeux clos, j'essayais de ne plus penser à rien. L'obscurité s'est refermée sur nous, nous menant droit vers le danger. Je sentais sa présence presque palpable. J'ai crié. Gunnar, debout en train de fouetter les chiens, a crié lui aussi, mais trop tard.

Nous nous étions engagés sur un lac gelé, et la glace se fêlait autour de nous. Elle céderait d'un instant à l'autre et nous engloutirait avec nos chiens. Les craquements étaient terrifiants. Les chiens hurlaient à la mort. Il ne fallait pas s'arrêter. Je me suis agrippée au traîneau d'une main, la baguette dans l'autre – un vieux réflexe. J'ai senti soudain une vague onduler sur mon ventre, luttant pour échapper à ma peur : ma fille ! Elle m'a insufflé des forces et a décuplé mon instinct. Malgré l'obscurité, j'ai entrevu notre salut.

— À droite, tourne à droite !

La glace s'est ouverte sous les pattes des premiers chiens. Nous ne pouvions plus faire demi-tour. Néa, Siatq et Qeqertag allaient nous entraîner vers le fond du lac. C'était la fin. L'eau atteignait déjà le cou de Narvik et des chiens de tête et trempait ma botte.

J'ai formulé rapidement le sortilège pour reformer la glace. J'ai arrêté leur chute, mais le temps nous était compté. Je ne pouvais maintenir longtemps l'illusion de la matière. Le sortilège était difficile, comme tous ceux qui défient le temps et l'espace.

Gunnar et moi avons sauté ensemble du traîneau et avons empoigné les harnais pour sortir les trois chiens de tête de l'eau.

Ces chiens étaient d'une résistance incroyable. Une fois sortis de l'eau, ils ont continué vaillamment leur route, jusqu'à ce que nous ayons quitté le lac.

La peur et la lutte contre les éléments avaient anesthésié ma conscience, mais j'ai brusquement réalisé que mon pied était gelé. L'eau de ma botte trempée s'était transformée en glace. Je n'avais plus aucune sensibilité. Je ne pouvais même pas retirer ma botte. Gunnar l'a déchirée avec un couteau. Mon pied était blanc et mes orteils fripés bleuâtres. Gunnar l'a emmailloté dans des peaux, a allumé le réchaud, m'a massée pour faire circuler le sang, puis a mis de l'eau à bouillir et m'a obligée à plonger mon pied dans une solution saline qui m'a fait voir trente-six chandelles. Mon pied a été sauvé.

C'est alors que Gunnar a réagi de façon surprenante. Il s'est pris la tête entre les mains et s'est mis à pleurer. Je ne l'avais jamais vu pleurer. J'en ai eu la chair de poule.

— Gunnar, Gunnar, calme-toi !

Il m'a étreinte avec force, les joues ruisselantes de larmes.

— Pardonne-moi, Séléné, pardonne-moi ! J'ai été irresponsable. Je vous ai mis en danger, toi et l'enfant. S'il vous était arrivé malheur, je ne me le serais jamais pardonné.

— Tout va bien, c'est fini.

Mais je savais que la confiance sur laquelle nous avions édifié notre amour était fragile comme la glace. Pouvait-on aimer avec des mensonges ? Avec des secrets ? Des silences ? Gunnar s'éloignait de moi ; j'étais en train de le perdre. La peur remplaçait peu à peu l'amour. La peur s'installait dans ma vie ; et avec elle s'est installée la tristesse.

Jour après jour, le soleil perdait de sa force et la nuit gagnait du terrain. Jour après jour, je sentais mon ventre et mes seins s'arrondir. Je me transformais avec l'enfant qui grandissait et remuait en moi. Jour après jour, je mûrissais et j'étais plus effrayée que la veille par ce qui nous attendait. Jour après jour, je m'éloignais de ma mère et des Omar, le lien entre nous se relâchait. Jour après jour, je sentais le froid aiguisé comme la lame d'un couteau pénétrer mon âme et geler mes illusions.

Et j'ai fini par comprendre que la détermination de Gunnar n'avait pas grand-chose à voir avec le désir de me plaire. J'avais entamé ce voyage sans rien connaître de la nuit polaire ou du froid arctique, et je commençais à en ressentir les effets dévastateurs. L'hiver était installé, et les tempêtes de plus en plus fréquentes m'indiquaient que le pire était à venir.

Où allions-nous ? Fallait-il aller aussi loin pour être seuls ? Cela faisait des semaines que nous ne croisions plus âme qui vive. Aucun être humain ne vivait sous ces latitudes. Au fur et à mesure que nous nous enfoncions dans ce territoire gelé, l'obscurité teintait la neige d'ombre. Chaque nuit, le froid devenait plus vif. Chaque jour, la lumière s'amenuisait, et la joie et l'espoir avec elle. La nuit s'appropriait mon âme, et le mal implacable de cette solitude glacée s'est abattu sur moi. J'ai sombré dans une profonde dépression, mais Gunnar ne s'est pas arrêté. Infatigable, il fouettait les chiens, et le traîneau volait vers le Nord, dans le désert de glace qui nous engloutissait.

En plein mois de novembre, j'ai cru défaillir, au moment où l'inquiétude de Gunnar s'est avérée. Notre poursuivant silencieux a fait une victime. Une chienne, la dernière de l'attelage, a disparu une nuit sans laisser de trace. Son harnais abîmé était couvert de sang. Durant la nuit, les chiens avaient aboyé, et Gunnar, je m'en souviens, s'était agité. À deux occasions, il était sorti de la tente avec son fusil et la lanterne, puis était revenu en marmonnant des paroles incompréhensibles. Le lendemain, il était fou de colère en découvrant la disparition de la chienne.

— L'ourse blanche. La maudite ourse blanche fait encore des siennes.

— Tu l'as déjà vue ?

— Il n'y a aucun doute. Regarde les traces.

Les traces ne m'étaient d'aucun secours.

— Comment peux-tu savoir qu'il s'agit d'une femelle ?

Gunnar a placé la main dans l'empreinte.

— Ça se voit à son poids, à son ventre. Les traces sont plus profondes, ici. C'est *une* ourse. Elle est grosse et elle a faim. Elle doit manger suffisamment pour hiberner et mettre l'ourson au monde.

Je me suis sentie solidaire de l'ourse. Bien qu'elle ait dévoré l'un de nos chiens, elle se trouvait dans la même situation que moi. J'ai fondu en larmes. Depuis des jours, je ne manifestais plus aucune émotion. Peut-être était-ce le chagrin d'avoir perdu la chienne ou cette absurde sensation que l'ourse blanche et moi avions la même charge à porter. Mais je pleurais surtout pour moi et mon enfant.

— Je n'arriverai pas à la mettre au monde, je ne pourrai pas. , ai-je sangloté. Ça se passera mal, je n'aurai pas la force.

— C'est une chose naturelle.

— Non. Pas ici. Ici, il n'y a pas de vie. Tout est mort.

— Néa aussi va avoir des petits, m'a annoncé Gunnar.

Ça alors ! Notre vaillante leader, qui défendait son poste à coups de dents, allait aussi avoir des petits ! Son courage, cependant, ne m'a pas redonné de forces.

— Ne crains rien pour l'ourse, m'a dit Gunnar en chargeant son fusil. Si elle revient, je lui fais son affaire. J'ai toujours voulu avoir sa peau.

J'ai sangloté de plus belle.

— Non, s'il te plaît, ne lui fais pas de mal !

Pour une raison inconnue, Gunnar détestait l'ourse blanche. Et moi, je ne supportais pas l'idée qu'il tue une future mère. Et pour me le confirmer, ma fille bougea à ce moment-là. J'ai pris la main de Gunnar et l'ai posée sur mon ventre. Il a souri.

— L'accouchement te fait peur ?

— Ma mère est sage-femme et je l'ai déjà aidée.

— Alors ?

— Je ne suis pas sûre d'avoir la force.

Il m'a enlacée.

— Bien sûr que si. Et ce voyage ne durera pas toujours. Il nous reste une semaine tout au plus. Je vois bien que tu es épuisée, mais dès que tu pourras te reposer, ça ira mieux.

Pour couronner le tout, je me suis aperçue que je n'avais pas fait le compte des jours et que j'ignorais la date de mon accouchement. Diana devait naître au printemps… sauf que le printemps n'existait pas par ici. L'hiver ferait toujours rage en mars. Ma fille naîtrait au bout du monde. Ce qui, dans un moment de folie, m'avait paru formidable me terrifiait à présent.

Une semaine après l'attaque de l'ourse, les provisions ont commencé à manquer et le thermomètre est descendu jusqu'à moins trente degrés. J'attribuais au froid mes tremblements et mes dents qui claquaient, à la blancheur de la neige mes hallucinations, mais en réalité je brûlais de fièvre. La maladie avait fini par me rattraper.

Nous sommes enfin parvenus dans un endroit que Gunnar a désigné fièrement comme le terme du voyage. Nous avons pris possession de ce qui serait notre maison durant les mois à venir. C'était une petite cabane sans commodités, sans salle de bains, sans eau courante, mais qui m'a paru être un palais. Un palais de glace, étant donné que l'extérieur était complètement gelé, blanc et luisant sous le pâle soleil.

Gunnar m'a fait rapidement entrer. Au-dehors, la tempête se déchaînait et le vent soufflait à cent kilomètres par heure. La température a chuté à moins cinquante. À la chaleur du feu, j'ai repris du poil de la bête et ai regardé autour de moi. Après avoir solidement attaché les chiens, Gunnar avait transporté à l'intérieur de grandes quantités de poisson et de viande congelés qu'il avait sortis d'un puits près de la cabane. C'est ainsi que survivent les Inuits : ils conservent le fruit de leur chasse et de leur pêche à grande profondeur sous la glace durant des années. C'est leur version d'un congélateur et ils le remplissent de viande et de graisse de phoque. Mais ce n'était pas tout. Sur les étagères s'entassaient boîtes de conserve, soupes et purées déshydratées, biscuits, fruits secs et autres aliments qui, sans être mes mets favoris, nous assuraient de survivre pendant les mois à venir.

Cette cabane nous attendait. Elle nous était destinée, et Gunnar la connaissait comme sa poche. En une journée, il l'avait rendue aussi confortable que possible. Les peaux, les ustensiles de cuisine et de toilette, les réchauds, tout fut déchargé et rangé à sa place. Sans hésiter, il savait où poser la boîte d'allumettes, les bottes et la lanterne. Il connaissait chaque clou et chaque recoin, comme le pirate qui revient sur l'île au trésor et sait exactement à combien de pas du cocotier il faut creuser, et à combien de mètres de profondeur se trouve le coffre.

Il était forcément déjà venu ici. Malgré son comportement étrange, je ne lui ai posé aucune question. J'étais trop faible, j'avais probablement attrapé une pneumonie.

Je suis restée inconsciente des jours entiers. Dans mon délire, je criais et j'appelais à l'aide. Je rêvais que Baâlat, transformée en mouette arctique, se jetait sur moi et me crevait les yeux. Gunnar me nourrissait patiemment et m'administrait des antibiotiques.

Des semaines se sont écoulées avant que je sorte de ma léthargie. J'avais l'impression de me trouver au fond d'un puits et de ne pas réussir à en sortir. Je n'en avais ni la force, ni l'envie. Le froid de cet hiver morne et sans soleil m'avait ôté l'envie de vivre. Puis la jeunesse a repris le dessus et la fièvre est tombée. Enfin, une nuit, j'ai repris conscience.

Et le plus surprenant a été d'entendre Gunnar

converser avec quelqu'un. Au prix d'un effort surhumain, j'ai ouvert les yeux.

Le grabat que j'occupais se trouvait dans le coin le plus éloigné de la porte, mais je voyais le banc où se tenait Gunnar. Il était en manches de chemise et ses cheveux avaient poussé. Il me tournait le dos. En face de lui était assis un explorateur polaire avec une barbe emmêlée et complètement gelée. Gunnar buvait un thé chaud, mais son hôte n'avait rien dans les mains. Étrange. Dans l'Arctique, l'hospitalité est primordiale. En outre, l'homme était toujours vêtu de peaux et armé de son fusil, et la glace restait collée à sa barbe et à son bonnet, malgré la chaleur qui régnait dans la cabane. Son aspect était des plus curieux ; il me faisait penser à ces vieilles photos couleur sépia.

Sans faire le moindre geste, je me suis laissé bercer par le murmure de leur conversation. La compagnie est toujours agréable pour les malades. Cependant, lorsque j'ai commencé à comprendre de quoi ils parlaient, j'ai changé d'avis.

— Tu ne peux pas désobéir à l'ordre de ta mère, a dit l'explorateur d'une voix enrouée.

J'étais sidérée. Nous nous trouvions au bout du monde et il connaissait la mère de Gunnar !

— Ma mère est informée de mes conditions.

L'explorateur s'est raclé la gorge.

— Elles ne lui agréent pas. Elle veut s'occuper elle-même de la louve et l'aider lors de la naissance.

Étaient-ils en train de parler de la chienne Néa ?

— Nous sommes loin de tout. Je ne peux pas la lui amener, a objecté Gunnar.

— Tu sais très bien que si. Tu es arrivé jusqu'ici, tu dois terminer le travail.

Gunnar s'agitait.

— Ce ne sera pas facile de lui enlever son enfant. Elle est fière, têtue et courageuse. Il vaut mieux qu'elle ne sache rien jusqu'à la fin. Elle a déjà deviné quelque chose.

Ils voulaient enlever les chiots à Néa et j'en ai eu de la peine pour elle. Puis, soudain, un signal d'alarme a résonné en moi.

— Et elle est très malade, venait d'ajouter Gunnar.

J'ai senti la chaleur de son regard se poser sur moi. Je suis restée parfaitement immobile, essayant de faire le compte des jours où j'avais été malade.

— Elle souffre du mal de la nuit polaire, a diagnostiqué l'explorateur.

— Oui, elle est déprimée. Mais la fièvre est due à une pneumonie.

L'explorateur est revenu à la charge.

— Alors, elle est sans défense.

C'était moi l'objet de leur conversation ! Comment pouvaient-ils savoir que j'étais une louve ? La mère de Gunnar se trouvait près de nous ? Elle voulait m'aider à accoucher ? Ils voulaient m'enlever ma fille ?

Gunnar s'est versé du thé sans en offrir au visiteur.

— Si je la lui amène, son mal empirera et elle perdra l'enfant. Elle en mourra de tristesse.

Gunnar voulait me prendre ma fille pour la donner à sa mère. Pour quelle raison ? Qui était sa mère ? Où était-elle ? Que signifiait tout cela ? Étais-je la proie d'un autre cauchemar ?

Je me suis pincée pour me réveiller, mais je les

entendais encore. L'étrange visiteur s'est levé brusquement, l'index pointé sur moi.

— Elle revient à elle. Il vaut mieux que je disparaisse.

— Elle ne peut pas te voir.

J'ai alors compris que le mystérieux explorateur était un fantôme, mort depuis des années, un fantôme que Gunnar pouvait voir et entendre, qui lui apportait des nouvelles de sa mère, qui était le sbire de sa mère. Mais c'était impossible. Nous nous trouvions au-delà de toute vie civilisée· La mère de Gunnar ne pouvait pas être près de nous.

Je me suis rappelé la dame aux yeux bleus qui m'observait sur le mur. L'ancêtre de Gunnar, une princesse hautaine et belle, la maîtresse de la pauvre Arna. La mère de Gunnar devait lui ressembler. Et mon intuition de sorcière m'a soufflé que la mère de Gunnar était la dame du portrait. Et qu'elle n'était pas humaine.

C'était une Odish immortelle. Et la seule Odish immortelle qui pouvait habiter dans ce désert de glace était celle qu'avaient nommée les juments Omar, celle contre qui l'oracle inuit m'avait mise en garde. La dame de glace !

J'ai hurlé comme une possédée, comme si j'avais perdu l'esprit. J'ai hurlé et pleuré, me contorsionnant en tous sens sur le grabat, m'arrachant les cheveux, en proie à une violente crise de nerfs.

L'horreur de la réalité m'atteignait de plein fouet. Je refusais de croire en la véritable nature de Gunnar. Gunnar, mon Gunnar, était le fils d'une Odish ? Un sorcier immortel qui m'avait utilisée conformément aux ordres de sa mère ? Gunnar voulait m'arracher ma fille, l'élue de la prophétie, et la donner à la dame de glace pour qu'elle la sacrifie ?

J'étais tombée dans un piège mortel, le piège de l'amour. C'était lui mon unique geôlier, et le désert de glace qui m'entourait, les barreaux de la prison dont je ne pourrais jamais fuir.

Gunnar m'a serrée contre lui et m'a giflée.

— Séléné, Séléné, réveille-toi ! Tu as fait un cauchemar, ce n'est rien. Je suis là, avec toi, personne ne te fera de mal. Ce n'est rien.

Ses paroles traîtresses m'ont fait verser des torrents de larmes. Plus il m'étreignait et m'embrassait, plus je ressentais de chagrin pour lui et notre enfant conçue d'un amour maudit. Maudit par Bridget sur le mont Domen.

*
* *

Le camping-car s'arrêta au milieu du champ. Séléné éteignit les phares, et l'obscurité la plus totale les entoura. Puis elle alluma les lumières de leur minuscule logis et se rendit compte qu'Anaïd pleurait en silence.

— Qu'est-ce qui ne va pas ?

Anaïd sanglotait.

— Je suis une Odish ?

— Non, tu n'es pas une Odish ! cria Séléné. Ne redis jamais ça.

Anaïd réprima un sanglot. Elle ne voulait pas contrarier sa mère, mais elle avait de la peine pour Gunnar, sa mère et elle-même.

— Mais… j'ai du sang Odish dans les veines.

Séléné se leva, tendue, et fit quelques exercices d'étirement.

— J'ai mal partout.

— Pourquoi est-ce que tu ne réponds pas à mes questions ?

— J'ai répondu à beaucoup d'entre elles, dans l'ordre, en t'expliquant une histoire compliquée dans laquelle interviennent de nombreuses personnes, le destin, le hasard, la volonté. Je ne peux pas simplifier. La vie n'est pas comme les maths, deux et deux ne font pas quatre.

Anaïd se tut. Séléné continuait ses exercices. Toutes ces heures au volant avaient été épuisantes.

— On va faire un tour ? reprit Séléné.

— Il fait nuit.

— J'en ai besoin.

Séléné était ainsi, impétueuse. Si elle avait envie de sortir en pleine tempête de neige, elle sortait ; comme elle l'avait fait quinze ans plus tôt en allant au pôle Nord. Elle fonctionnait ainsi, sous le coup de l'impulsion. Elle irait faire un tour, qu'Anaïd le veuille ou non. Et Anaïd ne voulait plus rester seule. Elle se sentait vulnérable. Elle avait peur. Ce qu'elle avait découvert sur ses éventuelles origines l'affectait terriblement, et tout se mélangeait : l'attitude étrange de Roc, la crainte d'avoir fait quelque chose de terrible en désobéissant à sa mère, son manque de confiance pour affronter l'avenir et la brume de son passé qui se dissipait de manière tragique.

— Viens là, fit sa mère. Raconte-moi tout.

— Il ne veut pas m'attendre.

— Qui ?

— Roc.

— Tu es amoureuse de Roc ?

— Mais lui ne m'aime pas. Il m'a dit qu'il rêvait de m'embrasser, mais il ne veut pas m'attendre.

— Il y a plein d'autres garçons sur terre.

Et Anaïd décida de dire la vérité à Séléné tandis qu'elles marchaient seules dans l'obscurité.

— Je ne sais pas. Je ne comprends plus rien. Il m'a fait un cadeau cet après-midi. Un petit garçon me l'a apporté.

Séléné pâlit.

— Un cadeau de Roc ?

— Je suis désolée, vraiment désolée, je t'ai désobéi. J'ai accepté le cadeau que me donnait le petit garçon. Il avait l'air inoffensif.

Séléné devint d'une blancheur mortelle.

— Anaïd, personne ne sait où nous sommes. Personne, tu entends ?

Anaïd frissonna.

— Mais on nous suit.

Séléné la prit dans ses bras.

— Toi aussi tu t'en es rendu compte ?

Et soudain, Anaïd étouffa un cri. Une main lui serrait la gorge avec force. Elle ne pouvait plus respirer. Aussitôt, Séléné sortit son atamé et fendit l'air autour d'elle. Puis elles coururent vers le camping-car.

— Ne t'arrête pas, ne regarde pas en arrière.

Une fois à l'intérieur, Séléné formula un puissant sortilège de protection, puis s'empressa de vérifier que le sceptre du pouvoir était toujours en place.

— Montre-moi ce cadeau.

Anaïd lui tendit les pendentifs.

— Ce n'est pas possible ! souffla Séléné en les reconnaissant.

— Quoi ?

— Il ne peut pas être là.

— Qui ?

Séléné regarda par la fenêtre, scrutant la nuit. Elle ne vit rien.

— Je vais te le dire. Écoute bien…

CHAPITRE XIII

L'ourse blanche

Dès que j'ai su que Gunnar était le fils de la dame de glace, mon amour pour lui s'est gelé comme la neige qui nous entourait.

J'ai feint une longue convalescence et, durant les interminables soirées où Gunnar lisait à la lueur de la lampe à pétrole, croyant que je dormais, je l'observais attentivement, avec des yeux nouveaux. Tout en lui était faux. Même son apparente jeunesse était une imposture. Je comprenais soudain toutes les choses qui m'avaient intriguée jusqu'alors : sa vaste expérience, sa sagesse, son cosmopolitisme et son infinie patience. Il avait dû vivre cent vies, mais conservait intactes sa beauté et sa force, l'expérience des siècles l'entourant d'un halo de séducteur mystérieux. Pour lui, certainement, rien n'avait d'importance.

Gunnar parlait des Vikings comme s'il les connaissait. Et pour cause. Lui-même avait été roi, commerçant, berserker et marin, du temps des Vikings. Gunnar était le roi Olafr qui avait séduit la belle scalde, Helga, dont les os s'agitaient dans la tombe, cherchant son bien-aimé. La tombe du roi Olafr était vide, car Olafr n'avait pas succombé ; il était simplement devenu Karl, Franz et Ingar. Ingar, le marin baleinier dont se souvenait Kristian Mo. Ingar n'était pas le grand-père de Gunnar, c'était Gunnar. Et Gunnar était le petit Harald dont s'occupait Arna en Islande quand les premiers colons avaient bâti leurs demeures et emmené avec eux familles et animaux. Cela avait dû se passer de nombreux siècles auparavant.

Depuis lors, Gunnar avait parcouru le monde des centaines de fois, parlé une infinité de langues, lu des milliers de livres, aimé des milliers de femmes. Qu'étais-je, moi, dans ce long parcours ? Que pouvaient signifier une amourette de plus, un enfant de plus, un voyage de plus pour quelqu'un qui avait navigué sur toutes les mers et exploré les recoins les plus reculés de ce monde et de l'esprit humain ?

Je me sentais mal, si mal.

J'avais cru en son amour. J'avais senti la passion et le désir entre ses bras et… tout n'était que mensonge. Il m'avait convaincue que nous ne formions qu'un seul être et… c'était faux. Il avait seulement voulu concevoir l'élue pour la livrer à sa mère. Comme le fantôme de l'explorateur, il obéissait à la dame de glace. Il n'avait jamais été amoureux de moi ni de Meritxell.

C'était un monstre.

Tout était clair, à présent. Ce n'était pas Meritxell qui était tombée amoureuse de Gunnar, mais lui qui l'avait manipulée, et qui en avait fait de même avec moi.

Mon sentiment de culpabilité s'est volatilisé. Je n'avais rien à me reprocher. Je n'étais que la victime de Gunnar. Son double jeu m'échappait : pourquoi nous avoir fait tomber amoureuses toutes les deux, Meritxell et moi ? Mais une chose me paraissait évidente : Gunnar était mon ennemi et voulait me prendre mon enfant. Et j'ai compris aussi que ma fille, la petite louve qui selon l'oracle inuit était l'élue de la prophétie, avait du sang Odish. J'allais donner la vie à une petite Odish. C'était son sang que les sorcières Omar du clan de la jument avaient détecté en moi. En fuyant avec Gunnar, j'avais non seulement sauvé mon enfant, mais j'avais aussi fait en sorte que la prophétie s'accomplisse.

Ma fille… Comment serait-elle ? J'avais été éduquée dans la haine et la crainte des Odish, mais je ne pouvais reporter ce sentiment sur ma fille. Mon amour de mère était ancestral, bien plus ancien et primitif que ces autres émotions. Quoi qu'il arrive, je l'aimerais.

Le temps a passé inexorablement et je n'arrivais pas à recouvrer assez de forces pour lutter contre la peur et la tristesse. La faiblesse de mon corps était un fardeau. Je passais les heures allongée sur mon grabat, à somnoler, à hiberner, à souffrir en silence et à me demander encore et toujours pourquoi Gunnar m'avait fait croire qu'il m'aimait. Le plus douloureux était sa trahison. Je me sentais seule et abandonnée au milieu du néant. Je n'avais jamais ressenti une telle désolation. Je n'avais jamais été aussi malheureuse. Gunnar s'allongeait près de moi et me caressait tendrement. Une partie de moi voulait s'abandonner, l'autre le refusait de toutes ses forces sans pouvoir se manifester. L'angoisse et le désespoir m'étreignaient. Je voulais mourir. Je sentais que je m'éteignais sans la lumière du soleil, et mon âme se consumait de chagrin.

Gunnar, inquiet, en a discuté une nuit avec l'explorateur. Bien entendu, son inquiétude n'était pas motivée par l'amour. Je n'étais pour lui qu'une marchandise.

— La dame s'impatiente, a dit l'explorateur à la voix enrouée.

— Elle attend depuis des milliers d'années. Elle peut bien attendre quelques mois de plus.

L'explorateur m'a regardée.

— Il pourrait y avoir des problèmes.

Gunnar lui a fait signe de se taire et a ouvert la porte de la cabane, l'invitant à sortir avec lui.

J'étais seule ; pour la première fois depuis très longtemps, personne ne me surveillait. J'ai bougé un bras, l'autre, puis les jambes. Je me suis redressée précautionneusement et je me suis levée. La tête me tournait. Je voulais récupérer mon atamé et ma baguette dans mon sac. J'y pensais depuis plusieurs jours. J'ai fouillé le double fond du sac : rien. Impossible. J'ai retourné le sac et l'ai secoué frénétiquement. Ils n'étaient plus là. C'est alors que Gunnar est revenu.

— Séléné ! Tu vas mieux !

Il avait l'air sincère. N'importe qui aurait cru que sa joie de me voir debout était authentique. S'il pouvait mentir avec tant d'aplomb, je le pouvais moi aussi. J'ai porté la main à mon ventre.

— J'ai mal.

Gunnar a posé sa paume sur mon ventre et a attendu quelques instants.

— Tu n'as pas de contractions.

Un mois auparavant, j'aurais pensé que la sagesse de Gunnar était infinie. À présent, je devinais qu'il avait dû poser sa main sur de nombreux autres ventres et qu'il avait peut-être aussi assisté à de nombreux accouchements. Il savait comment réagir et était si serein.

Il a vu mon sac vide sur le sol.

— Tu cherchais quelque chose ?

— Mes cachets pour la tension. Ils étaient dans mon sac. Une hausse subite de tension pourrait provoquer un accouchement prématuré.

Gunnar a froncé les sourcils.

— Tu as des problèmes de tension ?

Il fallait l'effrayer, inventer une histoire.

— J'ai failli mourir une fois. Ma tension est montée jusqu'à vingt-deux. Le médecin m'a dit que quand je serais enceinte, il faudrait surveiller la fin de la grossesse, car je risquais de perdre l'enfant... J'ai mal.

Gunnar a pâli.

— Pourquoi ne m'en as-tu pas parlé avant ?

Touché. J'avais tapé dans le mille. Je devenais une experte dans l'art du mensonge.

— Je ne voulais pas t'inquiéter.

— Où est-ce que tu as pu les mettre ?

— La dernière fois que je les ai vus, c'était au dernier campement avant cette cabane. Cette nuit-là, j'en ai pris un, parce que j'avais les mêmes symptômes qu'aujourd'hui. J'ai dû perdre le flacon.

Le dernier campement se trouvait à plusieurs heures de route. Suffisamment pour gagner du temps.

Gunnar m'a fait asseoir et m'a pris le pouls. Grâce au sortilège que j'avais formulé et à ma nervosité, j'avais réussi à le faire s'emballer. Gunnar, effrayé, a de nouveau posé les mains sur mon ventre. J'ai réussi une magnifique contraction qui l'a fait réagir aussitôt. Il s'est levé, a tiré une clef de sa poche et ouvert un vieux coffre de bois qui faisait office de banc. Il en a sorti une mallette. J'ai baissé la tête, feignant une contraction, et examiné l'intérieur du coffre. Là, parmi d'autres choses, se trouvaient mon atamé et ma baguette. Gunnar me les avait confisqués.

Il a étudié les médicaments que renfermait la mallette. Il n'y en avait aucun pour soigner la tension.

— Tu te sens vraiment mal ?

— Oui.

Il a hésité.

— Tu aurais peur si je te laissais seule ?

Si j'avais été trop directe, il aurait eu des soupçons.

— On ne peut pas faire autrement ? ai-je soupiré.

— Je crains que non. Sauf si tu m'accompagnes. Mais avec les conditions météorologiques actuelles, il faut au moins quatre jours pour l'aller-retour. Tu n'es pas en état.

Je ne l'étais pas, mais même si je l'avais été, je voulais juste rester seule.

Gunnar n'est pas parti tout de suite. Il a attendu deux semaines et nous avons célébré ensemble le solstice d'hiver, avec des bougies, une liqueur et des baisers. Nous étions en décembre, et j'étais enceinte de six mois. Gunnar craignait un accouchement prématuré, mais les tempêtes continuelles l'empêchaient de partir. Il a reculé son départ encore et encore jusqu'à ce que le temps s'améliore, et moi, pendant ce temps, j'ai essayé de manger pour reprendre des forces et profiter des jours où j'allais être seule. Je devais réfléchir à ma fuite.

Mentir n'est pas si difficile. Cela peut même devenir un jeu, un jeu dangereux, mais ni plus ni moins un jeu. Mentir à Gunnar me consolait d'une certaine manière. C'était un remède contre l'angoisse et une petite vengeance contre sa trahison.

Les tempêtes ont fini par se calmer, et la nuit éternelle s'est levée. Gunnar a préparé le traîneau et l'attelage. Il a attaché Narvik au poste de leader et laissé Néa à la porte de la cabane.

— Elle te préviendra s'il y a du danger.

Puis il a sorti un petit revolver du coffre et me l'a tendu. Après l'avoir chargé, il m'a montré comment s'en servir.

— Tu vises et tu appuies sur la détente. C'est très simple.

Je l'ai visé par jeu à la tête.

— Ainsi ?

Gunnar a ri.

— Tu n'as pas l'air très douée.

— Et comme ça ? ai-je dit en posant le canon sur sa tempe.

Il a ri encore.

— À tous les coups, il s'enraye !

J'aurais pu tirer, mais je n'en ai pas eu le courage. À l'extérieur, le thermomètre marquait une température de moins quarante-six degrés, et Gunnar a jugé que le temps était suffisamment clément. Il s'est emmitouflé au point qu'on ne le reconnaissait plus.

— Fais bien attention, lui ai-je dit, feignant d'être triste de son départ. Prends soin de toi.

— Et toi, ne sors pas, surtout. L'ourse est peut-être en train de rôder par ici, a-t-il répondu avec une tendresse feinte.

Nous nous sommes embrassés comme deux amoureux, comme un couple heureux qui attend son premier enfant. J'ai agité la main sur le seuil de la porte, deux secondes tout au plus, puis je suis rentrée dare-dare avant que le vent glacé ne fasse éclater mes yeux.

Gunnar s'est éloigné à l'horizon. Et moi, je me suis crue enfin seule.

Il m'a fallu environ deux heures pour forcer le vieux coffre. J'y suis parvenue avec une épingle à cheveux. J'ai pris mon atamé et ma baguette et je les ai caressés longuement. J'ai invoqué un anneau protecteur pour ma fille et une protection autour de la cabane. Puis j'ai concentré toutes mes forces pour lancer un appel à Déméter, consciente que cela ne donnerait rien. Une grossesse empêche de réaliser ou de recevoir des appels. C'est pourquoi je n'avais pu créer aucune communication depuis des mois. Je pourrais peut-être établir le contact ; il fallait que je trouve un objet à elle. J'ai fouillé dans mes affaires, me rappelant qu'elle m'avait offert son portefeuille en cuir. Et, sans le vouloir, j'ai fait tomber la bague d'émeraude que j'avais dérobée à la ferme de Gunnar. Elle bondissait et roulait sur elle-même comme une toupie. Elle me parlait, voulait me dire quelque chose. Et je l'ai entendue. Je devais me la passer au doigt.

Au moment où je l'ai glissée à l'annulaire, l'esprit qui était venu rendre visite à Gunnar est apparu. Cette fois, il était accompagné par un Inuit jeune et musclé.

Ils croyaient que je ne pouvais ni les voir ni les entendre, et ils ont commencé à bavarder juste sous mon nez.

— Tu as vu ce toupet ? Elle porte la bague d'émeraude de la dame. Elle ne prétend tout de même pas qu'on lui obéisse, a grommelé l'explorateur à la barbe gelée.

L'Inuit, quant à lui, n'a pas hésité une seconde.

— Bien sûr que si. C'est pourquoi nous avons été appelés.

Ébahie, j'ai contemplé la bague et compris qu'en la mettant j'avais fait apparaître les esprits. La dernière fois, en effet, Arna était apparue.

— Elle l'a dérobée à la dame, elle ne lui appartient pas, a objecté l'explorateur qui, outre sa voix enrouée, toussait fortement.

— Nous avons le devoir de la servir. C'est elle qui détient la bague et elle nous commande.

Je n'arrivais pas à y croire. J'avais le pouvoir de convoquer les esprits et de les commander.

— Sûrement pas ! s'est rebiffé l'explorateur en toussant de plus belle.

— Dans ce cas, disparais, a suggéré l'Inuit qui, en plus d'être sympathique, était très beau.

— Tu perds ton temps. Elle ne peut ni nous voir ni nous entendre.

L'Inuit a haussé les épaules et s'est tourné vers moi.

— Ce n'est pas grave. Elle est belle et nous avons l'éternité devant nous.

Il me plaisait. Dommage que l'explorateur mal embouché se soit entêté à tout gâcher.

— Partons, Aruk ! Je t'ordonne de disparaître avec moi. C'est un ordre !

— Désolé, Schädler, mais tu ne commandes pas.

L'explorateur au nom germanique est monté sur ses grands chevaux.

— Comment ça, je ne commande pas ?

— Je crois que c'est évident, maintenant. Et pour être sincère, tu n'aurais jamais dû commander, même de ton vivant.

— J'étais le chef de l'expédition ! Je vous payais et je commandais.

— Payer est une chose, commander en est une autre. Tu payais, mais tu ne commandais pas.

Schädler a manqué s'étrangler de rage.

— C'est moi qui dirigeais l'expédition.

— Tu ne distinguais pas le nord du sud et tu n'étais pas capable de faire la différence entre un ours et un phoque. Les chiens et moi, nous sommes allés là où nous le voulions et nous t'avons fait croire que nous suivions tes ordres. Ainsi tu continuais à nous payer.

— C'est moi qui ai découvert la latitude 81° ; j'y ai planté mon drapeau !

— Parce que je t'y ai emmené.

— C'est moi ou ce n'est pas moi le premier être vivant qui y soit arrivé ?

L'Inuit s'est esclaffé.

— Mon arrière-grand-père y est né.

— Ton arrière-grand-père ne compte pas.

— Ah non ? Ce n'était pas un être humain, peut-être ?

L'Inuit me plaisait de plus en plus.

— Je voulais parler d'un être humain de race blanche, d'un Occidental.

— Très bien, Schädler. Alors, maintenant, tu es l'être défunt de race blanche qui est arrivé le premier à la latitude 81° nord, et tu devras attendre éternellement le bon vouloir de cette jeune femme. Nous lui appartenons.

— Maudit Esquimau ! Tu t'es vengé de moi en me maudissant, mais tu le regretteras, car je continuerai à te donner des ordres à tout jamais.

J'ai décidé de tirer parti de leurs dissensions.

— Si vous permettez…

Les deux esprits en sont restés la bouche ouverte.

— Je vous ai écoutés, et je vois que vous n'êtes pas d'accord sur qui est le chef. Pour moi, c'est très clair : c'est moi qui porte la bague et, par conséquent, c'est moi qui commande.

J'ai repris ma respiration. Je misais gros. Tout se jouait sur ma conviction et mon intuition.

Et j'ai décroché le gros lot. L'Inuit m'a adressé aimablement la parole.

— En effet, belle Occidentale. Nous devons t'obéir. N'est-ce pas, Schädler ?

Schädler a grommelé, et j'ai résolu de me débarrasser de lui. Je n'avais pas le temps d'apprivoiser des esprits racistes.

— Tu sais quoi, Schädler ? Je t'ordonne de disparaître ! À trois, tu seras parti d'ici et tu garderas le silence sur tout ce que tu as vu et entendu. Pas une parole à la dame de glace ou je te condamnerai à ne plus avoir de corps spirituel.

Schädler était horrifié.

— Non, je vous en prie, ne faites pas ça !

— Eh bien, nous avons conclu un pacte. Un, deux, trois. Du balai !

Je suis demeurée seule avec le sympathique Inuit qui avait l'air enchanté de ma décision.

— Oh, comme tu me fais plaisir, belle Occidentale, en éliminant cet imbécile de *Kartoffel* ! Par sa faute et celle de son ego insupportable, tous les membres de notre expédition ont péri, et je n'ai jamais pu connaître mon fils Aruk 25, de la dynastie des Aruk, fiers héritiers de Thulé.

— J'en suis vraiment désolée, Aruk. Mais tu dois m'aider à m'échapper d'ici.

Aruk a eu l'air contrarié.

— C'est impossible. Tu ne peux plus voyager jusqu'au printemps.

J'ai senti la déception me gagner.

— Et toi, tu n'as pas de pouvoir pour me transporter en un autre endroit ?

Aruk a secoué la tête, désolé.

— Je peux me mettre en contact avec d'autres esprits. Je peux lire des aspects de ta vie que tu ignores et converser avec les morts.

— Et parler avec ma mère ?

— Elle est vivante et c'est une Omar. Je ne peux communiquer qu'avec les Odish.

Et moi ? Est-ce que je n'étais pas une Omar ? Alors, j'ai compris. J'étais une Odish tant que je portais ma fille dans mon ventre. Son sang me permettait de voir et d'entendre au-delà des frontières que les Omar mortelles s'étaient imposées.

— Alors, contacte d'autres esprits et demande-leur conseil. J'attends ta réponse rapidement. Il faut faire vite, car Gunnar rentrera bientôt. Ils veulent me prendre ma fille.

Aruk a froncé les sourcils.

— Je peux aussi être ton esprit protecteur, t'accompagner partout et veiller à ta sécurité.

Je dois dire que l'idée d'avoir mon propre esprit protecteur m'enchantait.

— Qu'il en soit ainsi, gentil Aruk. Je veux que tu me protèges.

— Pour cela, tu devras porter l'anneau et en frotter la pierre chaque fois que tu seras en danger.

J'étais soulagée. Quelqu'un veillerait sur moi et accourrait à la rescousse en cas de problème.

— Alors, disparais et informe-toi de mes possibilités de fuite.

Je suis restée de nouveau seule et j'ai senti mon enfant se retourner, inquiète. J'ai décidé que dorénavant je l'appellerais par son nom, Diana, et que je bavarderais avec elle pour tromper ma solitude et ma peur.

Cette nuit-là, j'ai entendu la fidèle Néa aboyer. Elle m'avertissait que la cabane était surveillée et m'exhortait à la prudence. Je l'ai comprise aussi parfaitement que si elle avait parlé. Je suis sortie de la cabane et lui ai lancé un morceau de poisson. Elle a levé sa truffe couverte de neige et m'a léché la main. J'ai voulu lui demander la cause de son inquiétude. À ma grande surprise, un aboiement clair et précis a surgi de ma gorge.

— De quel danger s'agit-il ?

Néa a dressé les oreilles et m'a regardée, étonnée.

— L'ourse blanche rôde autour de la cabane.

Bien qu'Aruk ait promis de me protéger, je n'en menais pas large. Et Néa, la fidèle et brave Néa, pesait bien peu devant un ours polaire affamé. J'ai dormi avec la baguette sous l'oreiller, me réveillant à intervalles de plus en plus courts. Finalement, j'ai abandonné tout espoir de dormir avec les aboiements nerveux et insistants de Néa.

— Ne t'approche pas, ne t'approche pas ou j'attaque, aboyait-elle follement.

Je me suis levée d'un bond, la baguette à la main. J'ai allumé la lampe à pétrole. Je me suis couverte, prête à sortir pour protéger Néa. Puis je me suis souvenue du pistolet que Gunnar m'avait laissé. Mais il était impossible de tirer avec les moufles.

Les aboiements de Néa étaient de plus en plus pressants. Elle appelait à l'aide.

J'ai poussé la porte en grand et suis restée paralysée par le froid et par la terrifiante vision qui s'offrait à moi. Une immense ourse polaire, une femelle au ventre énorme et aux crocs effilés, se dressait sur ses pattes arrière pour attaquer Néa. Crier ne servirait à rien. Me jeter sur elle aurait été absurde. Et tirer avec les moufles était impossible. Alors, j'ai utilisé ma baguette pour la paralyser à l'aide d'un sortilège simple qui a figé son mouvement. Mon corps entier était douloureux. J'ai sorti mon atamé et ai tranché péniblement le harnais qui attachait Néa. Puis je l'ai fait entrer dans la cabane avec moi.

Tel un petit chien de salon, elle m'a léché la main avec dévotion. Elle savait que je lui sauvais la vie. Sa reconnaissance était sans bornes et j'ai dû la contraindre à s'asseoir d'un aboiement péremptoire. Puis j'ai fermé la porte et l'ai bloquée avec le coffre. L'ourse était si grande qu'elle pourrait la faire sauter d'un coup de patte si elle le voulait. Mais à l'intérieur, je pourrais prendre le pistolet et tirer.

J'ai ôté mes moufles avec les dents et j'ai pris l'arme. Le sortilège ne durerait pas très longtemps. J'avais les mains si engourdies que mes doigts ne me répondaient plus. Tandis que des larmes roulaient sur mes joues, j'ai senti la cabane tout entière trembler comme si elle se trouvait à l'épicentre d'un séisme. Elle vacillait sous l'impact de l'ourse et semblait aussi fragile qu'une hutte en carton. J'étais terrorisée. Néa aboyait avec courage pour faire fuir l'énorme bête.

L'ourse s'est jetée une nouvelle fois contre la porte. À en juger par les craquements du bois, celle-ci ne tiendrait pas très longtemps. Mieux valait l'ouvrir et affronter l'ourse de l'intérieur.

Mais avant de le faire, je me suis rappelé le conseil d'Aruk. J'ai frotté mon anneau, puis j'ai ouvert la porte. L'ourse en a été si surprise qu'elle s'est immobilisée. Aruk est apparu au même moment. Profitant de mon avantage, j'ai levé le pistolet et visé la gigantesque ourse entre les deux yeux.

Aruk et les yeux de l'ourse m'ont empêchée de tirer. Et Néa s'est interposée entre nous.

— Non, ne tire pas ! a crié Aruk.

— Recule, recule, ne la touche pas ! a aboyé Néa à l'intention de l'ourse, lui montrant férocement les crocs, disposée à se laisser tailler en pièces pour me sauver.

Aruk a ajouté des paroles surprenantes :

— Ne tire pas, c'est ton amie. Elle veut te protéger.

Mes doigts étaient paralysés. J'ai lu dans les yeux de l'ourse qu'Aruk disait vrai. Pour Néa, en revanche, l'ourse était dangereuse, et elle a profité du désarroi général pour se lancer sur elle et la mordre.

L'ourse a grogné de douleur et, d'un coup de patte, a projeté la chienne au loin.

— Je ne veux pas te faire de mal, a grondé l'ourse.

La chienne, rendue furieuse par sa blessure et le sang, s'apprêtait à attaquer de nouveau.

— Néa, couchée, couchée ! ai-je ordonné.

Et, témérairement, j'ai couru vers l'ourse pour la sauver des dents de Néa. Si j'avais pris le temps de réfléchir, je ne l'aurais pas fait, mais comme toujours, mon impulsion m'a sauvée. L'ourse ne m'a pas broyé les os dans une étreinte mortelle ; au contraire, elle m'a réchauffée au contact de sa peau et m'a regardée avec intelligence.

— Je te protégerai, a-t-elle grondé.

— Déméter a demandé de l'aide au clan de l'ourse et elles ont envoyé leur grande mère ourse pour te protéger, m'a expliqué Aruk.

Ma mère n'avait pas renoncé. Elle n'avait pas oublié sa fille. La joie m'a submergée.

— Elle est ton seul espoir de fuir. Elle peut te guider, te nourrir et te protéger.

— Alors, je pars avec elle, ai-je dit, en remettant mes moufles.

Heureusement, Aruk était là.

— Tu es folle ? Tu mourrais immédiatement. Tu dois attendre la fin de l'hiver. Tu partiras au printemps.

— Ce sera trop tard. Ma fille sera née.

— Tu devras attendre que ta fille soit née.

— Ce sera trop tard, ai-je répété, Gunnar s'est engagé à livrer Diana à la dame de glace. Tu la connais. Elle doit être cruelle et capricieuse.

Aruk s'est gratté la tête.

— Tu convaincras Gunnar que tu te trouves mal, très mal, et que, sans ton lait, la petite mourrait. Gunnar attendra et fera attendre sa mère.

— Et ensuite ?

— Dès que débutera le dégel et que l'enfant et toi aurez assez de forces pour le voyage de retour, l'ourse attaquera Gunnar et te conduira à Sarmik, la matriarche du clan de l'ourse. Une fois là-bas, tu ne seras pas complètement en sécurité, mais plus protégée.

Aruk m'avait sauvée. Il s'en était fallu de peu que je tue l'ourse et commette une grande erreur. Je lui en étais infiniment reconnaissante.

— Comment est-ce que l'ourse pourra savoir que c'est le moment ?

— Tu frotteras l'anneau. Je te l'enverrai.

Je me suis souvenue d'un autre péril que j'avais presque oublié ces dernières semaines.

— Et Baâlat ? Pourquoi la dame noire ne me poursuit-elle plus ?

Aruk a ri.

— Tu es sous la protection de la dame de glace. Tu es dans ses terres et elle ne lui permet pas de s'approcher. Naturellement, dès que tu t'en éloigneras, elle reviendra.

Ainsi j'étais prise au piège entre deux Odish qui voulaient me voler ma fille.

J'ai apaisé les grondements de Néa en la caressant affectueusement. Elle n'acceptait pas que je sympathise avec sa vieille ennemie. Pourtant, elle n'avait pas le choix. Je l'ai invitée à la renifler pour qu'elle n'aboie plus en sa présence. Puis j'ai passé la main dans la douce fourrure blanche de l'ourse qui, en plus d'être très isolante, lui permettait aussi d'absorber la moindre chaleur des rayons solaires.

— Je vais t'appeler Camilla, comme l'amour impossible de Kristian Mo.

L'ourse a accepté le nom. Elle était sur le point de creuser sa tanière, le refuge où elle mettrait son enfant au monde. Ce serait deux mois avant mon accouchement. Et pendant tout ce temps, elle jeûnerait et allaiterait son petit. Je lui ai dit au revoir et, tandis qu'elle s'éloignait, je lui ai souhaité bonne chance. Pourtant, ce serait infiniment plus facile pour elle que pour moi. Malgré ses quatre cents kilos, elle mettrait au monde un ourson d'à peine une livre. La prochaine fois que nous nous verrions, nous serions toutes deux accompagnées par notre enfant, mais l'ourse avait dix fois plus de chances que moi de survivre en le mettant au monde.

Lorsqu'elle a disparu à l'horizon, je me suis tournée vers Aruk.

— Ne te manifeste pas quand Gunnar sera de retour.

— Non, ne t'inquiète pas.

— Est-ce que Schädler parlera de moi à Gunnar ou à sa mère ?

— Non. Il sait le pouvoir que tu as sur lui et que tu peux détruire son apparence.

J'ai respiré un peu mieux. Tout était sous contrôle. Enfin, c'est ce que je croyais.

Gunnar est rentré plus tôt que prévu, changeant la donne.

Au réveil, j'avais une migraine terrible et je ne me souvenais de rien. À quel moment m'étais-je endormie ? J'ai ouvert les yeux, et Gunnar était là, près de moi, avec une tasse fumante dans les mains, ses yeux bleus intenses rivés sur moi, s'immisçant dans les moindres recoins de ma conscience. Des yeux identiques à ceux de la dame du portrait. Il n'a pas réussi, cependant, à pénétrer tous mes secrets, car j'avais formulé un sortilège qui l'en empêchait ; mais ce n'était pas nécessaire. Sans lui poser aucune question, j'ai deviné qu'il connaissait mon plan.

— Bois, m'a-t-il dit.

— Non, merci.

— Bois. Ça soulagera la douleur. Je n'ai pas eu d'autre choix que d'annuler ta volonté à distance.

J'étais abasourdie. Gunnar m'avouait avoir agi magiquement et formulé un sortilège pour m'arrêter. Je devais contrôler mon caractère impulsif et ne pas dévoiler mes cartes trop vite. Jusqu'à quel point m'avait-il percée à jour ?

— Tu es très naïve si tu as cru que Schädler ne me dirait rien.

J'ai serré les mâchoires. J'avais peur, mais j'étais incapable de pleurer, car mon cœur était aussi plein de rage. C'est elle qui m'a sortie de ma léthargie et m'a donné la force de l'affronter.

Je me suis assise sur le grabat, passant ma main sous l'oreiller. Ma baguette et mon atamé avaient disparu.

— Inutile de les chercher.

— Tu les as encore cachés ?

— Je les ai détruits. Cela vaut mieux pour tout le monde. Ainsi, pas de malentendu et pas besoin de te surveiller tout le temps.

La dureté de sa voix m'a fait l'effet d'une gifle.

— Alors, je suis ta prisonnière ?

— Non, pas du tout.

Son cynisme m'a blessée encore plus.

— Je peux sortir et entrer à ma guise ? Je peux retourner auprès de ma mère, peut-être ?

— Tu ne peux pas parce que tu es dans l'Arctique à cinquante degrés en dessous de zéro, non parce que je t'en empêche.

Il s'est levé et a entrebâillé la porte de quelques centimètres.

— Vas-y, sors. Tu peux t'en aller, si tu veux.

Il a refermé la porte et indiqué la serrure.

— Elle est toujours ouverte. Je ne te retiens pas contre ta volonté.

Je ne savais que faire. Ce traitement ambigu était bien pire que des chaînes.

— Et que comptes-tu faire quand ma fille sera née ?

— Notre fille.

Je me suis figée. La rectification n'était pas fortuite. Allait-il revendiquer ses droits de père ?

— D'accord, notre fille.

— Nous la montrerons à ma mère.

— Pour quelle raison ?

— Elle veut la connaître.

— Pourquoi ?

Gunnar a soupiré.

— Tu le sais bien, Séléné. L'oracle aveugle te l'a

prédit. Il est fort probable que notre fille soit l'élue à la chevelure de feu, celle dont parlent les prophéties.

Je n'ai pas pu me contenir.

— Et que lui fera-t-elle ?

— Elle ne lui fera pas de mal.

Comment pouvait-il me dire ça ? Les Odish se nourrissent du sang des bébés Omar. Comment pourrais-je laisser une Odish toucher ma fille ?

— Combien de filles Omar élues de la prophétie as-tu amenées à ta mère ? Comment sais-tu ce qu'elle fera d'elle ? Et si elle la tue ?

Gunnar a nié farouchement.

— La petite est de sa propre chair.

— Ta mère est une sorcière !

— Comme toi.

Gunnar avait l'audace de mettre dans le même sac Omar et Odish !

— Et toi, tu n'es qu'un sorcier immortel !

Gunnar m'a contemplée de ses yeux d'acier qui avaient l'air si sincères.

— Est-ce que tu m'as vu une seule fois utiliser la magie ?

En effet, je ne l'avais jamais vu en faire usage. Mais cela ne voulait pas dire grand-chose.

— Vous êtes des Odish !

— Et notre fille aussi aura du sang Odish.

Submergée par la fureur, je me suis jetée sur lui.

— Tu m'as utilisée, tu t'es servi de moi…

Gunnar m'a enserré les poignets.

— Ne redis jamais ça ! Tu m'entends ? Jamais ! C'est toi qui as changé mon destin !

Il semblait souffrir. J'ai baissé la tête, feignant le repentir. Je n'allais pas me laisser embobiner par ses paroles et ses caresses. Je devais récupérer ma baguette et mon atamé. En attendant, j'allais jouer le même jeu que lui.

— Pourquoi tu ne m'as rien dit ? Pourquoi ? ai-je sangloté.

Gunnar m'a caressé les cheveux et m'a consolée comme il l'avait fait auparavant. Il semblait tendre, amoureux, et même sa voix tremblait en lâchant ses mensonges.

— Je ne pouvais pas, Séléné. Je ne savais pas que tu allais surgir comme ça. Je croyais que tu n'avais rien à voir avec la prophétie, que tu n'étais qu'un accident de parcours. Mais tu es devenue tellement plus.

— Alors, tu m'aimes ? ai-je demandé d'une voix tremblante.

Il ne soupçonnait rien.

— Je t'aime à la folie.

Et il m'a embrassée longuement, avec tant de passion mensongère que je lui ai rendu son baiser. J'ai feint d'essuyer une larme et j'ai vu que la bague d'émeraude avait disparu. Il me l'avait aussi confisquée. L'avait-il détruite ou simplement cachée ? J'avais trois mois, avant la naissance de Diana, pour mener l'enquête. La rage m'aiderait à survivre, et ma ruse de louve à montrer toute l'apparence de l'amour à mon geôlier. Il croirait que je l'aimais et que je lui faisais confiance. Et quand il se rendrait compte de son erreur, il serait trop tard.

CHAPITRE XIV

La fuite

J'ai mis à profit le temps qui me restait avant la naissance de Diana pour dessiner. J'ai appris à tenir un crayon, maladroitement d'abord, puis avec plus de souplesse. Cela m'a permis d'extérioriser mes rêves et ma soif de liberté. Dessiner des mondes impossibles et fantastiques allégeait ma réclusion. Je devais m'échapper de ces quatre murs, et je l'ai fait en donnant vie à des paysages grandioses peuplés de volcans, d'elfes et de glaciers ; à des baleiniers rouges de sang, détruits par le coup de queue d'une minke en furie ; à des traîneaux conduits par des ourses blanches volant vers la lune ; à des juments crinière au vent, hennissant à la pâle lueur du soleil de minuit…

Et peu à peu, les images se sont précisées, donnant lieu à l'histoire de Luna, une lycéenne aux pouvoirs magiques qui s'entichait d'un chevreuil et le suivait jusqu'au bout du monde. Grâce à Luna, qui dormait avec son ours en peluche, j'ai exploré d'autres mondes et vécu d'autres vies, jusqu'à ce que ses aventures se transforment en BD.

J'ai dédié mon premier album à Meritxell et je l'ai gardé dans mon sac. Si un jour je retournais à la civilisation, j'en ferais ma profession. J'essayerais de subvenir à mes besoins en dessinant et en créant des personnages qui, comme Luna, s'inspiraient de ma propre vie et représentaient l'évasion.

La gentillesse de Gunnar m'ennuyait au plus haut point. Quand mon ventre est devenu si énorme que je ne pouvais plus toucher mes pieds, il m'a enfilé mes chaussettes et a noué mes lacets. J'ai dû le remercier et lui sourire, et aussi quand il me réprimandait si je ne finissais pas ma soupe. Il tentait de créer l'illusion que nous étions un couple heureux, et moi, je le haïssais de toute mon âme.

Je redoutais l'accouchement. La naissance de Diana marquerait le début d'une nouvelle ère.

Je n'aurais jamais cru qu'une grossesse pouvait être aussi longue, que je compterais les heures, les minutes, les secondes. J'avais repris des forces en pratiquant la gymnastique que Déméter apprenait à ses patientes. J'avais répété mille et une fois les mouvements et la respiration nécessaires. Je me sentais enfin suffisamment forte, mais j'étais loin d'être sereine. À mesure que la délivrance approchait, je pensais de plus en plus souvent à Déméter. J'aurais aimé l'avoir auprès de moi, sentir sa main experte palper mon ventre, suivre ses conseils quant à mon alimentation.

À la fin du mois de mars, j'ai senti que le moment était proche. Dehors, le monde renaissait sous la neige. Le silence et l'obscurité avaient été lentement remplacés par la rumeur sourde et lointaine de la glace qui se fend et par la lumière du soleil qui réchauffait timidement les vastes plaines inhabitées. Un jour que je contemplais l'un des premiers vols d'une bande de mouettes arctiques, la silhouette de mon ourse s'est découpée sur l'horizon. Elle surveillait la cabane et veillait sur moi. Sa présence rassurante et les premiers signes de vie m'ont emplie d'espoir. Mais l'espoir a fait long feu.

Une nuit, les chiens, habituellement tranquilles, sauf à l'heure du repas quand ils se disputaient sauvagement leur ration, se sont déchaînés, nous tirant du sommeil. Je distinguais les aboiements de Néa par-dessus les autres, mais Gunnar l'ignorait, bien sûr. Il a pris son fusil, enfilé bottes et manteau.

— Où vas-tu ?

— En terminer avec cette ourse.

J'ai frissonné.

— Qu'est-ce qui te fait croire que c'est elle ?

— Elle est sortie pour chasser. Elle allaite, elle a faim et c'est plus facile de chasser mes chiens que les phoques dans leurs trous.

Oh non ! Si Gunnar la tuait, je ne pourrais jamais retourner vers le clan et nous mettre à l'abri, ma fille et moi.

— Mais tu l'as vue ?

Sa réponse m'a glacé le cœur.

— Je l'ai vue il y a une semaine. Elle rôdait dans la montagne, elle ne doit pas être loin. J'emmène Glok pour suivre sa trace.

Glok était le plus sauvage des chiens, mais il avait aussi le meilleur odorat de tout l'attelage.

— Tu pourrais être blessé. Elle est dangereuse, elle a un petit.

— Ne t'en fais pas. J'ai le fusil et j'ai tué des ours plus grands.

— Et si le bébé arrive ?

Gunnar a réfléchi quelques instants.

— Si tu as les douleurs, lâche Lucy qui est en chaleur. Glok la sentira et me préviendra.

Si seulement j'avais eu la bague ! J'en avais désespérément besoin. Durant des semaines, je l'avais cherchée dans les vêtements de Gunnar, dans la trousse à pharmacie, dans les coffres, dans tous les endroits qui auraient pu servir de cache. En vain. Sans l'émeraude, je ne pouvais appeler Aruk.

Lorsque Gunnar a disparu avec Glok, les aboiements, au lieu de cesser, ont redoublé. J'ai pris la lanterne et je suis sortie. Un spectacle horrible se déroulait sous mes yeux. Néa luttait désespérément pour protéger les chiots qu'elle venait de mettre au monde, et que Narvik, aidé par deux autres jeunes mâles, lui arrachait pour les dévorer. Il ne lui en restait que deux, dont l'un était gravement blessé. J'ai couru pour éloigner la meute de ce festin cannibale. Comment pouvaient-ils détruire leur propre espèce ? Comment pouvaient-ils dévorer ces chiots sans défense ? Selon Gunnar, Narvik en était le père. Et l'instinct ? J'ai dû les menacer avec un bâton. Après avoir frappé Narvik qui menait les autres, j'ai ramassé les chiots encore en vie et j'ai détaché Néa, tranchant la courroie d'un coup d'ulu, le poignard courbe que m'avait offert la phoque aveugle, la seule arme que j'avais trouvée.

Néa gémissait mais continuait à montrer férocement les crocs pour protéger ma retraite. Je me suis enfermée dans la cabane et j'ai vu aussitôt que l'un des chiots était mort. En revanche, l'autre ne souffrait que d'une égratignure à la patte. J'ai nettoyé du mieux possible les blessures de Néa et ai séché soigneusement le chiot, une petite boule de chair rosée avec les yeux fermés et une bouche avide. Puis je l'ai déposé contre le ventre de sa mère allongée près du feu, épuisée par le combat Aussitôt, le petit survivant a trouvé la mamelle et s'est mis à téter goulument. Il se remettrait vite. Je l'ai baptisé Victor, en l'honneur de sa victoire contre la mort. Je les ai laissés tranquilles et me suis assise pour me masser le ventre. J'ai eu une contraction et j'ai eu peur. L'image de Narvik, avec la truffe ensanglantée, en train de dévorer les chiots, ne cessait de me hanter. Mon instinct de sorcière m'avertissait que c'était un signe. Si je n'agissais pas rapidement, il m'arriverait malheur.

Néa m'a léché la main avec dévotion. Son petit, rassasié, dormait sur une couverture. La chienne, après avoir tristement reniflé le corps de l'autre petit, s'est couchée à mes pieds, reconnaissante. Je l'ai caressée. Je n'avais pas compté le nombre de chiots qu'elle avait eus, cinq ou six, peut-être. Elle avait de la chance, car la déception et la tristesse sont le propre de l'homme. Néa ne rêverait pas de ses chiots, ni ne s'en souviendrait.

— Allez, ma belle, c'est fini.

Je lui ai donné à manger pour qu'elle reprenne des forces et puisse concentrer son affection sur l'unique chiot grassouillet qui lui restait. Son petit, comme le petit de l'ours, comme ma Diana.

J'avais appris une leçon. Gunnar voulait dévorer ma fille et je devais fuir immédiatement. C'était insensé, mais je n'avais pas d'autre choix : je partirais avec l'ourse avant la naissance de ma fille. Si Gunnar la tuait, ni moi ni Diana ne sortirions jamais du territoire de glace. Néa pouvait la trouver. C'était la seule qui connaissait son odeur, la seule en qui l'ourse aurait confiance. C'était une tâche délicate, mais Néa m'était toute dévouée. Le temps avait changé. Les tempêtes de neige étaient moins fréquentes, la température montait et, bien approvisionnée, je pourrais survivre.

Une fois ma décision prise, je me suis sentie plus forte. J'ai murmuré à Néa :

— Ramène l'ourse. Fais attention à Glok et à Gunnar. Je prendrai soin de ton petit.

Néa l'a allaité de nouveau, et quand il a été si repu que le lait lui sortait presque par les oreilles, elle a quitté la cabane à la recherche de mon unique espoir. Je l'ai regardée s'éloigner, confiante en son instinct et en sa fidélité.

J'ai eu une autre contraction, cette fois plus douloureuse. J'ai essayé de respirer calmement, puis j'ai entrepris de préparer un bagage qui contienne tout le nécessaire pour mon bébé et moi-même. J'avais les nerfs à fleur de peau. Après une longue attente, une surveillance de tous les instants, un enfermement oppressant, j'entrevoyais enfin la liberté.

Je me suis couverte chaudement et j'ai lâché Narvik, l'assassin. Je ne voulais pas de lui à mon traîneau et je l'ai fouetté pour qu'il s'en aille. Puis, avec patience, je me suis occupée du traîneau et de l'attelage. Ce n'était pas facile. Les chiens tentaient de me mordre, mais je les ai surpris par mes aboiements, et ils ont fini par m'obéir. J'ai chargé des provisions sur le traîneau, ainsi que des vêtements et des médicaments, réservant la place de leader pour Néa.

Puis je me suis enfermée dans la cabane avec le chiot et j'ai attendu patiemment son retour. J'étais sûre qu'elle reviendrait.

Une heure a passé, puis deux, puis trois. J'ai sombré dans le sommeil et j'ai été réveillée par les aboiements des chiens. Quelqu'un s'approchait. J'ai tendu l'oreille. Je n'entendais pas Néa, ni le grognement de l'ourse. L'angoisse me serrait le cœur. J'ai eu une contraction. Et tandis que je m'efforçais de respirer calmement, les mains sur mon énorme ventre, la porte s'est ouverte violemment.

C'était Gunnar.

Il avait l'air furieux. Il tenait le fusil fumant à la main. J'étais terrifiée. Avait-il tué l'ourse ? Il a fait un pas en avant, levant un doigt accusateur dans ma direction.

— Où crois-tu donc aller ?

J'étais fascinée par son index, celui qu'il pointait sur moi, et auquel était glissée la bague d'émeraude. Il se l'était passée au doigt, et pourtant, aucun esprit n'était apparu pour le servir. Ce qui signifiait que son pouvoir était limité, qu'il ne pouvait convoquer Aruk comme je le faisais ou comme le faisait sa mère.

J'ai repris courage en dépit de ma situation désespérée.

— Je partais à ta recherche, Gunnar. Le bébé arrive, j'ai besoin d'aide.

Il a hésité.

— Et Lucy, pourquoi tu ne l'as pas lâchée ?

— J'ai lâché Narvik. Lucy ne voulait pas quitter le campement. Elle avait peur.

— Qu'est-ce qui s'est passé ?

— Narvik a dévoré les chiots de Néa. C'est le dernier survivant, ai-je ajouté en désignant la petite bête.

Gunnar a remarqué le chiot qui commençait à s'agiter. Sa mère était partie plus de trois heures auparavant, et il avait faim.

— Et Néa ?

— Elle était blessée, elle s'est enfuie.

— En laissant le chiot ici ?

J'aurais dû lui dire qu'elle était morte, au lieu de quoi j'ai acquiescé. Il ne m'a pas crue. Quelle idiote ! Nous savions tous les deux que Néa n'abandonnerait jamais son petit.

— Ce n'est pas vrai ! Où allais-tu ? a-t-il crié en m'agrippant le bras.

Gunnar était grand, avec des muscles d'acier. Il aurait pu me tordre les bras et me briser les os d'un simple geste.

— Te chercher, ai-je répliqué sans grande conviction.

— Tu mens ! a-t-il grondé, fou de rage.

— Tu me fais mal.

— Toi aussi, tu me fais mal, Séléné, très mal.

La dureté de sa voix m'a effrayée.

— Laisse-moi, s'il te plaît.

La peur s'insinuait dans tous les pores de ma peau. Mais Gunnar a secoué la tête avec affliction.

— Je ne peux pas, Séléné. C'est trop tard. Si tu t'enfuies, tu vas tout gâcher.

— Tu me retiens prisonnière ! ai-je explosé.

Et comme toujours, je l'ai regretté instantanément.

— Imbécile ! Tu n'es pas ma prisonnière. Tant que tu restes avec moi, tu es à l'abri, je suis ton unique espoir, Séléné. Tu ne comprends donc pas ?

Je voulais pleurer, mais la peur m'en empêchait. J'étais pétrifiée.

— Laisse-moi partir.

Gunnar m'a tordu un peu plus le bras.

— Je t'ai bien traitée, Séléné. J'ai pris soin de toi. Je t'ai protégée. Et c'est comme ça que tu me remercies ?

Il y avait un accent plaintif dans sa voix.

— Je t'aime, Séléné, bien plus que ce que tu crois.

— Moi aussi, je t'aime, Gunnar, ai-je dit pour le calmer.

Mais il ne me lâchait pas.

— Ce n'est pas vrai. Tu mens. Tu ne sais pas ce que ça veut dire. Tu n'en as aucune idée. Tu es égoïste, impulsive et capricieuse. Tu ne penses qu'à toi.

— Je suis désolée.

— Moi aussi, parce que, maintenant, je n'ai plus le temps de te faire comprendre.

La peur me tenaillait. Si seulement je pouvais lui arracher la bague. Tout était si simple et si compliqué à la fois. L'anneau était là, à ma portée, Néa était dehors en train de chercher l'ourse, et Gunnar me menaçait. J'avais besoin de cet anneau. J'ai tendu la main pour attraper la sienne, celle qui enserrait mon poignet. J'ai frotté l'anneau avec force… et Gunnar m'a lâchée, car en cet instant précis, la porte s'est ouverte violemment.

L'énorme ourse s'est dressée sur ses pattes arrière, démontrant sa puissance, puis, sans crier gare, elle s'est jetée sur un Gunnar abasourdi.

Je me suis interposée avant qu'elle ne le tue. Gunnar gisait, inconscient, les bras et les côtes fracturés. Mais je ne pouvais m'apitoyer sur son sort, je ne pouvais rien faire d'autre pour lui. Je lui avais sauvé la vie.

Je lui ai ôté la bague et l'ai glissée à mon index, puis j'ai attaché Néa au traîneau, enveloppé le chiot dans une couverture et j'ai fouetté l'attelage pour qu'il se mette en marche derrière l'ourse blanche. Aruk, le fidèle Inuit, voyageait près de moi.

— Tu me protégeras, Aruk ?

— Je t'admire, tu es très courageuse.

— Le courage me sera inutile si la dame de glace me poursuit. Je n'ai ni ma baguette ni mon atamé, et la naissance m'affaiblira.

Aruk a souri.

— Je suis là, moi.

— Que vais-je faire ?

Aruk a tourné la tête, regardant les traces laissées par le traîneau.

— Tu as besoin d'invisibilité pour avoir ta fille et la protéger. Je vais y veiller.

Et, derrière nous, une brume épaisse a effacé nos traces. Le traîneau, les chiens et moi avons pénétré dans un territoire magique et avons cheminé des jours et des nuits derrière l'infatigable ourse. Nous nous arrêtions pour manger et reprendre des forces et j'en ai presque oublié ma grossesse.

Mais Diana s'est chargée de me la rappeler.

*
* *

Séléné s'arrêta et porta la main à sa poitrine sans quitter Anaïd des yeux. L'inquiétude la tenaillait de plus en plus. Un pressentiment l'avertissait du danger. Il était là, tout près.

— Il faut faire quelque chose. Tu le sens, n'est-ce pas ?

Anaïd pouvait à peine parler. Elle aussi ressentait cette menace qui planait au-dessus d'elles.

Séléné ouvrit son sac et en sortit une petite boîte qu'elle tendit à Anaïd.

— Je voulais te l'offrir à la fin de mon histoire, mais il vaut mieux que tu la prennes maintenant.

Anaïd en sortit la bague d'émeraude.

— La bague magique ! s'exclama-t-elle, ébahie.

Séléné soupira et fit confiance à son intuition.

— Appelle les esprits. Eux seuls peuvent nous aider.

— Pourquoi moi ?

— Elle est à toi. C'est ta bague. Tu es l'unique personne qui puisse l'utiliser.

— Et toi ?

— Plus maintenant. Je t'expliquerai.

— Et que veux-tu que je fasse ?

— Dès que tu l'auras mise, un esprit protecteur apparaîtra, disposé à te servir. Il croira peut-être que tu es une Odish. Laisse-le croire ce qu'il veut. Parle avec arrogance et ordonne-lui de nous protéger.

— De nous protéger de qui ?

— Mets-la tout de suite.

Anaïd ne posa plus de questions et obéit à sa mère.

En effet, à peine l'avait-elle glissée à son doigt qu'apparut devant elle un fier guerrier almoravide aux nobles traits berbères. Séléné ne le voyait pas. Anaïd s'exclama :

— Bienvenue. Tu as répondu rapidement.

Il s'étonna de se trouver en ce lieu.

— Mes respects, madame. Dans quel siècle sommes-nous ?

— Le XXIe.

— J'ai été convoqué après un millénaire d'inactivité guerrière ?

— J'ai besoin de toi.

— À votre service, madame. Je brûle de désir de conquérir un royaume dans ces terres fertiles du Levant.

Son impétuosité laissa Anaïd comme deux ronds de flan. Mais comme le lui avait conseillé Séléné, elle décida de l'impressionner.

— Je suis Anaïd, ta reine. Quel est ton nom ?

Le guerrier chevronné l'examina avec désinvolture.

— Youssef Ben Tachfine, chef victorieux des batailles de Sagrajas et Zallaqa, de la tribu guerrière Sanhaja qui peuple les territoires du Sahara, émir d'Al-Andalus et vainqueur d'Aledo.

Anaïd se vit contrainte de le rappeler au présent.

— Il s'est passé beaucoup de choses depuis la conquête d'Al-Andalus.

— Je le suppose.

— Je suis en danger. J'ai de la chance qu'un guerrier tel que toi réponde à mon appel.

Ben Tachfine bomba le torse.

— Dois-je supposer que vous me voulez aussi comme stratège et chef de troupe ?

Anaïd soupira. Elle n'avait pas envisagé cette possibilité, mais ce n'était pas si insensé. Elle parla d'une voix dure.

— Quelles forces sont les nôtres, Ben Tachfine ?

— Chez les Almoravides ?

Anaïd acquiesça. Qui ne risque rien n'a rien.

— Je dois pouvoir compter sur un millier d'esprits courageux.

Anaïd porta la main à sa bouche. Les fantômes pouvaient constituer une force appréciable contre les Odish. Elle n'y avait pas songé jusqu'à présent.

— Et vous devrez m'obéir aveuglément.

Youssef Ben Tachfine s'inclina respectueusement devant Anaïd.

— Oui, ma reine.

Séléné les interrompit.

— Anaïd, l'esprit peut nous protéger, mais tu dois savoir contre qui. Demande-lui d'où ils viennent.

— Lui demander quoi ?

Séléné lui tendit les pendentifs.

— Ce n'est pas Roc qui te les a offerts.

— Qui, alors ?

— Celui qui te les a offerts est celui qui nous poursuit. L'esprit nous défendra.

Anaïd se tourna vers le fantôme et demanda :

— Qui m'a offert ces pendentifs ?

Ben Tachfine répondit sans hésiter :

— Gunnar, ma reine. Devons-nous l'attaquer ?

Anaïd les laissa tomber. Elle n'avait pas fait le rapprochement. C'étaient les mêmes pendentifs de rubis que Gunnar avait offerts à Séléné le jour de ses dix-huit ans. Ils venaient du trésor islandais. Elle se révolta.

— Tu veux que je détruise Gunnar ? lança-t-elle à sa mère.

— Écoute-moi, Anaïd, tu dois tout savoir, tout.

— Pourquoi ?

— Il faut que je termine notre histoire.

Anaïd se recroquevilla en tremblant près de sa mère. Face à la porte, immatériel et puissant, Ben Tachfine montait la garde, défendant leur forteresse.

CHAPITRE XV

L'arrivée de l'élue

Lorsque j'ai senti venir le moment, j'ai appelé l'ourse et arrêté le traîneau. Elle s'est mise immédiatement à creuser dans la neige pour construire une tanière comme celle qu'elle avait préparée pour son petit. Les contractions se rapprochaient, de plus en plus douloureuses, et je l'ai aidée du mieux que j'ai pu. J'ai donné à manger aux chiens et détaché Néa pour qu'elle allaite Victor. Puis j'ai pris quelques affaires pour mon accouchement.

J'ai essayé de ne pas trop y penser. Je refusais d'imaginer ce qui m'arriverait en cas de complication. Personne ne m'aiderait à guider mon bébé ou ne me recoudrait en cas de déchirure. L'envie de pousser devint de plus en plus forte. Je me suis traînée dans le tunnel creusé par l'ourse et l'ai tapissé de peaux. Puis je me suis accroupie et ai poussé de toutes mes forces La douleur était effroyable, des milliers de couteaux affilés semblaient se planter dans mon ventre. Je respirais difficilement. J'aurais tant voulu être secondée…

J'ai saisi enfin moi-même le bébé qui sortait de mon corps. J'avais réussi ! Diana était venue au monde de la manière la plus parfaite qui soit. Sous la couche de graisse que je ne nettoyais pas car elle la protégeait du froid, c'était un superbe bébé. Je l'ai enveloppée dans des peaux, la posant contre mon sein. Diana existait, elle était là, avec moi. Je la serrais tendrement. Je comptais ses petits doigts et m'extasiais sur la perfection de ses petites oreilles, de son petit nez et de ses yeux bleus.

Diana braillait à pleins poumons, remuant bras et mains. Elle s'est cogné la tête plusieurs fois contre moi, la bouche entrouverte, jusqu'à ce qu'elle ait trouvé le sein et se soit mise à téter avidement. J'ai coupé le cordon ombilical avec mon ulu. Puis j'ai expulsé le placenta et je suis tombée dans une profonde léthargie que rien ni personne n'est venu interrompre.

Il faisait bon dans la grotte, mais j'avais faim et soif, et je suis sortie le jour suivant, tenant ma fille contre moi. J'ai assisté à un spectacle magnifique. Une comète brillante avec une chevelure extraordinairement longue a traversé le ciel, souhaitant la bienvenue en ce monde à Diana, qui a semblé la remercier d'un sourire. C'était sûrement une illusion. Un nouveau-né ne sourit pas. Était-ce le hasard ? Ou s'agissait-il de la comète de la prophétie ? Je n'y avais jamais pensé jusqu'à présent. Je ne m'étais pas demandé quelle était la véritable nature de Diana. Comme elle était en bonne santé et ne paraissait pas différente d'un autre bébé, cela m'a tranquillisée.

Je suis montée sur le traîneau et me suis assise sur le banc pour manger du poisson sec. Mais j'étais très faible et ce n'était pas suffisant. J'avais de la fièvre et j'ai eu du mal à attraper la trousse à pharmacie. Je ne devais pas tomber malade maintenant. Diana avait besoin de moi. J'ai pris un antibiotique et me suis allongée sur le traîneau, à bout de forces. Néa m'a léché la main, me rappelant que je devais l'atteler. Je l'ai fait à grand-peine. Et quand le traîneau s'est mis en marche, je me suis évanouie.

Je me suis réveillée des heures plus tard. Aruk était près de moi et m'observait. Mais il paraissait transparent, sur le point de disparaître. Même sa voix vacillait.

— Séléné, Séléné, écoute. Fais un effort.

Je n'en pouvais plus. J'étais à la limite de mes forces.

— Séléné, prends les peaux et l'enfant, et va dans la grotte. L'ourse prendra soin de toi.

— Et les chiens ? ai-je soufflé.

— Laisse-les partir.

C'est probablement ce que j'ai fait. La petite contre moi, j'ai emporté le plus d'affaires possible et j'ai pénétré dans la grotte. Elle était plus grande que la première et plus confortable. La petite oursonne nous a accueillies avec force démonstrations de joie. Elle a frotté sa chaude fourrure contre moi et m'a léché les mains. Sa chaleur et son affection m'ont réconfortée, mais n'ont pu m'aider à vaincre la fièvre.

Avant de perdre connaissance, j'ai songé que ni moi ni Diana n'allions survivre à cette dernière aventure.

Plusieurs jours se sont écoulés. J'avais mal à la tête et la bouche sèche. J'avais faim, si faim, et tout mon corps était endolori, mais la fièvre était tombée. Où étais-je ? En sécurité, apparemment. Et je me suis souvenue de Diana. Ma fille ! Où était ma fille ?

J'ai senti un corps tiède près de moi et j'ai ouvert les yeux. Inclinée au-dessus de ma fille et moi, mais sans nous toucher, Camilla, la grande ourse, approchait ses mamelles de la petite Diana. Je n'en croyais pas mes yeux : ma fille tétait le lait de la grande ourse. Diana avait survécu à ma maladie grâce au lait de Camilla. J'ai ri de joie tandis que je contemplais la scène et attendais que ma fille soit rassasiée. Je me suis souvenue alors de la légende d'un bébé humain sauvé par une ourse. Et des paroles de la pythonisse aveugle : « Oh, Séléné ! Laisse la grande reine des neiges la nourrir et lui donner la force de l'Arctique ! »

Et des tréfonds de ma mémoire ont surgi les deux premières strophes de la vieille prophétie d'Om.

Elle verra le jour dans l'enfer glacé
où mers et cieux toujours s'embrassent,
et grandira tout en haut de la terre,
là où les cimes frôlent les astres.

Elle se nourrira de la force de l'ourse,
et la phoque l'abritera de sa chaude toison ;
la sagesse de la louve sera sienne
tout comme la ruse de la renarde.

J'ai frissonné en comprenant enfin ce qu'elle voulait dire. Diana avait vu le jour dans l'enfer glacé, s'était nourrie du lait de l'ourse et avait survécu, abritée par la chaleur des peaux de phoque.

Je l'avais répétée tant de fois lorsque j'étais enfant, je la connaissais même par cœur, mais je n'aurais jamais cru que je la vivrais moi-même.

Les méandres du destin, s'ils sont parfois étranges, ne sont jamais absurdes.

J'avais faim et je devais me nourrir. Près de moi, comme un cadeau des dieux, j'ai trouvé un foie de phoque tiède et, curieusement, cela ne m'a pas écœurée. J'avais tellement faim que son fer et ses protéines me semblaient un mets de choix. Je devais manger pour avoir du lait.

Durant le temps que je suis restée dans la grotte de l'ourse, serrée contre sa chaude fourrure à manger les produits de sa chasse, j'ai perdu le compte des jours et des nuits, mais ma petite Diana se chargeait de me rappeler son existence toutes les deux ou trois heures. La jeune ourse nous donnait souvent de grands coups de langue, reconnaissant en Diana une future compagne de jeux. Camilla grondait de satisfaction en nous voyant reprendre des forces. Elle rapportait fréquemment de quoi manger et nous réchauffait de son énorme corps. Et moi, je ne vivais que pour la petite vie qui battait contre mon sein. Et quand son cordon est tombé, que ses petits bras sont devenus grassouillets et qu'elle m'a adressé son premier sourire, j'ai eu la certitude que nous nous en sortirions.

Qu'était-il arrivé à Gunnar ? Et à la fidèle Néa et à son chiot ? Et à Aruk ? Depuis que je m'étais réveillée dans la grotte, j'avais beau réclamer la présence de l'esprit inuit en frottant la bague, il ne se présentait pas devant moi. Avais-je perdu mes pouvoirs ?

Et malgré tous mes efforts, je n'arrivais plus à me faire comprendre par Camilla et sa petite. Leurs grognements n'avaient plus de sens. Pourtant, je me souvenais avec quelle facilité nous communiquions auparavant. Que s'était-il passé ? La naissance de ma fille m'avait-elle privée de mes pouvoirs ?

Heureusement, un jour, j'ai entendu nettement l'appel de Déméter. J'ai cru mourir de joie. J'étais cachée dans une tanière sous la glace, au bout du monde, et Déméter avait réussi à me retrouver.

J'ai compris qu'avec le terme de ma grossesse mon isolement avait pris fin. Je pouvais également lui répondre. Quelle idiote ! Je n'avais pas eu l'idée de lancer un appel télépathique juste après l'accouchement, alors que c'était possible.

J'ai concentré toutes mes énergies sur le visage de ma mère et je lui ai répondu. J'ai perçu son esprit réceptif et chaleureux. Je lui ai transmis la nouvelle de la naissance de sa petite-fille et lui ai demandé de l'aide.

L'espoir renaissait. Je n'étais plus seule. Je faisais de nouveau partie de la communauté.

Déméter m'a lancé un nouvel appel insistant, me communiquant un autre message. Elle détectait un mouvement non loin de moi. À des milliers de kilomètres de là, Déméter m'avertissait d'un danger, d'une raison fondamentale pour quitter ma cachette. Et je lui ai obéi.

Comme l'avait fait Om avec sa fille Oma aux débuts des temps, je suis sortie à la lumière après une longue absence dans les profondeurs de la terre.

Et la terre, durant cette absence, avait changé d'aspect. Les glaces fondaient, et la vie jaillissait avec force, plongeant ses racines dans le sol, déployant ses feuilles vertes au soleil de printemps qui réchauffait leur sève. Je me suis rempli les poumons d'air limpide et d'allégresse. La lumière du soleil me stimulait. La longue nuit et le long hiver polaires étaient derrière moi. Si j'avais survécu à cette profonde tristesse, j'étais prête à tout affronter. Je n'imaginais pas ce qui m'attendait.

Deux longs mois s'étaient écoulés depuis la naissance de Diana. Les chiens que j'avais laissés en liberté avaient disparu à la recherche de nourriture, s'éloignant tous irrémédiablement de la tanière de l'ourse. Tous, sauf la fidèle Néa. Elle m'attendait avec Victor, joueur et bien dodu. Il a fait bon accueil à la petite ourse, que j'avais baptisée Helga, en l'honneur de la douce poétesse viking.

Néa m'a accueillie avec force démonstrations de joie – des aboiements que je ne comprenais plus – et m'a accompagnée jusqu'au traîneau abandonné. La chienne ne pouvait le tirer seule. Même en allégeant la charge, il m'aurait fallu un attelage d'au moins quatre chiens. Où pouvais-je trouver les trois autres chiens nécessaires ? Marcher sur la glace avec Diana dans les bras et mon paquetage sur le dos était une tâche impossible.

Puis j'ai eu une idée. Je n'avais plus de chiens, mais j'avais mon ourse.

Camilla a accédé à ma requête avec lenteur. Très respectueusement, je lui ai demandé l'autorisation de lui mettre les harnais. J'ai installé Helga près de moi, et Victor entre nous deux, et le traîneau s'est ébranlé, tiré par une chienne et une ourse Nous formions une étrange famille, mais j'en étais fière.

Je me laissais conduire, sachant que Camilla m'amènerait jusqu'au clan de l'ourse des Omar.

Dans le campement de chasseurs inuits, on m'a accueillie avec stupéfaction ; et j'ai dû d'abord les convaincre que l'ourse était inoffensive. Ils ne pouvaient croire à la docilité de Camilla et à la relation amicale qu'elle entretenait avec Néa. Ils n'avaient jamais vu d'ourse tirer un traîneau. Et jamais vu de traîneau conduit par une jeune Occidentale et son bébé, accompagnée par un ourson et un chiot.

Leurs réticences étaient compréhensibles, et seule la sorcière Sarmik a osé s'approcher de moi. Elle m'a traitée avec la courtoisie inuit habituelle. Elle m'a offert du poisson et de la bière et, quand elle a été certaine que personne ne pouvait nous entendre, elle m'a parlé dans la langue ancienne des Omar.

— Séléné, fille de Déméter, sois la bienvenue parmi nous. En tant que matriarche du clan de l'ourse, je vous souhaite la bienvenue, à toi et à ta fille.

Et elle a tendu les bras pour que j'y place Diana.

Elle a ôté la capuche qui lui couvrait la tête et m'a lancé un large sourire édenté. À la lumière, le duvet sur le crâne de Diana avait la nuance rouge des couchers de soleil.

J'étais ébahie. Je n'avais pas encore eu l'occasion de voir la couleur de ses cheveux. Ils étaient rouges, comme les flammes, comme le sang, comme le crépuscule méditerranéen.

Émue, Sarmik a levé la petite dans les airs, embrassé les petits pieds en signe de respect et s'est exclamée, rayonnante :

— Mère O, tu nous l'avais promis et il a été fait selon ton souhait. La comète a annoncé sa naissance, et depuis nous attendions anxieusement notre élue. Je mourrai comblée, car il m'a été concédé l'honneur de l'accueillir dans ma famille et de la tenir dans mes bras.

Puis elle a récité les vers de la prophétie d'O :

Un jour l'élue apparaîtra, la descendante d'Om
à la chevelure de feu,
maîtresse des flots et des cieux,
un hurlement dans la gorge
et la mort dans les yeux.

Elle chevauchera le soleil
et brandira la lune.

La dévotion et l'affection avec lesquelles la vieille Sarmik accueillait ma fille m'ont profondément émue. Puis je me suis laissé soigner par ses mains ridées qui m'ont lavé le corps et les cheveux, m'ont coupé les ongles, ont enduit ma peau d'huile, m'ont passé des vêtements propres et m'ont nourrie de soupes réconfortantes et de délicieux ragoût.

Je me suis reposée quelque temps chez les Inuits. Ils avaient installé leurs tentes près de la mer, et chassaient les phoques et les bélugas. Ils m'ont appris à pêcher avec de multiples hameçons, à dépecer les phoques et à tanner les peaux. Il y avait là six familles. Le soir, nous nous réunissions, une tasse de thé dans les mains, et nous bavardions durant de longues heures. Les Inuits avaient le rire facile et le regard droit. En leur compagnie, il était difficile de concevoir le mal ou d'être angoissée par le danger. Je me sentais bien.

Sarmik m'avait demandé du temps pour réunir un coven du clan de l'ourse. La distance qui séparait un campement de l'autre rendait leurs réunions difficiles, et nous devions attendre la pleine lune, deux semaines plus tard. Au coven, Diana serait présentée comme l'élue, et on nommerait une fidèle garde d'ourses pour assurer notre protection et nous accompagner dans le clan de la phoque, plus au sud, plus près de la civilisation.

Nous étions tous enchantés. Diana regardait le monde de ses grands yeux bleus pleins d'intelligence. Elle n'avait pas le regard transparent d'un bébé, mais un regard d'adulte empreint de sagesse. Elle absorbait le monde avec la même avidité que lorsqu'elle tétait. À trois mois, elle gazouillait déjà. Elle semblait comprendre les paroles et le langage des animaux. Un jour, je l'ai surprise en compagnie d'Helga. Stupéfaite, je l'ai entendue grogner avec la même férocité que la petite ourse.

Je me suis souvenue des paroles de la prophétie : « Un hurlement dans la gorge et la mort dans les yeux. » Il avait été prédit que l'élue appartiendrait au clan de la louve et hurlerait pour communiquer avec son totem, le loup ; mais tous ignoraient que l'élue aurait le pouvoir de communiquer avec les animaux et de s'en faire comprendre.

J'avais moi-même eu ce pouvoir de Diana pendant que je partageais son sang. J'avais pu aboyer avec les chiens, grogner avec les ours et comprendre les ultrasons des baleines. Et quand ma fille était née, j'avais perdu cette faculté et aussi celle de communiquer avec les fantômes.

Je ne voyais plus Aruk, mais Diana le voyait peut-être. Sa présence m'avait été révélée parce que Diana vivait en moi. Le pouvoir de communiquer avec les animaux et les morts était celui de l'élue. Et pour en avoir confirmation, j'ai glissé la bague d'émeraude au petit doigt de ma fille et ai frotté la pierre.

Diana a tourné la tête vers la droite et a souri. Elle voyait Aruk. Diana pouvait convoquer Aruk et, bien que je ne puisse plus lui parler, il la protégerait. Cette certitude m'a réchauffé le cœur. J'ai rangé la bague et bercé mon enfant. Si petite et si puissante à la fois. J'ai souhaité de toutes mes forces que son enfance soit heureuse, qu'elle profite de la vie à chaque instant, qu'elle apprenne à rire, courir, nager, jouer et grandir, choyée par sa famille. Dans la toundra gelée, elle jouissait de l'affection de six familles ; et leur chaleur compensait la froideur de l'air printanier.

Helga et Victor, joueurs et curieux, faisaient la joie des enfants et des adultes. Ils ont fini par manger dans toutes les mains. Et Néa s'est prise d'affection pour un chien du village.

Camilla rôdait autour du camp sans pouvoir fraterniser avec les humains. Certaines nuits, je l'entendais gronder pour appeler Helga, et celle-ci accourait à l'appel de sa mère.

Quant à moi, je mangeais et me reposais, je me promenais sous le soleil bienfaisant, aimant chaque jour davantage ma petite Diana.

Tout était trop calme et trop beau pour durer. Un mirage qui a disparu la nuit de mon rêve.

J'ai rêvé que le traîneau dans lequel nous voyagions, Diana et moi, volait sur la glace entre d'immenses icebergs s'inclinant dangereusement d'un côté et de l'autre. À chaque nouveau virage, il était sur le point de chavirer. Nous étions poursuivies par un homme armé d'un fusil, et je savais que si nous tombions, la mort nous rattraperait.

Je me suis réveillée, effrayée. C'était une vision. Mon instinct d'Omar m'avertissait que le danger était proche. Je me suis frotté les yeux et tout s'est éclairci.

La vieille Sarmik est entrée dans ma tente.

— Tu dois t'en aller. Il s'approche.

— Toi aussi, tu l'as vu dans ton rêve ? ai-je demandé.

— Il sera là dans quelques heures.

— Qui ?

— Le chasseur blanc, blond, grand et puissant.

— Gunnar !

Sarmik a acquiescé d'un signe de tête.

— C'est son nom.

Gunnar s'était remis de ses blessures et venait à ma recherche

— Il me poursuit ?

— Il poursuit l'ourse.

— Pourquoi ?

— Il croit qu'elle t'a tuée. Il veut sa fourrure blanche et il l'obtiendra. Il ne s'arrêtera pas avant de l'avoir tuée.

Alors... Gunnar croyait que l'ourse blanche m'avait emmenée avec elle et dévorée comme les chiens.

— Mais je suis partie avec le traîneau, ai-je objecté.

— Gunnar croit que les chiens se sont enfuis avec le traîneau et se sont enfoncés sous la glace.

Aruk m'avait efficacement protégée.

J'ai tenté de reconstituer les faits. Gunnar avait reçu de terribles blessures. Quand il était revenu à lui, il avait vu que la porte avait été arrachée, les meubles détruits, il y avait du sang sur le sol et les traces de l'ourse dans la neige. Et j'avais disparu.

Pour Aruk, un esprit qui peut instiller des idées à l'oreille des vivants et communiquer avec les morts, il avait été facile de faire croire à Gunnar que l'ourse m'avait dévorée dans sa tanière. Et à présent, Gunnar poursuivait Camilla, la grande mère ourse.

Pour venger ma mort ? Sûrement pas. Il agissait par amour-propre, pour refuser son échec. Il avait voulu protéger l'enfant et moi-même jusqu'à ce que sa mère s'approprie notre vie. Et il avait échoué. Non, il ne voulait pas tuer l'ourse pour lui faire payer ma mort. Il la détestait depuis bien plus longtemps. Tous deux se détestaient, car je n'étais pas encore née qu'ils se connaissaient déjà.

Sarmik a empaqueté vivement mes affaires. Les chasseurs inuits étaient lestes et silencieux. Ils levaient leur campement en un clin d'œil et pouvaient parcourir de longues distances à la poursuite de leurs proies. Si je voulais échapper à Gunnar, je devais me comporter comme l'un d'entre eux.

J'ai pris Diana dans mes bras, mais Sarmik m'a arrêtée.

— Non, laisse-la avec nous. Nous prendrons soin d'elle. Ici, elle est en sécurité.

— Il la reconnaîtra.

— Je lui teindrai les cheveux en noir.

— Elle a besoin de mon lait.

— Ma fille Kaalat a du lait, elle allaite sa fille.

La vieille Sarmik avait raison. Diana était si jeune, elle ralentirait ma fuite. Mais si je la laissais, rien n'aurait plus de sens. Et je craignais que, malgré tout, Gunnar ne sente sa présence. Il était son père, et il était sorcier.

— Je ne peux pas la laisser.

Sarmik a compris. Elle a indiqué le nord.

— La dame de glace te guette. Elle a vu la comète et elle sait que Diana est née. Elle t'attend pour te l'enlever.

— Comment le sais-tu ?

Sarmik a souri, découvrant ses gencives édentées.

— Je le sais parce que j'ai senti son appel. Je t'ai protégée. Tu étais sous ma protection et celle de l'ourse.

— Où dois-je aller alors ? Où puis-je aller ?

— Vers le sud. Tant pis pour le coven. Kaalat t'accompagnera.

J'ai refusé. Je ne voulais pas mettre la vie de qui que ce soit en péril, et encore moins celle d'une jeune Omar avec un bébé.

Mais Sarmik a redressé fièrement la tête.

— Kaalat donnerait sa vie et celle de sa fille pour l'élue de la prophétie. C'est elle qui compte. Elle nous sauvera à jamais de la dame de glace. Kaalat est fière d'entrer dans la prophétie et de protéger l'élue.

Nous avons chargé le traîneau, et Sarmik m'a donné trois chiens pour l'attelage, plus Néa comme leader. Kaalat, tenant dans ses bras sa petite Sarmik, s'est présentée en souriant. Elle n'avait pour tout bagage qu'un petit balluchon.

— Déméter a prévenu le clan de la phoque. Je te conduis jusqu'à elles et elles t'emmèneront en lieu sûr.

Je n'ai pu que serrer la vieille Sarmik sur mon cœur et la remercier du plus beau cadeau qu'elle pouvait me faire : sa fille et sa petite-fille.

— Je ne peux pas t'accompagner dans ce voyage. Je suis vieille et je peux mourir maintenant que j'ai tenu l'élue dans mes bras. Pendant que vous fuyez, je guiderai la mère ourse pour qu'elle trompe le chasseur blanc.

J'ai compris que je ne verrais probablement plus jamais la grande mère ourse, la généreuse Camilla à qui je devais la vie. Et à ce moment précis, j'ai entendu son rugissement bien distinctif. J'ai levé les yeux et aperçu pour la dernière fois la silhouette de l'ourse blanche se découpant dans l'immensité du désert de glace.

J'ai pris congé silencieusement d'elle, et Kaalat, bien plus experte que moi, a saisi les rênes du traîneau et a fait partir les chiens. Je ne me suis pas retournée pour regarder Sarmik. Regarder derrière soi portait malheur. J'ai fixé l'horizon, droit devant.

Les chiens avaient mangé et s'étaient bien reposés.

Le temps était clair et la glace facile. Et, cependant, nous n'avancions pas.

Nous nous en sommes rendu compte le troisième jour en passant pour la deuxième fois près de la même faille qui s'ouvrait au bord d'un immense lac.

Nous avions tourné en rond.

Kaalat a arrêté le traîneau et s'est passé les mains sur le visage. Elle n'avait pas besoin de parler. Je savais déjà depuis longtemps qu'ELLE nous avait attrapées dans ses serres glacées. J'avais senti sa présence depuis que nous avions abandonné la protection du campement. Et elle était devenue de plus en plus puissante après que nous avions appris que Gunnar avait tué l'ourse blanche.

Cela s'est produit la deuxième nuit. Nous ne dormions pas encore et, soudain, Kaalat et moi avons senti la douleur aiguë de la balle s'enfonçant dans notre propre chair. Nous n'avons pu dire un mot, abasourdies par la révélation. La petite Diana s'est mise à pleurer toutes les larmes de son corps.

Ensuite, je n'ai guère entrevu de possibilités d'échapper au pouvoir de l'Odish. Gunnar avait tué la mère ourse, et la vieille Sarmik, comme nous le savions, ne voulait pas lui survivre. Plus personne ne nous protégeait, nous étions à la merci de la dame de glace.

Kaalat a fini par m'avouer ce que je savais déjà : nous n'allions pas vers le sud.

— J'ai beau guider le traîneau vers le sud, il se dirige toujours au nord, m'a-t-elle dit.

— Je sais, ai-je répondu.

La jeune Inuit était consternée.

— Ça ne m'était jamais arrivé.

— Ce n'est pas ta faute, c'est la dame de glace.

Kaalat a blêmi. Même si elle s'en doutait, le nom de l'Odish la terrifiait. Depuis l'enfance, elle avait entendu les effroyables histoires sur la dame de glace qui régnait ici depuis des millénaires. Elle a étreint sa fille.

— Il y a très, très longtemps, les Inuits lui offraient leurs filles premières-nées à la naissance, m'a-t-elle expliqué, les yeux emplis de larmes. Ils laissaient les bébés qui venaient de naître nus devant l'igloo, pour calmer sa colère.

— Cela fait bien longtemps, ai-je dit sans conviction.

— Elle veut nos filles.

Le cœur serré, j'ai voulu l'apaiser en lui disant la vérité, quoique la vérité soit terrible pour moi.

— Elle ne veut que l'élue, ma fille Diana. Laisse-moi ici et rentre chez toi.

— Je ne peux pas te laisser seule. Je me suis engagée à t'accompagner et je le ferai.

Derrière nous, dans le traîneau, les petites Diana et Sarmik riaient, indifférentes à leur sort et au dilemme de leurs mères.

Je devais prendre une décision. J'ai tendu ma petite Diana à Kaalat et pris sa fille Sarmik dans mes bras, et j'ai commencé à l'allaiter. Kaalat a compris et en a fait autant. Nous avons souri aux deux petites qui avaient échangé leurs mères et qui, sans le savoir, seraient pour toujours sœurs de lait. C'était un pacte que pratiquaient les Omar. Sarmik et Diana seraient fortes et courageuses, car leurs vies resteraient liées et leur volonté serait deux fois plus puissante. La louve et l'ourse unies étaient bien plus redoutables.

Une fois qu'elles ont été rassasiées, nous les avons échangées de nouveau, et, Diana dans les bras, je suis descendue du traîneau. J'ai caressé Néa et je lui ai murmuré doucement à l'oreille :

— Ramène-les chez elles.

Néa a léché le visage de Diana, m'a mordillé la main et s'est élancée brusquement, malgré les protestations de Kaalat.

Le traîneau s'est éloigné magiquement et a disparu dans le lointain. Il retournait au campement inuit où Kaalat saurait dignement succéder à sa mère comme sorcière. Mais ce n'était pas Néa qui le dirigeait La main glacée de l'Odish l'éloignait de sa demeure. Et cette même main s'est refermée sur moi et m'a guidée jusqu'à sa grotte.

Décidée à affronter une bonne fois pour toutes cette maudite Odish, j'ai pris une profonde respiration et j'ai crié :

— Nous sommes là !

CHAPITRE XVI

La dame de glace

Les parois de l'immense grotte étaient couvertes de runes, des runes puissantes destinées à repousser les ennemis et les intrus. Des runes qui paralysaient les jambes et la volonté et protégeaient la propriétaire des lieux.

Le tunnel blanc s'est transformé en un étroit passage qui m'obligeait à marcher à tâtons, le dos contre la paroi, puis en un tunnel sombre au plafond si bas que je devais y ramper.

Après une descente épuisante, le chemin sinueux a débouché sur une ample cavité souterraine faiblement illuminée par des fissures donnant sur l'extérieur. Au centre de la majestueuse salle s'étendait un vaste lac souterrain, profond, sombre, menaçant.

Diana était nerveuse. J'ai senti le danger s'approcher. Je me suis tenue prête.

Presque aussitôt, l'eau a remué, agitée par d'étranges vagues, et, brusquement, un béluga gigantesque a surgi du fond du lac, prêt à m'avaler avec ma fille. L'étroitesse du passage rendait ma retraite improbable, et je n'ai pas eu d'autre choix que de jeter Diana dans le tunnel que nous venions de quitter, puis de dégainer mon ulu. La bête a fait un saut spectaculaire et en quelques secondes j'ai eu cinq tonnes de graisse et de chair suspendues au-dessus de ma tête. J'ai fermé les yeux, épouvantée, attendant la mort.

Cependant, la mort ne venait pas. J'ai levé les yeux et vu que la bête restait suspendue dans les airs, attrapée dans un énorme bloc de glace. L'eau du lac s'était transformée en une masse de glace compacte qui soutenait la bête grotesque au sommet, son énorme bouche ouverte, ses yeux cruels injectés de sang.

De la magie ! Je n'avais pourtant invoqué aucun sortilège. Sans baguette, j'en étais incapable.

L'ulu ! L'ulu de la pythonisse aveugle m'avait sauvée. Et il serait mon arme, à présent.

J'ai entendu pleurer Diana. Elle avait heurté durement le sol quand je l'avais lancée, mais elle était saine et sauve.

Je l'ai prise dans mes bras et l'ai embrassée. Notre vie ne tenait qu'à un fil.

Et de nouveau, la main glacée m'a saisie et obligée à avancer. J'ai attaché Diana dans mon dos pour avoir les mains libres.

Cette fois, je ne me suis pas laissé surprendre par l'horrible forme qui est apparue dans la galerie suivante. Son visage en décomposition était à moitié détruit. Il lui manquait une joue et un œil, arrachés par le coup de dents d'un animal. De sa bouche est monté un murmure désespéré qui m'a glacé le sang.

— Donne-la-moi ! Donne-moi l'enfant !

C'était une Inuit au corps à demi dévoré. Elle était morte, mais ce n'était pas un fantôme condamné. Elle était possédée. La voix qui provenait de sa gorge était stridente, irréelle, comme le couinement de Lola quand je l'avais percée à jour.

Baâlat !

J'ai réprimé un hurlement. J'ai sorti mon ulu et, sans regarder l'œil unique du cadavre, je m'en suis approchée. J'ai voulu trancher sa tête d'un coup ferme, mais je me suis heurtée à un bloc de glace.

J'ai reculé d'un pas et, stupéfaite, j'ai remarqué que le cadavre putréfié avait été subitement congelé.

Était-ce moi qui avais formulé ce sort ? Mon ulu était-il aussi puissant ?

J'ai caressé les cheveux de ma petite Diana. Elle ne semblait pas effrayée le moins du monde. Au contraire, elle souriait à quelqu'un ou quelque chose. J'ai suivi la direction de son regard et j'ai été émerveillée. Sur les parois de glace un magnifique visage nous contemplait de ses yeux bleus limpides comme un lac de montagne. Son teint était blanc et délicat. C'était la dame du portrait, la dame de glace.

Soudain, le visage s'est multiplié, se reflétant sur toutes les surfaces gelées de la grotte. Mille sourires ont rebondi sur mille miroirs et, finalement, se sont transformés en un éclat de rire cristallin auquel a répondu un cri de joie de ma petite Diana.

Nous étions dans le domaine de la dame de glace, dans sa demeure ; nous étions ses captives.

— Soyez les bienvenues, a-t-elle dit d'une voix claire. Accompagnez-moi.

Et sous nos yeux est apparu un superbe traîneau de glace. Il eût été absurde de refuser l'invitation. Je suis donc montée avec Diana et le traîneau s'est ébranlé.

Ç'a été un voyage féerique. Après des tunnels vertigineux et des rivières souterraines, nous avons traversé de délicates grottes de stalactites et de stalagmites. Diana et moi avions les joues rougies par le vent et le cœur battant. Je m'agrippais au banc de toutes mes forces, et à chaque nouveau virage, à chaque nouveau bond, j'étouffais un cri ou un rire nerveux. L'émotion de ce voyage fantastique a fait renaître la joie que j'avais ressentie, enfant, sur les manèges de foire en été, et m'a fait oublier que nous étions prisonnières d'une des Odish les plus puissantes de la terre.

Enfin, le traîneau s'est arrêté. C'était la fin de notre voyage.

La dame de glace nous attendait, blanche, translucide et belle comme l'Arctique. Elle souriait et semblait inoffensive.

C'était une femme d'âge mûr, splendide. Elle conservait intacts son long cou gracieux, ses manières exquises, ses cheveux blonds et ses yeux bleus.

Sa proximité endormait ma volonté, mais les gazouillis de Diana dans mon dos m'ont rendu l'énergie de lui résister. J'ai sorti mon ulu et lui ai fait face sans la regarder dans les yeux.

— Ne t'approche plus. Tu n'auras pas ma fille.

La dame a eu l'air surprise et a éclaté de rire.

— Tu es plus farouche que je ne pensais, Séléné.

Je ne voulais pas me laisser séduire par sa voix mélodieuse ni par ses paroles flatteuses. Les Odish enjôlent leurs victimes avant de les dévorer.

— Je défendrai ma fille tant qu'il me restera une goutte de sang.

— Tu l'as déjà fait, comme moi.

— Toi ?

— Oui. Je vous ai toutes deux défendues des attaques de Baâlat. Tu viens de t'en rendre compte, non ?

— Le béluga ? La morte ?

— En effet. Baâlat voulait te posséder, mais elle a échoué. Depuis que tu as mis les pieds dans mon domaine, je t'ai protégée. N'as-tu donc pas été étonnée que Baâlat cesse de te poursuivre ?

— Tu prétends que Baâlat a tenté de m'attaquer ici, dans l'Arctique ?

— Naturellement. C'est dans ce dessein qu'elle est revenue d'entre les morts et qu'elle a fait appel à son immense pouvoir pour se réincarner en des êtres sans volonté. Mais tu l'en as empêchée.

— Moi ? me suis-je écriée, stupéfaite.

La dame de glace m'a palpée à distance de ses mains glacées. Sa caresse m'a fait frissonner.

— Oui, toi, Séléné. Ta force est immense, ta volonté de survivre aussi. C'est pourquoi tu as interféré dans mes plans et tordu la prophétie à ta guise.

— C'est faux ! ai-je protesté. C'est toi qui nous as utilisées, Meritxell et moi. Tu as utilisé ton fils pour parvenir à ton but, pour concevoir l'élue.

La dame de glace s'est esclaffée, l'écho portant son rire jusque dans les moindres petites cavités et les profondeurs du lac.

— Crois-tu vraiment cela ? Gunnar ne t'a donc pas dit la vérité ?

Je ne voulais pas l'écouter. Pour les Odish, la vérité

n'existe pas. Elles trompent, mentent, charment leurs victimes, me répétais-je sans cesse.

— Gunnar, en effet, exécutait mes ordres. Il devait faire en sorte que Meritxell, la mère de l'élue de la prophétie, tombe secrètement amoureuse de lui. Il devait ensuite l'amener ici une fois enceinte. Mais tu es apparue, toi. Et mon fils m'a désobéi. Malgré mes ordres, il a refusé de suivre le plan prévu et a cédé à ta force, à la passion. Et Meritxell est morte.

— Ce n'est qu'un tissu de mensonges !

— Félicitations, Séléné. Ton amour est plus fort que mon pouvoir de mère. Gunnar était heureux avec toi. Jusqu'à ce que je l'informe de ta grossesse, et que ta fille, sa fille, était l'élue. Déjà, en Islande, il a tenté de te dissuader de venir jusqu'à moi. Et au Groenland, malgré ma constante pression, il a refusé de te livrer à moi et a voulu renégocier les conditions selon lesquelles je pourrais avoir ma petite-fille, une fois née.

Un bref instant, j'ai failli la croire. Puis j'ai compris que ce n'était qu'une ruse pour que je me fie pleinement à lui et que je me laisse conduire jusqu'à cette grotte froide, devant le regard d'acier dénué de tout sentiment de la puissante dame de glace.

— Gunnar nous croit mortes ?

La dame a soupiré.

— Pauvre Gunnar, mon pauvre fils ! Quand il s'est remis de ses blessures, il n'avait qu'une obsession : tuer cette ourse et venger votre mort.

— Pourquoi ne lui as-tu pas dit que nous étions sauves ?

— Je préfère qu'il vous croie mortes. Sa passion pour toi m'a causé assez de soucis.

J'étais sidérée par son esprit froid et calculateur. Pourtant, elle souriait tendrement à Diana et Diana lui rendait son sourire, tendant les bras vers elle.

— Ne la touche pas ! ai-je crié, ulcérée.

— Tu ne peux pas me refuser ma petite-fille, Séléné ! C'est mon droit. Sans moi, elle mourrait sur-le-champ.

Mais j'étais folle de rage.

— Éloigne-toi !

— Tu ne me crois pas ?

La puissante sorcière essayait de me convaincre de sa bonté ; puis elle a changé d'avis.

— Très bien. Je vais m'en aller. Nous verrons combien de temps tu pourras garder ta petite en vie.

En un clin d'œil, elle avait disparu. Et avec elle s'en sont allées la lumière et la chaleur.

Bientôt, j'ai perçu la présence menaçante d'un animal. J'ai entendu des pas furtifs glisser sur la glace et une respiration. Diana pédalait furieusement dans mon dos, consciente de ma nervosité. Sans baisser ma garde, j'ai brandi mon ulu, le faisant tournoyer dans les airs pour faire fuir le péril de plus en plus proche. Soudain, deux petits yeux rouges brillant dans l'obscurité se sont plantés dans mes yeux, me paralysant l'espace d'un instant.

J'ai levé mon ulu, croyant stupidement qu'il transformerait mon attaquant en bloc de glace. Cependant, à ma grande surprise, la bête, qui n'était autre qu'un loup arctique, a hurlé de douleur sous la morsure de la lame.

Baâlat m'obligeait à lutter contre ma propre espèce, les loups, à ressentir de la haine contre mon totem, à briser un tabou que j'avais toujours respecté ! Les loups étaient mes amis. Et maintenant, Baâlat, la monstrueuse Baâlat, s'était métamorphosée en l'un d'entre eux.

Les pleurs de Diana me galvanisaient. La bête avait bondi sur ma fille et la tenait entre ses dents. Je ne pouvais pas me retourner brusquement. Je me sentais si impuissante ! J'ai frappé, au hasard, et mon ulu s'est enfoncé dans sa truffe. La douleur devait être effroyable, comme l'ont été son hurlement, ses convulsions et sa rage, car il a lâché sa proie et s'est retourné contre moi.

Au moment où il ouvrait la gueule pour trancher la main qui tenait l'ulu, un miracle s'est produit. L'énorme loup arctique s'est immobilisé, prisonnier d'un bloc de glace. Et je me suis rendu compte que la dame de glace, et non mon ulu, venait de nous sauver la vie, à Diana et moi. C'était elle qui invoquait le sortilège qui nous protégeait.

Tremblante et en sueur, je me suis laissée tomber au sol, ôtant les vêtements de ma fille pour chercher une blessure. Par chance, les dents de la bête n'avaient traversé que la peau de phoque qui la protégeait, sans même l'effleurer.

La lumière a inondé de nouveau la grotte et la dame est réapparue, sereine et apaisante.

— Eh bien, Séléné ? Tu me crois, à présent ?

— Merci, ai-je murmuré.

— Baâlat est aux abois. Elle est capable de tout pour détruire l'élue.

— La détruire ? ai-je répété, horrifiée.

— Bien entendu. Toi, tu ne l'intéresses plus. Maintenant que l'élue est née, elle veut la détruire car elle n'est pas sa fille. C'est son unique obsession.

J'ai serré Diana contre moi. Le danger était pire que je ne l'avais imaginé.

— Et toi, que veux-tu ?

La dame de glace a ri, apparemment satisfaite.

— C'est ma petite-fille. Je veux la connaître et l'aimer. Elle est de mon sang.

J'aurais voulu ne pas la croire, mais j'ai senti que c'était vrai, aussi vrai que les yeux de Diana étaient ceux de sa grand-mère. Des yeux d'azur volontaires.

— Et ensuite ?

La dame m'a observée avec curiosité.

— Tu es impatiente, Séléné. Ensuite… on verra.

— On verra quoi ?

— On verra qui l'élève, qui l'éduque et comment, avec quels préceptes elle apprendra à assumer son rôle.

D'une certaine manière, ses paroles m'ont rassurée. La dame de glace ne mentait pas : Diana était de son sang, la garantie de perpétuer sa vie et son pouvoir. Il était de son intérêt de la maintenir en vie. Jusque-là, nos objectifs étaient les mêmes. Paradoxalement, elle était mon alliée.

Mais j'étais une Omar et elle une Odish. Entre nous s'ouvrait un abîme insondable.

— J'ai un problème, Séléné. Nous en avons un toutes les deux.

Son aveu de faiblesse m'a surprise. Était-ce une autre ruse pour m'émouvoir ?

— Lequel ?

— Baâlat m'affaiblit. J'utilise continuellement ma magie pour défendre Diana, mais cela ne peut pas durer éternellement.

— Existe-t-il une manière d'anéantir Baâlat ?

La dame de glace a soupiré.

— Oui. Mais dans les circonstances actuelles, je ne peux pas m'en charger.

Elle avait aiguisé ma curiosité.

— Laquelle ?

— Descendre dans le domaine des morts et supplier les esprits d'interdire sa nécromancie. Ils sont indignés, ou devraient l'être. Baâlat a transgressé la règle. Les morts ne doivent pas retourner dans le monde des vivants.

— Pourquoi ne vas-tu pas les trouver ?

— Cela suppose d'abandonner momentanément la protection de Diana.

— Tu veux dire que si tu disparaissais, ne serait-ce qu'une minute, Baâlat en profiterait pour détruire Diana ?

La dame de glace a souri.

— En effet. En trois occasions, j'ai baissé ma garde, et tu as pu constater à quel point elle est rapide.

J'étais terrifiée. Ce qui avait failli arriver était un exemple de ce qui se passerait si la dame de glace cessait de veiller sur nous.

— Et moi, je peux lutter contre Baâlat ?

— Tu l'as déjà fait.

— Alors tu l'as laissée s'incarner dans un béluga, dans un cadavre et dans un loup pour tester mes réflexes et mon habileté au combat ?

— Oui.
— Et ?
— Il te reste beaucoup à apprendre.
— J'apprendrai.
— C'est bien. Tu es vaillante et obstinée. On va s'y atteler.

Et c'est ainsi qu'une Odish m'a appris à lutter contre une autre Odish. Et ses enseignements m'ont été si utiles qu'ils m'ont permis plus tard de surmonter la terrible épreuve de ma captivité chez les Odish. J'ai appris à me garder de l'inspection de leurs serres fouillant mon être, à résister à leur regard. J'ai appris à brandir l'ulu à la vitesse de la foudre et à les blesser aux endroits vulnérables, à invoquer des sortilèges pour ralentir les mouvements de l'adversaire et rendre les miens plus efficaces.

Cependant, malgré ma jeunesse et ma force, j'ai perdu le combat que j'ai livré contre Baâlat métamorphosée en ourse, et j'ai failli y laisser la vie. Je n'ai dû mon salut qu'à l'intervention de la dame de glace.

— Je suis désolée.

Ç'a été les seules paroles que j'ai réussi à prononcer quand, épuisée et la jambe blessée par un coup de griffes, j'ai reconnu avoir manqué de rapidité pour paralyser l'ourse. Et, une fois de plus, j'ai survécu grâce à la dame blanche qui l'avait emprisonnée dans un bloc de glace apparu par son pouvoir.

La dame était plus pâle qu'à son habitude.

— Je ne pourrai te défendre éternellement. Je m'affaiblis. Je suis restée recluse dans les glaces durant de nombreux siècles. Je n'ai rompu mon isolement que pour la naissance de Gunnar et son enfance.

— Que proposes-tu ?

— De descendre dans le monde des morts, de convoquer leur pouvoir et d'interdire la réincarnation de Baâlat.

Mes jambes flageolaient. La dame de glace parlait du Chemin d'Om, le chemin aux ombres de ceux qui ne sont plus, qui mène aux cavités du temps et de l'espace, là où la matière n'existe pas, où les corps se sont dilués dans le néant. Le monde des ténèbres.

— Je vais y descendre. Je défendrai Diana. Je suis sa mère, et cela me donnera la force.

— Me la confieras-tu pendant ce temps ?

J'ai acquiescé sans hésiter. Elle était la seule qui puisse la protéger. J'ai déposé Diana endormie entre les bras de sa grand-mère.

Tant que je n'aurais pas invoqué le pouvoir des morts contre la dame noire, mon enfant, ma fille, serait en danger.

J'ai allaité Diana une dernière fois et accepté les mets que m'offrait la dame de glace. J'ai bu de son nectar et écouté ses conseils pour survivre à l'horreur de la mort et revenir parmi les vivants. Si j'échouais, ma fille deviendrait une Odish qui détruirait les Omar. Je devais donc revenir saine et sauve du Chemin d'Om

Avant de partir, je me suis tournée vers la dame de glace.

— Quel est ton nom ?

Elle a souri.

— Christine.

La voix brisée par les sanglots, j'ai murmuré :

— Prends soin d'elle, Christine. Prends bien soin d'elle.

Et je me suis enfoncée dans les effroyables profondeurs avec mon ulu pour toute arme.

CHAPITRE XVII

La guerre des grand-mères

Il ne me reste quasiment aucun souvenir du Chemin d'Om et de cette incursion dans le monde des morts. Je les ai effacés pour survivre. Et s'il m'en reste encore, je préfère ne pas en parler. Peut-être ma mémoire les a-t-elle modifiés pour que je les confonde avec une saga, une légende ou un mythe qui relate de manière plus poétique le chemin que j'ai parcouru. Je veux juste les oublier.

Après tout, les sorcières Omar, mortelles, ont une compréhension limitée de certains phénomènes. Et cette compréhension s'achève là où s'achève le monde des vivants. Une fois en route pour le monde des morts, tout paraît absurde et sans issue.

Que les vivants sont naïfs de se croire puissants ! S'ils savaient où réside le véritable pouvoir, ils relativiseraient leurs passions.

Alors, j'ai oublié. J'ai effacé ces sombres souvenirs, car je voulais retourner dans le monde des vivants.

Christine avait été claire. Elle m'avait avertie que jamais je ne pourrais revenir si au cours de ma descente sur le Chemin d'Om je perdais l'envie de vivre et me laissais mourir.

J'avoue que j'ai souvent été sur le point de flancher. J'avais si peur de ne pas avoir la force de pousser les portes en chemin, de ne pas surmonter l'angoisse qui m'attendait après chaque porte, la suivante et la suivante... L'épuisement a balayé mes illusions, et, plus d'une fois, j'ai eu la tentation de rester là où je me trouvais et de me reposer pour l'éternité.

Mais, chaque fois, je me souvenais de ma fille qui me tendait les bras. Seule son image me donnait le courage et la force de continuer.

Enfin, après le passage du Styx et l'effroyable rencontre avec Cerbère, j'ai surmonté toutes les épreuves grâce aux paroles de la dame de glace. Et le monde des morts m'a ouvert ses portes. Pour la première fois, une Omar vivante a pénétré dans les profondeurs et a été reçue par les esprits des morts.

Je suis arrivée les mains vides, les seins douloureusement gonflés par la montée de lait et les yeux pleins de larmes.

Je me suis agenouillée devant les esprits des morts et j'ai imploré leur clémence pour ma fille, l'élue de la prophétie, que Baâlat voulait détruire grâce à son art de nécromancienne. J'ai été brève et claire. Je voulais la justice.

Ils m'ont écoutée avec attention. Puis ils m'ont fait attendre. Si tant est que l'on puisse attendre quand le temps n'existe pas.

Et ils m'ont fait part de leur décision.

Les morts, dont j'avais imploré la pitié et devant lesquels j'avais accusé Baâlat de transgresser les principes de la vie, m'ont accordé leur clémence et la justice. Ils ont jugé Baâlat, fustigeant ses agissements, réprouvant son attitude envers une enfant sans défense.

Puis ils ont prononcé leur verdict. Devant moi, ils ont condamné Baâlat à être entravée par les liens des désirs inassouvis, aux confins des écueils de la vengeance, et à demeurer dans l'obscurité, sans possibilité de retourner dans le monde des vivants.

Cependant, ils lui ont donné une dernière fois la parole, oblitérant la joie qui venait d'emplir mon cœur.

Baâlat, soumise à la loi des morts, a prononcé ces mots terribles :

— Je reviendrai par la volonté de Diana. À son quinzième anniversaire, le pouvoir du sceptre d'O et l'amour de Diana me donneront la force de briser mes chaînes et de revenir dans le monde des vivants.

Les morts l'ont fait taire immédiatement, mais n'ont pu annuler sa prophétie.

Et même si je n'y ai jamais cru réellement, la promesse de Baâlat a empoisonné mes pensées. Et au lieu de faire le chemin du retour dans la joie, je l'ai fait en traînant avec moi l'angoisse d'un futur incertain, quinze ans plus tard.

J'ignorais combien de temps s'était écoulé dans le monde des vivants durant mon absence et ce qu'il allait advenir à présent. J'ignorais si Christine, mon alliée, deviendrait mon ennemie, si je devrais la combattre pour récupérer ma fille.

Je m'imaginais tant de choses tandis que je montais vers la lumière et que je me remplissais les poumons d'oxygène et les yeux de couleur. La vie reprenait le dessus. Je tremblais en me souvenant des baisers de Gunnar et en souhaitant tenir Diana dans mes bras. Ma bouche desséchée réclamait de l'eau et mon estomac affamé rugissait. Je renaissais.

Et comme Om en des temps immémoriaux, je suis revenue à l'endroit d'où j'étais partie, ma condition humaine intacte, quoique changée pour toujours. Je ne partagerais plus jamais avec le reste des humains l'ignorance sur l'au-delà. Et si cette expérience me rendait plus vulnérable et plus humble, elle me rendait aussi infiniment plus sage et plus vieille.

Mon enfant, ma fille chérie, dormait dans la salle de glace, enveloppée dans les peaux de phoque, son petit doigt entre ses lèvres. Mais elle n'était pas seule. Christine, sa grand-mère paternelle, lui tenait compagnie, et avec elle se trouvait Déméter, sa grand-mère maternelle, ma mère.

Puissante, sage, imposante. Ma mère m'avait cherchée et m'avait trouvée aux confins de la terre.

L'émotion m'a submergée.

Leur expression était sérieuse et concentrée. Elles ne se quittaient pas des yeux, leur baguette à la main.

J'ai compris brusquement qu'elles étaient en train de lutter l'une contre l'autre, et qu'elles en étaient arrivées à un point mort. Chacune était captive de la magie de l'autre. Toutes deux condamnées à l'immobilité pour match nul. Si personne n'intervenait, la partie risquait de durer longtemps.

Elles m'ont vue apparaître du coin de l'œil. Aucune des deux n'a commis l'imprudence de lever les yeux. Et dans chaque visage, j'ai vu l'espérance...

Sans relâcher sa garde, Déméter a parlé d'une voix ferme :

— Séléné, je savais que tu réussirais. Aide-moi.

Je n'ai pas bougé.

Sur le visage de Christine s'est esquissé un sourire reconnaissant.

— Séléné, merci d'en avoir terminé avec Baâlat. Aide-moi.

Déméter a dit encore :

— Séléné, ne doute pas. Le doute t'entraînera vers le mal. Suis ton instinct, Séléné. Pour sauver ta fille.

Christine a objecté de sa voix douce :

— Séléné, tu sais que dans les veines de Diana coule du sang Odish. Les Omar ne l'accepteront pas pour l'élue. N'écoute pas Déméter. Elle veut t'arracher l'enfant.

J'étais pétrifiée, les écoutant toutes deux, prenant peu à peu une décision.

Déméter a murmuré avec conviction :

— Séléné, ma fille, je ne t'ai jamais abandonnée. J'ai toujours veillé sur toi et je veillerai également sur ta fille. N'écoute pas l'Odish. Les Odish ne savent que mentir.

Je me suis tournée vers elle.

— Et toi, tu ne mens pas, peut-être ? Tu ne m'as pas menti quand tu m'as fait croire que je vivais avec deux mortelles qui étaient en réalité des Omar ?

Je m'interposais entre elles deux pour leur laisser le temps de reprendre des forces. J'ai vu la main de

Christine et me suis souvenue de la prophétie de l'aveugle : « Crains la blancheur de ses mains et la glace de son cœur ou elle te dévorera. »

J'ai brandi l'ulu dans les airs.

— Tu m'as trompée, Déméter. Mais je suis une Omar, et je le serai toujours !

Les yeux noyés de larmes, j'ai planté le poignard dans la main blanche de Christine. Elle a lâché sa baguette, ses yeux reflétant la tristesse de ma trahison. Je lui avais fait croire que j'étais son alliée. J'avais joué avec ses armes d'Odish, comme Gunnar avait joué avec moi en me faisant croire qu'il m'aimait. Mais je n'ai pas pu prononcer de sortilège contre elle. Je lui devais la vie et la vie de Diana.

— Elle est à toi, Déméter.

Livrer Christine me coûtait terriblement, mais je n'avais pas oublié les paroles de la pythonisse aveugle : « La dame de glace fournit la proie sans attendre l'arme. »

Je me suis agenouillée auprès de ma fille et me suis caché les yeux.

Déméter a fait preuve de clémence.

— Je te condamne, Christine, à rester immobile tant que mon souffle ne m'aura pas abandonnée. Ma vie veillera sur l'accomplissement de la sentence.

Christine, la belle Christine, a été emprisonnée dans un bloc de glace. Et avec elle, son chagrin d'avoir été trahie.

Je me suis jetée dans les bras de Déméter.

— Maman ! ai-je crié, ressentant une véritable joie.

Déméter m'a étreinte avec chaleur. Et, entre ses bras, je me suis sentie enfin à l'abri de tous les périls de ce monde. Avec une douceur que je ne lui connaissais pas, elle m'a caressé tendrement la joue.

— Ma fille ! J'ai tant souffert pour toi !

Et, pour la première fois, j'ai compris qu'au-delà de nos différences et de nos erreurs Déméter m'aimait plus que tout au monde, comme moi, à tout jamais, j'aimerais ma fille.

Avec Diana dans les bras, j'ai fait mes adieux silencieux à la belle dame de glace, qui resterait prisonnière du froid tant que vivrait Déméter. À bord d'un traîneau conduit par deux Inuits du clan de la phoque, nous nous sommes éloignées toutes les trois du lieu le plus beau et le plus désolé de la terre : le désert de glace.

J'y ai laissé Gunnar, dont le souvenir s'est gelé comme la glace qui entourait sa mère.

J'y ai laissé la fidèle Néa et son petit Victor.

J'y ai laissé le souvenir de la généreuse Camilla et de sa petite Helga, sœur de lait de ma fille, avec Sarmik, la petite Inuit.

J'y ai laissé aussi la tristesse, la peur, la solitude et la crainte de ne jamais avoir de foyer.

J'y ai laissé mes rêves et ma révolte contre ma nature de sorcière.

Et j'y ai laissé définitivement la couleur rouge des cheveux de ma fille, ainsi que son prénom, Diana. Ses cheveux ont été teints en noir et son prénom symboliquement inversé, pour marquer une nouvelle ère, celle de l'oubli, où Anaïd, et non Diana, resterait cachée. Personne ne devait savoir qu'elle était l'élue, jusqu'à ce qu'elle ait la force, l'équilibre et la sagesse de l'expérience et de la vie.

Jusqu'à ce qu'elle ait quinze ans.

Et Déméter a fait pour toi, Anaïd, ce qu'elle n'avait jamais fait pour moi. Elle est restée pendant quinze ans au même endroit, a abandonné le clan et la tribu, et s'est dévouée corps et âme à une seule cause : t'aimer.

*

* *

Anaïd était abasourdie.

Déméter était morte en la défendant après quinze ans de dévotion absolue. Et Christine Olaf, la douce dame qui avait veillé sur elle pendant que sa mère était séquestrée par les Odish, était sa grand-mère.

Déméter l'aimait. Christine l'aimait. Gunnar était son père et avait vécu en la croyant morte.

Et elle, Anaïd Tsinoulis, ou plutôt Anaïd Gunnardottir, était à demi Omar, à demi Odish. D'où son ambivalence continuelle, ses pouvoirs et sa mission.

Sa mère l'avait mise au monde à dix-huit ans, seule, dans le désert de glace, protégée par une ourse, et était descendue aux enfers par le Chemin d'Om pour la délivrer de la terrible Baâlat. Elle se blottit dans ses bras.

— Tu comprends, maintenant ? Tu comprends pourquoi tu ne dois parler à personne ?

— À cause de la prophétie de Baâlat ?

— Exactement. Baâlat a juré que tu lui demanderais toi-même de revenir quand tu aurais quinze ans. Et les esprits ne peuvent rien contre sa prophétie...

Anaïd pâlit.

— ... Baâlat reviendra pour me détruire.

— Toi, l'élue.

— Et que devons-nous faire pour que cela n'arrive pas ?

Séléné soupira.

— Il n'y a pas d'autre choix que de refaire le Chemin d'Om pour demander encore justice aux esprits. Mais cette fois, c'est toi qui devras y aller.

— Moi ?

— J'ai déjà intercédé une fois en ta faveur. Maintenant, ils n'écouteront que l'élue.

Anaïd sentit son front baigné d'une sueur froide. Elle comprenait à présent l'angoisse qui l'étreignait. Dehors, dans la nuit, rôdait Baâlat. Mais sous quelle forme ?

Et tout à coup, elle sut. Le nouvel e-mail, le pseudo, l'étrange insistance de Roc qui voulait venir la voir.

— Trop tard, souffla-t-elle.

Séléné, affolée, la prit par les épaules.

— Quoi ?

— Je suis désolée, mais je lui ai dit de venir.

— Ce n'est pas possible ! Comment ? Quand ?

Anaïd se mordit les lèvres jusqu'au sang et supplia :

— Pardon, pardon… Je ne savais pas. Elle s'est fait passer pour Roc. Je trouvais ça bizarre, parce qu'il me demandait tout le temps de lui dévoiler mes pensées et de souhaiter sa venue de toutes mes forces.

— Et c'est ce que tu as fait ?

— Roc me plaît, je suis dingue de lui. Je croyais que c'était lui.

— Tu lui as demandé de venir ?

Anaïd baissa les yeux, submergée par la honte.

— J'ai été aveugle. Je ne sais pas comment je ne

m'en suis pas rendu compte. Son pseudo était... « Buvons alamour alamitié lateuf à toi&moi ».

— BAÂLAT ! s'exclama Séléné, horrifiée.

— C'était elle tout à l'heure. Cette main qui a tenté de m'étouffer dehors. Elle existe déjà, je l'ai convoquée. Elle s'est libérée de ses chaînes.

À cet instant précis, on frappa à la porte.

En un clin d'œil, Séléné et Anaïd avaient éteint la lumière et brandi leur atamé. Les lames étincelaient dans le clair de lune.

Youssef Ben Tachfine regarda Anaïd.

— N'ouvrez pas, ma reine.

Anaïd porta la main à sa poitrine. Elle savait désormais que Séléné ne pouvait ni voir ni entendre le guerrier almoravide. Elle lui souffla :

— Qui est-ce ?

— Gunnar.

Anaïd se précipita vers la porte avant que Séléné ne puisse l'en empêcher.

C'était bien lui. Grand, blond, avec les yeux aussi bleus et limpides que les siens, le sourire le plus chaleureux du monde et les bras tendus vers elle. Gunnar, son père.

Et Anaïd, malgré le cri de Séléné, fit un pas en avant et se jeta dans ses bras.

Découvrez

LE CLAN DE LA LOUVE

LIVRE III : La malédiction d'Odi

Parution en décembre 2012

Cet ouvrage a été imprimé
par

FIRMIN-DIDOT

27650 Mesnil-sur-l'Estrée
N° d'impression : 106958
Dépôt légal : décembre 2011

Imprimé en France

Cet ouvrage a été composé par
PCA – 44400 REZÉ

POCKET jeunesse
12, avenue d'Italie
75627 PARIS Cedex 13